[MIRROR]
理想国译丛
013

想象另一种可能

理想国
imaginist

理想国译丛序

"如果没有翻译，"批评家乔治·斯坦纳（George Steiner）曾写道，"我们无异于住在彼此沉默、言语不通的省份。"而作家安东尼·伯吉斯（Anthony Burgess）回应说："翻译不仅仅是言词之事，它让整个文化变得可以理解。"

这两句话或许比任何复杂的阐述都更清晰地定义了理想国译丛的初衷。

自从严复与林琴南缔造中国近代翻译传统以来，译介就被两种趋势支配。

它是开放的，中国必须向外部学习，它又有某种封闭性，被一种强烈的功利主义所影响。严复期望赫伯特·斯宾塞、孟德斯鸠的思想能帮助中国获得富强之道，林琴南则希望茶花女的故事能改变国人的情感世界。他人的思想与故事，必须以我们期待的视角来呈现。

在很大程度上，这套译丛仍延续着这个传统。此刻的中国与一个世纪前不同，但她仍面临诸多崭新的挑战，我们迫切需要他人的经验来帮助我们应对难题，保持思想的开放性是面对复杂与高速变化的时代的唯一方案。但更重要的是，我们希望保持一种非功利的兴趣：对世界的丰富性、复杂性本身充满兴趣，真诚地渴望理解他人的经验。

理想国译丛主编

梁文道　刘瑜　熊培云　许知远

[英] 蒂莫西·加顿艾什 著   汪仲 译

档案：一部个人史

Timothy Garton Ash

The File: A Personal History

南京大学出版社

THE FILE: A PERSONAL HISTORY
by TIMOTHY GARTON ASH
Copyright © Timothy Garton Ash 1997
afterword © Timothy Garton Ash 2009
This edition arranged with Rogers, Coleridge & White Ltd. (RCW)
through Big Apple Agency, Inc., Labuan, Malaysia
Simplified Chinese edition copyright © 2019
Beijing Imaginist Time Culture Co., Ltd.
All rights reserved.

江苏省版权局著作权合同登记 图字：10-2019-200号

本书中文译稿由台湾时报文化出版企业股份有限公司授权使用

图书在版编目(CIP)数据

档案：一部个人史 / (英) 蒂莫西·加顿艾什 (Timothy Garton Ash) 著；汪仲译.
— 南京：南京大学出版社，2019.4（2023.3 重印）
书名原文: The File: A Personal History
ISBN 978-7-305-21817-0

Ⅰ. ①档… Ⅱ. ①蒂… ②汪… Ⅲ. ①纪实文学 – 英国 – 现代
Ⅳ. ①I561.55

中国版本图书馆CIP数据核字(2019)第053786号

出版发行　南京大学出版社
社　　址　南京市汉口路22号　邮编：210093
发行热线　(025)83594756
网　　址　www.njupco.com

责任编辑：卢文婷
特邀编辑：孟凡礼　刘广宇
装帧设计：陆智昌
内文制作：陈基胜

全国新华书店经销
山东临沂新华印刷物流集团有限责任公司
　临沂高新技术产业开发区新华路　邮政编码：276017

开本：965mm × 635mm　1/16
印张：16.5　字数：199千字
2019年4月第1版　2023年3月第4次印刷
定价：65.00元

如发现印装质量问题，影响阅读，请与印刷厂联系调换

导 读

出卖作为一种美德

梁文道

1980那一年,蒂莫西·加顿艾什(Timothy Garton Ash)还是一个在东柏林当交换生的英国青年。有一天晚上,他和当时的女友安德莉一起躺在床上,忽然她站了起来,把衣服脱光,走到面对街道的窗户旁边拉开窗帘,接着又开了足以点亮整个房间的大灯,然后才回到床上。这个举动似乎没有什么太深的含义,顶多是年轻人那种没来由的浪漫罢了。可是近二十年后,已在牛津大学教授历史,同时替英国各式报刊撰写评论及报道的加顿艾什,却对这件小小的往事产生了不同的看法。他怀疑安德莉其实是德意志民主共和国安插在他身边的线人;她那天晚上脱衣服开窗帘,为的是要方便外头的同伙拍照。

他之所以生起这种疑虑,是因为他看到了当年东德国安部(Ministerium für Staatssicherheit,简称MfS,更常为人所知的是其俗称"斯塔西",Stasi)的一份档案。这份档案的封面盖着"OPK"三个字母,意思是"作战性个人管制档案"(Operative

Personenkontrolle）。而"作战性个人管制"，根据东德的《政治作战工作辞典》，它的意思是"辨识可能违反刑法，可能抱持敌意负面态度，或可能被敌人基于敌对目的而利用的人"（德国人似乎对任何事物都能给出精确定义，就连情报工作也不例外，所以才会有这么古怪的辞典）。此类管制的目的，最简单的讲法，就是要回答"谁是谁"的问题。而关于加顿艾什的"作战性个人管制档案"，就是当局对这个问题的答案。

　　类似加顿艾什手上这样的档案还有很多，将文件夹竖排起来，可以长达18公里。这也难怪，"斯塔西"大概是人类史上网络发展得最庞大也最严密的国安机构，其正式雇员就有97 000人，非在职的线民更有173 000人。若以东德人口估算，平均每50个成年人当中，就有一个和"斯塔西"相关，若非直接替它工作，便是间接为它服务。在这样的一张大网底下，当年东德老百姓的生活真可谓无可逃于天地间。"斯塔西"如此规模，不只苏联的"克格勃"远比不上，就连纳粹时代的"盖世太保"也要自叹不如。东德的这一系统实在堪称完善，至少理论上它应该很清楚每一个国民"谁是谁"，知道他们在干什么想什么。饶是如此，最后它也还是逃避不了倾覆的命运，这是不是一个教训呢？这个教训的第一个意义是，再巨细无遗的体系原来也无法挽救一个腐败的体制（掌握一切的"斯塔西"当然知道东德的腐败，它的头目梅尔克［Erich Mielke］便曾亲口对下属愤怒地指出"德意志民主共和国是一个腐败的国家"）。它的第二个意义是，原来东德干得还不够出色，它们的工作应该再聪明一些细致一些才对。至于哪一个教训更加重要，这就得看要领会这份

导读　出卖作为一种美德

教训的人是谁了。说来奇怪，虽然"斯塔西"清楚东德的腐败，但它好像没有意识到自己也是造成腐败的原因之一，而且它所造成的腐败可能还是比普通的权钱交易更加深层的腐败。那种腐败就是人际关系与社会道德的腐败。

东德垮台之际，柏林有一大群市民冲向国安部大楼，想要占领这座掌握一切国民信息因而也叫一切国民恐惧的建筑。建筑里头则是一群手忙脚乱的特工，他们正赶着销毁最机密的材料。不知是幸抑或不幸，绝大部分档案都被留了下来，现归"高克机构"（Gauck Authority）管理。这个机构负责保存"斯塔西"留下来的文件并将之分类，允许所有前东德国民调阅有关自己的档案。

后果显而易见，100多万人提出申请，想要看看"斯塔西"有没有关于自己的档案，其中又有近50万人确实看到了这种材料。在这些材料当中，他们就像看老日记似的重新发现了自己，并且是人家眼中的自己。所谓"人家"，指的是他们的同事、同学、邻居、朋友、亲人，乃至于最亲密的伴侣。于是有学者失去教职，因为他曾在过去向当局举报同行，害得后者失业；有人被迫迁居，因为他曾偷窥狂似的监视邻家的一举一动；有些人离婚，因为他的另一半正是当年害他坐牢的"斯塔西"线人；更有些人自杀，因为他们的子女发现自己竟然被父母出卖，自此断绝关系。

在这种情形底下，加顿艾什怀疑起自己的前女友，实在是情有可原。那时他正在牛津攻读史学博士，论文题目是"第三帝国时期柏林市民的日常生活"，为了搜集资料前赴东柏林留学。等他到了之后，便发现历史即在眼前，遂把关注范围移向当代。后来他以研究和评论德国及中欧事务闻名，得知"斯塔西"密档公开，自然想要回来查看自己是否属于"作战性个人管制"的范畴，同时加深了解他所喜爱的德国，以及看看当局对于"他是谁"这个问题的答案。取得档案之后，他以熟练记者的技巧逐一回访监视过他的线人（也就是他当年的朋友）和负责联络那些线人的"斯塔西"官员；又以历史学家的素养细心检索相关文献，解释其中的出入与歧义。这趟使人不安的回溯之旅，就是《档案》（*The File*）这本书的主线。它是本奇怪的自传，在自己的日记和记忆，以及他人的秘密报告笔录之间穿梭来回。它又是本微观史述，恰如加顿艾什自言，为那个前所未见的系统和在它管辖下的社会"开了一道窗口"，令读者得以稍稍掂量"警察国家"这四个字的实际分量。

不难想象这本书以及其他一切近似体验当中的情绪：发现事实之后的震惊，被出卖之后的痛苦，被背叛之后的不信任，被揭发之后的沮丧、自责与否认。所以很多德国人都说"够了"，应该停止"高克机构"的档案公开工作，它已经毁掉了太多太多人的生活、工作和关系，过去的且让它过去，历史的伤口就留待遗忘来修复好了。不过，这并不是今日德国人做事的风格，何况这是个在短短几十年内经历过两次极权统治的国家。包括加顿艾什在内的许多学者都认为，东德之所以能够建立起如此惊人的秘密警察系统，是因为它有一个在纳粹时代打下的告密文化基础，所以德国不认真清算自己的历史是不行的。中国人总是喜欢比较德国和日本，夸奖前者坦白对待纳粹的罪行，却又总是有意无意地忽略了他们近二十年来在处理东德历史上的细致（尽管很多德国人还是认为做得不够彻底）。

与其抱怨"高克机构"的做法过火,不如想想这一切问题的源头。难道没有它,前东德的百姓,就会继续拥有一个比较健康的生活吗?不,他们很可能只会继续猜疑下去。就像书里头一个老头的告白:"至少我知道怎么写遗嘱了。我原本以为我的女婿在背后打我的小报告,所以一直告诉自己:我要是把房子留给他,就罪该万死。但是现在我知道我还是该留给他了。"除了这个老人,当年到底还有多少人怀疑过自己身边的人呢?这种事情并不是你不把它挖清楚就会不存在的。"斯塔西"的存在正如所有对付自己国民的秘密警察,既秘密又显眼,它以秘密的行动公然宣示自己的力量,如此方能在人人心上种下恐惧的种子。恐惧,乃是这种体制的基石。它的双重性质要求国民也要以双重态度来对待它,在表面上爱它爱得要死,在心里则怕它怕得要死。结果是一群表里不一、心中多疑、彼此提防的原子化个体;这就是它的深层腐败,东德政权大厦的散沙地基。

对"斯塔西"而言,恐惧不只是用来对付一般百姓的利器,它还是吸收线人为己工作的有效手段。加顿艾什就找到了一个纯粹出于恐惧才来监视他的线民。这人竟然是个英国人,一个老共产党员,在东德娶了太太,住了下来。"斯塔西"大概觉得他的身份很好利用,于是开门见山地威胁他,谎称"他们从西柏林的一本有关西方情报组织的书中发现了他的名字"。这么一来,他就得借着合作来证明自己的清白了。否则的话,他会被驱逐出境,和他的太太永远分离。

又有些时候,恐惧出现的形式并非如此具体。比方说这本书里头一个色彩最丰富的线人"米夏拉",面对加顿艾什二十年后的质问,她坦承自己的恐惧:"在内心,每个人都吓得半死。因此,大家都会想方设法接触体制对自己的怀疑,表现出合作的态度,喋喋不休,将所有无害的细节都说了出来。"这句话有意思的地方在于它点出了一种更广泛的恐惧,似乎每一个人都会暗暗担心体制对自己的看法,都想知道自己在当局眼中到底是不是个危险的人。于是一旦他们真的找上门来要你合作,你反而变得放心了,并且想用积极的表现去换取生活当中最基本的安全感。

利用人类本能需要,正是"斯塔西"以及它所捍卫的体制成功的原因。还是这个"米夏拉",身为画廊经理,她时时需要出国看展交易,这本是很自然的职业需要;然而,在人民没有出入境自由的东德,它就成了特权与诱饵。和"斯塔西"合作,"米夏拉"可以换取这种在很多外国人看来十分寻常的权利,去美国看展览,到西欧去开会。和当局合作,得到的并不一定是什么锦衣华服,不一定是什么权势地位;在这种体制之下,合作所换来的往往就只是这样或那样的"方便"而已。

一旦开始合作,那就是一条灰度无限延展的道路了,你很难知道界限何在,很难把握话该说到什么程度才不会太过违背自己的原则与良知。有些线人会试着把"斯塔西"要求的报告变成自己"从内部发挥影响"的手段,长篇大论地分析局势,与负责跟自己接头的特工探讨国家政策的问题。可是到了最后,对方真正关注的其实全是他自以为不重要的"无害"细节,比方说某某人最近在什么地点说过什么话,某某人又在什么时间见过什么人;他们不必你为国家出谋献策，只想要你提供大量的事实资讯，一些能够让他们在既定框架下分类整理、诠释分析的材料。多数线人都以为自己"觉悟"很高，给出来的东西不会害人；可是你怎能知道"斯塔西"将会如何使用和判读你那些不伤大雅的信息？"米夏拉"在和接头人谈话的时候便常常以为自己只不过是在聊天，"以表现自己是一名好同志、忠诚的公民、'事无不可告人者'。所以她说的都是一些闲话。或许她从来没有想到，所有她说的一切，都被如此详细地记录成文字"。对方也许只不过是轻松地问一句："你继女最近怎么样了？"她则轻松地招出继女有个西德男友；如此闲散的家常话，可能会带来她想也想不到的后果。

虽然大家活在同一个世界，面对同一组事实，但每一个人理解这个世界和构成它的事实的角度是不同的。"斯塔西"这类机构看待世界的方法很简单，那就是辨识敌人，找出引致风险的因素，于是他们解读事实的心态就会变得很不简单了。加顿艾什去"米夏拉"管理的画廊欣赏包豪斯展览，对这个展览十分着迷，由是不免奇怪这么好的展览为什么不出画册。很自然的问题是不是？可是你看"米夏拉"她们怎么理解："这问题的提出暗示，'G.'（加顿艾什的代号）希望能够从'IMV'（'线人米夏拉'的简称）口中听到，因为文化政策的关系，这种事是不可能的之类的话。"

加顿艾什是英国人，这个身份在"斯塔西"眼中已是先天命定的嫌疑人。看他像是"坏人"，他就会越看越有"坏人"的样子，其一言一行全都只会加重他的嫌疑。慢慢地，他就成了"案子"，必须专案处理专人负责。于是一场朋友间的畅谈打成报告交上去，"斯塔西"人员会用慧眼看出它的"军事作业价值"。加顿艾什在东德四处走动，找人聊天，有时会通过已识的朋友来结识人，有时以英国媒体记者的名义提出正式采访，又有些时候则回到留学生的身份；在"斯塔西"看来，这种本来很正常的多样身份（谁没有好几个身份？谁不会用不同的身份来对应不同的处境与圈子？），竟然就是三道"幌子"，更使得加顿艾什"具有高度嫌疑"。在他们的档案记录里头，他们还会把加顿艾什替之撰稿的英国杂志主编称为他的"长官"。看到这个"有非常明显的上下等级含意"的词，加顿艾什不禁感慨："他们才生活在每人都有长官的世界之中。然而，他们竟将这种概念套用到我身上。"在风平浪静的海面上读出雷暴的预示，无事变成小事，小事衍成大事；每一个人背后都另外有人指使，每一个行动背后都别有深意。这就是"斯塔西"这种机构看待世界的原则。

　　加顿艾什在这本书里表现得相当坦诚。正因如此，读完之后，我居然感到当年"斯塔西"对他的怀疑原来还是有些道理的。因为他就像当年那些典型的西方记者，同情他们在东欧认识的异见分子，在能力范围内会尽量协助他们。他又是那种典型的公学出身的牛津人，向往过有着辉煌传统而又优雅神秘的英式间谍生涯，一度报名加入"MI6"（"军情六处"，英国对外情报单位），甚至因此在英国安全部门留下了"自己人"的档案。这人分明就想东欧社会主义阵营垮台，而且就连英国相关部门都误会他是能和他们合作的"朋友"，"斯塔西"监控他又有什么错呢？

　　是的，他们没错。问题只在于"斯塔西"不只监控有嫌疑的外来人员，他们还监控自己人——每一个东德国民。就像曾经引起关注，拍得十分好莱坞的那部电影《窃听风暴》（直译为《他人的生活》）所显示的，这本书里的每一个人都可能会被监视，也都可能正在监视他人；于是他们难免就得出卖以及被出卖。被出卖的人，有时候可能只是个侍应，因为服务态度不善，充当线人的客人就把他写进报告，利用这小小权势恶意报复。更常见的情况则是出卖身边的朋友，工作上的伙伴，隔壁家的少年，甚至自己的女婿。一个人该当如何理解这林林总总的出卖？难道出卖和背叛（背叛信任、背叛友情、背叛爱情、背叛亲情……）也能够是对的吗？加顿艾什注意到凡是受访的涉外情报人员，皆能理直气壮地描述自己的工作，因为去外国当间谍，还在传统的道德框架之内，是无可置疑的卫国行动。可是反过头来看管自己人的线人和特工就不同了，面对质问，他们往往要不就是否认，要不就是转移责任。

自古以来，几乎任何文化都找不到把背叛和出卖看作德目的价值体系。尤其中国，例如孟子那句名言，"舜视弃天下犹弃敝蹝也，窃负而逃，遵海滨而处，终身䜣然，乐而忘天下"，可见儒家绝对不能接受对任何天然情感联系的背叛。所谓"大义灭亲"，可能是后来皇权时代才有的想法；即便不是，那也只限于少数个案而已。只有到了20世纪，我们才能见到这么大规模的告密、揭发、举报和出卖，而且全都不再需要羞愧。它们非但不可耻，反而还很光荣，因为整套价值必须重估，在崭新的最高原则底下，它们破天荒地成了美德。于是每一个告密者都能为自己的脆弱找到最大义凛然的理由，让自己安心；每一个出卖过其他人的，也都能在事后多年把往事推给那个时代的道德错乱。

本书人物表

舒尔茨女士（Frau Schulz）：高克机构管理人员
邓克尔女士（Frau Duncker）：高克机构管理人员，舒尔茨女士的继任者

安德莉（Andrea）：作者前女友，化名
克劳蒂亚（Claudia）：作者前女友，"小软帽"
詹姆斯·芬顿（James Fenton）：作者好友，诗人，英国《卫报》特派撰述员
弗里德里希（Friedrich）：作者的记者朋友
马克·伍德（Mark Wood）：路透社记者
维尔纳·克雷奇尔（Werner Krätschell）：新教牧师、作者在东德的朋友，"山毛榉"
劳伦茨·丹普（Laurenz Demps）：作者在东柏林洪堡大学的导师
艾伯哈德·豪夫（Eberhard Haufe）：德国文学学者，作者在魏玛时拜访过他
瓦姆比尔博士（Dr Warmbier）：莱比锡大学马克思列宁主义讲座讲师，曾批判豪夫博士，后被逐出学校

"史密斯"（'Smith'）：负责跟踪本书作者的线民之一
"舒尔特"（'Schuldt'）：负责跟踪本书作者的线民之一
"米夏拉"（'Michaela'）：负责跟踪本书作者的线民之一
"格奥尔格"（'Georg'）："米夏拉"的丈夫，国安部联络人，曾在路透社工作
"R太太"：负责跟踪本书作者的线民之一
爱丽丝（Alice）："格奥尔格"前妻，化名"红丽丝"（'Red Lizzy'），曾为著名苏联间谍金姆·菲尔比（Kim Philby）的第一任妻子

本书人物表

文特少尉（Lieutenant Wendt）：国安部官员
马可·"米沙"·沃尔夫上校（Colonel-General Markus 'Mischa' Wolf）：国安部国外情报局 HVA 的领导
维尔纳·格罗斯曼（Werner Grosmann）：国安部国外情报局 HVA 的领导，沃尔夫的继任者
黎瑟少校（Major Risse）：国安部官员
考尔富斯中校（Lieutenant-Colonel Gerhard Kaulfuss）：国安部官员
弗里茨上校（Colonel Fritz）：国安部官员
金策尔少尉（Lieutenant Küntzel）：国安部艾福特办公室官员
艾克纳上校（Colonel Klaus Eichner）：国安部资深官员
马雷施中校（Lieutenant-Colonel Maresch）：国安部艾福特办公室反情报组主任
克雷奇中将（Lieutenant-General Kratsch）：国安部官员
沃尔夫冈·哈特曼（Wolfgang Hartmann）：国安部内线委员会领导人
库尔特·蔡泽维斯（Kurt Zeiseweis）：国安部官员
埃利希·梅尔克（Erich Mielke）：国安部部长

关于部分人名的说明

本书下列名字为化名：安德莉、克劳蒂亚、"俗气哈利"（Flash Harry）、邓克尔女士、R太太。三位线人以他们的国安部代号出现："米夏拉"、"舒尔特"和"史密斯"。如果有人想按图索骥揭露这些名字后面的真人（对于本书的几个案例来说这显然并非难事），出于显而易见的原因，我奉劝他们最好不要这样干。

目　录

导　读　出卖作为一种美德 ………… i
本书人物表 ………… x
关于部分人名的说明 ………… xii

前　言　罗密欧？ ………… 001
第一章　序言报告 ………… 009
第二章　驰赴柏林 ………… 021
第三章　跨越围墙 ………… 061
第四章　IM"指导教授"？ ………… 077
第五章　IMV"米夏拉" ………… 087
第六章　IM"舒尔特" ………… 119
第七章　IMB"史密斯" ………… 123
第八章　IM"R 太太" ………… 131
第九章　波澜壮阔在波兰 ………… 135
第十章　禁止入境黑名单 ………… 147

第十一章　浮士德群像 153

第十二章　冷战终结 193

第十三章　档案效应 201

第十四章　英伦谍影 211

第十五章　档案封存 231

修订后记 239

出版说明 245

前言　罗密欧？

"早安，"活力充沛的舒尔茨女士说，"你的档案很有趣。"说着，她便将一个牛皮纸色的卷宗交给了我。档案足足有两英寸厚，卷宗上的橡皮图章盖上一排字：OPK-Akte，MfS，XV2889/81。下面，则用手写体整齐地写着："罗密欧"（Romeo）。

罗密欧？

"是的，你的代号。"舒尔茨女士咯咯笑了起来。

我坐在舒尔茨女士的小办公室里一张仿木塑料桌前。这里是前德意志民主共和国国家特务机构的档案管理局所在地。我一面打开牛皮纸夹，心中不由自主地想起当年在东德生活时发生的一段怪异插曲。

1980年，当我还在东柏林做学生时，有一天晚上，我和女朋友回到我在普伦茨劳贝格区威廉明尼公寓租的破旧房间里。房间的阳台上，有一个大大的法国窗户，可以看到外面的景观——如果没有窗帘的话，外面的人也可以把里面看得一清二楚。

正当我们相拥在我那张狭小的床铺上时，我的女朋友安德莉突然离开我，褪光衣服，走到窗户旁边，打开纱窗帘。然后，她把房间的大灯打开，回到我的身边。如果这件事发生在牛津之类的地方，我或许会对她打开窗帘和大灯的举动稍感奇怪。但是，因为是柏林，我也就没有多想。

但是，当我知道档案这回事后，事情就不同了。我想到了我们在一起的那一次，并开始怀疑安德莉是否替国安部（俗称的

前言　罗密欧？

"斯塔西"，Stasi）工作，她是否故意打开窗户，好让对街的人可以照相。

或许那些照片就藏在档案夹里，已经先被舒尔茨女士看过。她刚才不是说"你的档案很有趣"来着？

匆促间，我翻阅完所有的夹页，很宽慰地发现里面没有诸如此类的照片，安德莉大概不是线民。不过，档案中的其他东西吸引了我的注意。

例如，里面有一份观察报告，对我在1979年10月6日16：07到23：55至东柏林一游的行踪交代得清清楚楚。国安部当时给我的代号比较不浪漫，只是一个数字：246816

16：07

"246816"离开腓特烈大道车站前面穿越道后，便进入监视范围。被观察者走到前站报摊，买了《自由世界》（*Freie Welt*）、《新德国》（*Neues Deutschland*）、《柏林时报》（*Berliner Zeitung*）等多份报纸。接着，该目标（就是我）在车站内游移张望。

16：15

在前站，"246816"与一名女性打招呼，握手，相互吻颊。此女代号为"小软帽"。"小软帽"携带一深棕色肩袋。两人离开车站，一面说话，一面走到布莱希特广场上的柏林剧团。

16：25

两人进入餐厅

甘尼曼餐厅
柏林中心
造船厂街旁

大约两分钟后，被观察者离开餐厅，经过腓特烈大道和菩提树下大道，到达歌剧院咖啡厅。

16：52
"246816"和"小软帽"走进餐厅
歌剧院咖啡厅
柏林中心
菩提树下大道
他们在咖啡厅坐下，喝咖啡。

18：45
他们离开咖啡厅，赴贝贝尔广场，从

18：45　　直至

20：40
两人饶有兴趣地观赏东德建国三十周年火炬游行。随后，"246816"与"小软帽"沿菩提树下大道和腓特烈大道，到造船厂街。

21：10
两人进入甘尼曼餐厅。在餐厅内，两人不在观察范围之内。

21：50

两人离开该美食机构，并直接前往腓特烈大道车站前穿越道。

23：55

两人进入车站。"小软帽"资料移至第六处进一步确认身份。监视结束。

"246816"人身描述

性别：男

年龄：21至25岁

身高：大约1.75米

身材：精瘦

头发：暗金色

　　　短

服装：绿夹克

　　　蓝色马球套头高领衫

　　　棕色灯芯绒长裤

"小软帽"人身描述

性别：女

年龄：30至35岁

身高：1.75～1.78米

身材：苗条

头发：中等金色

　　　　　卷发
　　服装：深蓝布外套
　　　　　红色小软帽
　　　　　蓝色牛仔裤
　　　　　黑色皮靴
　　配件：深棕色手袋

　　我坐在仿木桌前，惊讶于有人竟然精准地为我重建起我生命中的一天，而且那写作方式，令我联想到学校的作业：每一个句子都要有动词，而且故意使用一些不必要的夸张词语，例如："美食机构"。我还记得那间金红相间的邋遢餐厅，甘尼曼，那间豪华的歌剧院咖啡厅，三十周年游行队伍中那些穿蓝衬衫、脸上长着青春痘的年轻士兵，和他们手上高举着的煤油火炬，如何在神秘的夜晚中，发出闪耀的光芒。我再度闻到东柏林那独特的味道，一种混合着老式家用煤球炉的排烟、二冲程"拖拉笨"（Trabant，编按：即"人造卫星"之意，是当年东德的国产车）小型车的废气、东欧廉价香烟、潮湿的皮靴和汗水的味道。但是，我却无法想起，她，我的小红帽，到底是谁？或许我不该说她小，因为她有 1.75 至 1.78 米，几乎和我一样高。苗条，中等金色卷发，30 至 35 岁，黑皮靴？我坐在那儿，在舒尔茨女士询问的目光下，不禁对自己的过去，油然生出一种尴尬的不忠感。

　　当我回到家——没错——在牛津的家以后，翻阅了当时的日记，终于发现了她是谁。事实上，我再度打开了对那段炽烈而不快乐的短暂情史的回忆，回想那段时间的日日夜夜，相互的电话与信件。而且，在日记后面，我还发现了两封她写的信，小心地保存在原始的信封中，有一封上还特别注明："贴着——这样你才会保持联系。"另一封信里有一张她的黑白照片，是两人感情结束以后，她寄给我的，让我不要忘记她。蓬松的头发，高高的颧骨，相当紧张的微笑。我怎么会把她忘记？

1979年10月，我的日记上还记着她，克劳蒂亚的"时髦红色小软帽和蓝色制服风衣"。"在腓特烈大道，"日记上记载着，"他们把我鞋底都翻开了（我穿着迪克鞋，让那军官印象颇深）。"是的，我想起来了。在腓特烈大道车站下的地下通关所，一名穿着灰色制服的军官把我带进一个有拉帘的小房间，命我掏出所有口袋里的东西，放在一张小桌子上，非常仔细地检查了每一件我携带的物品，甚至质问我随身日记本上每一条记事内容。然后，他命令我脱下厚重的咖啡色皮鞋。那双鞋是我在特尔街的迪克鞋店（Ducker & Son）买的。军官往鞋子里瞄了瞄，又在手上掂了掂分量，说："好鞋。"

"与克劳蒂亚手牵手，颊碰颊，到歌剧院咖啡厅，"我的日记上这么写道：

> 反而变得更加亲密……火炬游行。东风冷冽。两人的温暖。迷宫——绕圈子。溜过柱子，躲过警察，终于来到甘尼曼。晚餐差强人意。克劳蒂亚又谈到她的"打工"。她的政治活动。我们穿过腓特烈大道，回到迪纳。大约凌晨三点，回到维兰德街。丹尼尔，满脸发白，气急败坏地坐在公寓门前——他把自己锁在外面了！

丹尼尔·约翰逊，作家保罗·约翰逊之子，现在已经是《泰晤士报》的要角。当时，他还是一个非常认真的剑桥研究生，研究德国悲观主义历史，总是乐于再多找到一个样本。我们同住在维尔默斯多夫区维兰德街127号。当晚，他忘了带钥匙。

日记里的迷宫和柱子，我猜想，是指着那些手持火炬的东德共产党中坚青年干部，他们所属的团体，自由德国青年团，是多么地名不副实。至于克劳蒂亚的政治活动，必须从她的世代谈起。克劳蒂亚属于让人一眼就认得出来的世代，1968年。当晚，她告诉我，过去他们在镇暴警察前面反复吟唱一句捕捉了1968年政治与性抗议的口号："出外扮猪猡，床上无花果。"

我最后一次看到她，是日记写完后不久的一天，在柏林—达勒姆区教堂的墓地，参加学生领袖鲁迪·杜奇克（Rudi Dutschke）的丧礼。她还是戴着那顶小红软帽。或者，这些细节只是出于我的想象？

国安部的观察报告，我的日记。我生命中同一天的两个说法。秘密警察冷眼旁观"被观察者"的一举一动，渗入我个人主观、情绪的描述。国安部的档案，对我的记忆，是多么大的一份厚礼。比普鲁斯特的玛德莱娜蛋糕*要好多了。

---

* 玛德莱娜蛋糕（Medeleina）系法德交界处洛林（Lorraine）地区的传统甜点，法国大文豪普鲁斯特幼年时期经常与姑母配着花果茶共享的扇贝型小蛋糕，在他撰写《追忆逝水年华》一书时，玛德莱娜蛋糕的美味往往勾起他强烈的乡愁，让他文思泉涌。
——除特别注明外，本书注释皆为编者注。

第一章　序言报告

　　档案夹封面上盖着的 OPK 三个字母，代表的是 Operative Personenkontrolle，也就是作战性个人管制档案。根据东德国家安全部的高等法律学院所订定的 1985 年版《政治作战工作辞典》，所谓作战性个人管制是指：辨识可能违反刑法、可能抱持"敌意负面态度"，或可能被敌人基于敌对目的而利用的人。作战性个人管制的中心目的，根据字典的解释，是要回答"谁是谁"的问题。每个档案一翻开以后，便会有一段"序言报告"和一个"行动计划"。

　　我的序言报告写于 1981 年 3 月，执笔者为一名叫文特少尉的人。他很详细地描述了我的个人资料，说明我如何从 1978 年起开始在西柏林读书，从 1980 年 1 月到 8 月（其实应该是到 10 月）搬迁至"德意志民主共和国首都"（东德坚持要这么称呼东柏林）。我不时从西柏林旅行到东德及波兰。我经常与"军事策略性相关人物"联络。因此，他们认为"有理由怀疑 'G.'（就是我的姓氏加顿艾什 [Garton Ash] 的缩写。不用 'G.' 时，他们便用'被观察者'、'该目标'、'罗密欧'等名称来称呼我）故意利用他学生兼记者的正式身份，从事间谍活动"。

文特少尉并阅览、节录了国家安全部主持反情报的单位，Ⅱ/9组，专门为部内其他单位做的类似情报报告，其中第一手资料包括：有关我个人的观察报告；从我的朋友，如一名叫维尔纳·克雷奇尔的新教牧师的档案中节录下的一些资料；我替西德的《明镜周刊》(Der Spiegel)所写的一篇有关波兰的报道影印本；我个人记录下的波兰相关笔记和文件——显然是我有一次从舍讷费尔德机场飞往华沙，他们秘密搜查我的行李时所拍摄下来的；连我在牛津的老师为我写给英国领事馆的推荐信，都被收进了档案。档案总共有325页。

文特的报告特别注重资料来源，他大量采用国安部线民所搜集来的情报。在安全部的语言中，线民的正式名称为非正式职员(Inoffizielle Mitarbeiter，简称IM)。他们之间又有好几个分类：安全、特殊、军事作战、敌后，甚至有一组专门监视线民的线民。从1989年开始，IM已成为德文的一部分，就好像SS（党卫军）在所有欧洲语言中，都代表着纳粹主义的粗鲁、暴力与野蛮兽性一样。IM在德文中已经成为如德国共产党独裁一般的经常性、组织性的渗透、威吓、通报行为，亦即成熟极权主义的一种静默的腐败形式。在1990年代初时，德国任何一个有名气的政治家、学者、记者或牧师，只要国家安全档案记录中显示他曾经是一名IM，一经发现以后，这个人就会从此消失于公众眼前。IM是一个污点。

不过，污点还是先需要被指认、暴露出来，才算污点。秘密警察给每个IM，还有每个观察目标，都取了个假名，以为代号。事实上，大部分的IM的假名都是自己取的。为自己挑一个秘密名字，几乎可以说是成为一名常任IM的洗礼仪式。在两德统一以后，一个东德知名的盲眼 DJ，卢特·贝尔特拉姆（Lute Bertram），被人发现是线民，他的代号是罗密欧。如果他曾经遇见过我的话，我猜想，那局面就变成罗密欧告罗密欧的密了。

我的序言报告总结了许多线民提供的有关我的信息，其中包括 IM "史密斯"，IM "舒尔特"，IM "米夏拉"，还有她的丈夫，KP（代表 Contact Person，联络人）"格奥尔格"，他的前妻爱丽丝，化名 "红丽丝"。报告撰写人文特少尉还提到，红丽丝在与格奥尔格结婚前，曾与金姆·菲尔比*有过婚姻关系，而菲尔比正是英国最有名的苏联间谍。

文特少尉发现 G. 工作时有学者巨细靡遗的特性，但是态度上却表现出"布尔乔亚的自由意识，对工人阶级毫无责任感"，"表面上，G. 给人相当随和的印象，一般而言与'典型英国知识分子'并无二致（这个怪异的评语来自 IM '史密斯'）"。不过，我是有可能接触过想要从我身上取得情报的人，并在他们心目中留下不同的印象。在往来波兰时，我接触的人毫无疑问属于"反社会主义"阵营。所以，这些情报单位的人会想要知道更多有关我的事情，以决定能否以刑法第九十七条起诉我，是可以理解的。根据刑法第九十七条，任何人搜集、传递应该保留为秘密的"信息性物品"给外国政府、

---

* 金姆·菲尔比（Kim Philby，1912—1988），原名哈罗德·艾德林·拉塞尔·菲尔比（Harold Adrian Russell Philby），系英国"剑桥间谍圈"（Cambridge Spy Ring）中知名的"第三人"（The Third Man）。1934 年间在剑桥大学三一学院和其他两名同学柏吉斯（Guy Francis de Mincy Burgess）和麦克莱恩（Donald Duart MacLean）为苏联谍报单位吸收，三人分别潜伏与渗透到英国情报机构，为敌方工作几达三十年，其中菲尔比曾经被喻为"本世纪恶行最为重大的间谍"。菲尔比在 1941 年进入英国秘密情报局（Secret Intelligence Service，简称 MI6），随即多次获得组织拔擢，稍后并晋升为 MI6 第九组首脑，负责对苏联反间谍渗透工作，在菲尔比内神通外鬼的协助之下，英国不但对于苏联间谍活动一筹莫展，己方情报单位还经常为敌方破获。金姆·菲尔比最后在 1963 年，自知即将被捕之前，畏罪潜逃到苏联。

秘密组织或其他不确定的"外国组织",得处以五年以上有期徒刑,"情节重大者,可处无期徒刑或死刑"。

接下来的"行动计划"分成四部分。第一部分为线民的部署。从"史密斯"开始:"考虑该员的主观、客观可能性后,他虽与 G. 失联,可重建与他的关系",并设定在 1981 年 4 月 15 日以前,"史密斯"应做出一份书面报告。"负责人:文特少尉。""舒尔特"和"米夏拉"应恢复活动:这是文特少尉 5 月 1 日的报告中所做的建议。此外,该报告还表示,"HVA-I 的一名 IM,即 G. 在柏林洪堡大学的指导教授,亦应加入作业"。

HVA 是东德的海外情报部门,全名为 Hauptverwaltung Aufklärung(可直译为"启蒙总管理处",因为 Aufklärung 较为通常的解释为"启蒙"*)。启蒙部由绰号"米沙"的马可·沃尔夫领导,约翰·勒卡雷(John le Carré)的小说《冷战谍魂》(The Spy Who Came in from the Cold)中的部门"the Abteilung"就是以"启蒙部"为蓝本写成的。HVA-I 启蒙部第一组,主要职责为监视在波恩的西德政府。

接下来,行动计划谈到了"作战观察及调查",其中包括调查在我读柏林洪堡大学时租给我那间有景观的房间的房东,克来索夫妇。第三部分行动计划,指示启蒙部第六组,也就是负责控管越境交通的国安部第六处,以及"邮件管制"的第 M 组。计划中提到了"G. 在西柏林的地址",想必是指将我的信件从西柏林转来时的地址,因为国安部通常无法任意窥伺到任何人在西柏林的信件。文特少尉的任务,显然是要做成一个报告,评估是否将调查扩大为全面性的作

---

* 中国习惯上译为"侦查部"。

战个案，简称 OV。全面性作战个案，是最高层次的作业，对象包括所有已知批评和反对东德政权的不满分子。例如，我的朋友维尔纳·克雷奇尔，就是 OV "山毛榉"（Beech-tree）。

在行动计划的最后面，还有一项"与其他服务单位的合作"部分。计划提议与 XX/4 组（负责渗透教会）合作，检查我和"山毛榉"之间的接触。计划还提到将"询问苏联安全部门，目前英国是否仍汲汲追查金姆·菲尔比案"。"必须与 AG4 进行实质合作"，以便在我到波兰访问时，安排线民贴身监视与观察。AG4 是国安部在波兰发生团结工会革命以后建立的一个工作小组。负责人是黎瑟少校。

报告的最后，不但有文特少尉签字，还有负责所有西欧情报工作的 II/9 组组长考尔富斯中校的批签。

原来他们的"行动计划"是这样子的。针对这份档案，我也策划了一个行动计划：调查他们对我的调查计划。我准备循线追踪，找到和我的个案相关的所有线民和官员，和他们讨论，并将国安部的记录，与我的个人回忆、当时的日记、随笔、我曾经写过有关那一段时间的政治史等，相互比对。然后，就会知道自己将发现些什么了。

全名累赘冗长的"前德意志民主共和国国家安全部联邦授权记录局"，通常简称为高克机构（Gauck Authority），因为这个单位是由有力而辩才无碍的东德牧师约阿希姆·高克（Joachim Gauck）管理，我的档案便是从高克机构在柏林的主档案室调出来的，事实上，该档案室也是当年国家安全部的中央档案室。东德的国家安全部组织庞大，办公室绵延好几栋，在东柏林市东端的诺曼街上，占据了整整一个半街口。部长的办公室和公寓，几乎仍保留着最后一任部长离去前的原样：桌上的多台电话（机密、极机密、最高机密），部长整齐的小卧室，一盘"理查·佐尔格"（Richard Sorge）幼儿园小朋友特别为他做的黏土模型，包括一根黏土香蕉、一个小精灵、一个上面写着"吉宁"的小狗和一个由"克里斯汀"做的柠檬。

大部分的办公室大楼，现在都已移作他用。过去密封起来，杜绝秘密文件遭双面间谍泄露的窗户，都已对外敞开。文特少尉、考尔富斯中校之辈或曾做过偷鸡摸狗事情的地方，现在都只是一间间平常的办公室：一家超级市场、一家健身房兼桑拿室、一家劳工中介所。可是，档案室仍维持原有之功能。

在索引室，一些穿着明亮的粉红色罩衫和尼龙长裤的中年妇女，穿着塑胶拖鞋在许多巨大的索引卡机器之间走来走去。我之所以说索引卡机器，是因为那些大索引卡盒子都是由马达推动的，悬吊在一根大轴上，就好像游乐场内的大车轮一样，只要按 K 钮，大车轮就会一直转到 K 盒在最上端为止。这个 F16——大车轮系统的代号——索引系统内都是真实姓名，只不过安排的顺序按照的是国安部自己的声韵次序，例如，Muller、Mueller、Möller、Müller 都排在一起（如果你是从偷听电话而得到的名字，就不知道该如何拼了）。如果发生这类问题，穿粉红罩衫的女性工作人员就会建议你去找 F22 索引系统——依照个案号码排列——或者去找其他主管的个案记录，然后再到该大楼七层加固的仓库中，寻找想要的个别档案。啪嗒、啪嗒，粉红罩衫女士们的拖鞋踩过来、踩过去，资料库就这么搅出一块块下了毒的玛德莱娜蛋糕。

在走廊的另外一端，有一间"传统室"（tradition room），里面有各种奖杯、奖状、列宁的胸像、"契卡"优良工作记录。"契卡"为苏联对秘密警察的称呼："只有那些头脑冷静、心底温暖、手脚干净的人,才能成为契卡人"(契卡创建者捷尔任斯基[F. Dzerzhinsky]所言)。桌上有很多看起来像果酱罐子的玻璃瓶,瓶身上仔细贴着标签,里面是一块肮脏的天鹅绒布,也就是个人味道的样本。警犬只需要从这里知道某一个人的味道以后,便可担负追踪任务了。根据国安部辞典,它们的正确名称为"嗅觉保存物"。我站在那儿,不禁开始狂想:或许在这栋硕大的建筑的某一个角落,我过去的味道还像果酱一样被保存得好好的?

接下来,是他们称之为铜锅炉的一间又深又大、四处用金属包起来的房间。国家安全部原本计划在里面安装一部全新而庞大的电脑系统,把每个人的信息都放进去。用金属将房间包起来的目的,在于隔绝外界的电子干扰。现在铜锅炉里面堆放着的是几百件大袋的纸张,也就是从1989年秋的大规模抗议开始,一直到1990年初民众冲进国家安全部之间,部内大量销毁的文件残骸。假设国安部一定先从最重要、最敏感的资料开始销毁,高克机构现在正努力地一片一片将它们拼回原状。

总而言之,这个高克机构是个非常奇怪的地方:它是在过去可以称为"国家恐怖部"的地盘上所新建的"国家真相部"。它位于柏林中央的行政部门内,很多大楼的走廊虽然现已装上了西德的新式照明和塑胶地板,东德味道却仍然弥漫在组织内:阴郁的啤酒肚门房,访客必须别在身上的识别证,各种不合理的规定,三联式的申请表,随处收费的习惯——一切的一切,都令人回想到东德的官僚主义。当然,还有那傲慢的福利国家所留下的各种习性。高克机构的职员中,每两个人中就有一人,不是去吃中饭,就是去休假,否则就是"去看医生"了。我好像回到过去,几乎可以听到德国上班族之间的标准问候语"祝你用餐愉快!"(Mahlzeit!),此起彼伏,穿越时空而来，或似乎听到了一名秘书对另外一名说"我可以用你的碎纸机吗？"的声音，从走廊另一端传了过来。刹那间，我脑中浮现出一个形象：这个在原来的国家安全部之上建起的新机构，每天没完没了地尝试将撕碎的纸张拼凑起来。

现在，每张我们所看到的文件，都经过机构的档案室人员整理，将新的编号整齐地盖印在国安部小心翼翼手写的页码之上。这虽然可笑，但反映出的正是德国人一丝不苟的一面。一个极端接收下另外一个极端。东德想必是现代史中，秘密警察组织最广泛、严密、滴水不漏的极权国家了。而新德国则是现代民主国家中，最大量将过去极权统治中的资料暴露于民众眼前的政府了。

1991年，统一后的德国国会通过了一项特殊法，小心规定了这些档案的用途。舒尔茨女士比我先阅读了我的档案，正是规定的一部分。根据这项彻底执行的法律，工作人员应该先将有国安部受害者或无辜第三者出现的特殊页挑出来影印，将名字涂黑，再影印一次，确保即使透过强光，也无法读出那些名字。同时，工作人员必须要抽出任何与当事人无直接关系的第三者资料。但是，秘密警察的工作就是要搜集、挖掘私生活中最不为人知的细节，其中哪些算是与被害者有直接关系，哪些不算呢？而高克机构的工作人员又凭什么来判别呢？

阅读档案的结果可以极为可怕。我脑海中浮现出一个现在变得非常有名的个案。薇拉·沃伦贝格（Vera Wollenberg）为维尔纳·克雷奇尔牧师所在潘科教区中的一名政治活跃分子。她阅读自己的档案时发现，她的丈夫从认识她的第一天，就开始打她的小报告。例如，星期天全家出去散步，星期一，她的丈夫努德就会到国安部把所有的事都向她的个案负责人全盘托出。她以为她和努德结了婚，事实上，她的结婚对象为IM"唐诺"（薇拉在回忆录中称呼他时，不是努德唐诺，就是唐诺努德。两人现已离婚）。另外一个有名的案例为作家汉斯·约阿希姆·舍德利希（Hans Joachim Schädlich）。他发现他的哥哥一直在监视他。上面的两个例子中的当事人，都是看过档案才知道事情真相的。如果没有档案的话，他们或许还是亲爱的兄弟、和睦的夫妻——只不过爱是建筑在谎言之上的堡垒而已。

副作用中也有轻松的一面。当特别法通过后，柏林洪堡大学的学生向女朋友吹牛时会说："当然我得想办法去看我的档案。简直不敢想象里面会写些什么，不过，我非知道不可。"甜蜜性感的女孩对这样的男生，能不印象深刻吗？然后，高克机构的回信到来：到目前为止，本机构还未发现你的档案。羞辱。甜蜜的性感小猫转而去找另外一个有档案的男孩做她的男朋友。

当我告诉朋友有关我的档案的事时，他们的反应非常奇怪，说什么："你好幸运！""真特别！"如果朋友中有人曾和东德有关的话，他们可能会说："对，我也得去申请看我的。"或是："看起来我的已经被销毁了。"还有人说："高克说我的档案在莫斯科。"从来没有人说："我确定他们没有我的档案。"如果由弗洛伊德观点来看，这些人得的可以说是"档案嫉妒症候群"了。

其实我的档案和其他人的相比算不了什么。我的全装在一个档案夹内，而作家尤尔根·福切斯（Jürgen Fuchs）的资料，需要三十个档案夹。我的只有325页，而异议歌手沃尔夫·比尔曼（Wolf Biermann）则有4万页。不过，小钥匙也可以打开大锁，一块小敲门砖可以让我进入大房间。不仅在德国，任何有秘密警察的地方，一般人都会抗议，说那些秘密档案非常不可靠，充斥扭曲、伪造的情事。果真如此的话，这种事应该也会反映在我的档案上。为什么不从我开始测试一下？毕竟，我最想要知道的就是这个了。另外，负责我案子的军官和线民心中是怎么想的？把我当成什么？难道档案和档案后面的男男女女，能够告诉我们比有关共产主义、冷战、间谍工作有意义或无意义更多的事情吗？如此大规模、有系统地对民众公开秘密警察档案，是史无前例的。过去从来没有任何地方或任何人做过。这种做法是对的吗？对相关人士会有什么影响？经过这个事件，我们应该对历史、对记忆、对自己、对人类本身，都获得更多体会才对。因此，我要先声明，如果我在书中表现出完全沉浸在自己的世界之中的感觉，请别误会。我只是一个窗口、一个样本、一个达成目的的方法、一个实验的目标。

为了达到这个目标，我不仅得探索一份档案，还要走进一段人生：一段我曾经走过、拥有过的人生。万一你有任何怀疑的话，我必须先澄清，这本书中述说的"一段人生"，和"我的人生"是不一样的。通常当我们谈到自己的人生时，谈的只是自己的过去，集合了自己生命中走过的许多事件的心理自传。然而，真实发生的一段人生却完全是另外一回事。

在寻找那个失去的自我时，我同时也在寻找那失落的时代，并回答一个重要的问题：一个人如何形塑另外一个人？历史时间和个人时间，公众和私人，伟大事件和个人生活。历史学家基斯·托马斯（Keith Thomas）在写到传统政治史忽略了绝大部分的人类经验时，引用了萨缪尔·约翰逊（Samuel Johnson）的话：

> 那律法或君王能成或能惩的部分，
> 较于人类内心所能容忍，何其渺小。

回顾过去，我至少看到了我的内心所承受的当中，有多少是由现代的"律法或君王"，也就是因为东西不同的体制以及两者之间的冲突所造成的。或许，毕竟，约翰逊所表达的道理并非放诸四海皆准，而仅适用于他的周围。要是哪个国家真有这种情形，就算它的运气好了。

第二章　驰赴柏林

1978年7月12日，就在我二十三岁生日那天，我开着崭新的深蓝色阿尔法罗密欧跑车，经过英国高速公路至哈维奇渡口，前往柏林。从荷兰之角（Hoek van Holland）上岸，飞驰在快速道路上，直抵黑尔姆施泰特边境，通过东西德之间的"铁幕"，然后紧张地盯着穿过东德、进入西柏林的特定道路两旁的限速标志。在西柏林住了一年半以后，复于1980年1月，开车经过查理检查哨到东柏林，租了一个房间，停留了将近一年。我最初的目的就是要写我在牛津大学的博士论文，探讨希特勒统治下的柏林。

根据我最近完成的两德编年史表，1978年7月至1980年1月间，发生了许多重大的政治事件，其中包括"七大工业国"（G7）在波恩开会，卡特总统宣布对苏联进行制裁，破坏了签署第二回合战略武器限制条约（SALT II）协定的原定日程，并威胁要抵制莫斯科奥林匹克运动会。比较次要的事件则包括：卡罗尔·沃伊蒂瓦（Karol Wojtyla）当选教宗，是为约翰·保罗二世，并首度访问波兰；欧洲议会第一次直选；北大西洋公约组织"双轨"（twin track）

决议（如果苏联不愿意谈判减少核导弹，北约将在欧洲部署新核导弹）；以及1979年12月苏联入侵阿富汗。现在看来，当时是冷战期间最后的一次大规模对峙：里根对勃列日涅夫，美国巡弋导弹对苏联的长程导弹（SS20），东方阵营的波兰革命对西方阵营的和平运动。

我的日记写的则是完全不同的记录。我没有记下七大国高峰会议，倒是记下了与诗人詹姆斯·芬顿一段很长的对话，我们谈到德国文学、麦考莱爵士和新闻写作成为一种艺术形式的（遥远的）可能性。我没有记下导致北大西洋公约组织达成双轨决议的瓜德罗普高峰会议，却记下和大学本科时代的同学杰伊·雷德韦在东柏林的莫斯科餐厅午餐，还有一天晚上我们先到西柏林的"比利提斯"喝一杯，再去"福非"吃饭（真的吗？），然后又到"艾克斯·巴克斯"续摊。波兰裔教宗虽然在我的日记中写了不少，但是欧洲议会第一次直选时，我却在爱因斯坦餐厅吃早餐，逛画廊，没来得及交稿给《旁观者》（Spectator）周刊，等等。

在历史学家以严厉的笔触记录葛罗米柯的波恩之旅时，我正在法兰科尼亚，豪饮黑啤酒，参观希特勒纽伦堡大游行现场。苏联入侵阿富汗时，我正搭乘往海德堡的夜车，前往阿尔伯特·施佩尔*的姜饼小屋的路上。当吉米·卡特威胁要制裁苏联时，我正忙着准备派对呢。这种生活，用我的好友，路透社驻东柏林记者马克·伍德刻意的混合比喻说法，正是我在"冷战期间的热烈气氛"下的生活。

---

* 阿尔伯特·施佩尔（Albert Speer, 1905—1981），德国建筑师与纳粹行政官员，也是少数加入该党的知识分子之一。1940年代掌管相关军需与经济方面事务，效率之高，使得德国的经济生产达到史无前例的最高纪录。德国战败后，他被判将近二十年的监禁，1966年方获释。

第二章　驰赴柏林

在这一年半的时间中，国安部对我的情报也是断片式的。除了我与"小软帽"在东柏林共度一晚的观察报告外。XX/4组（主管教会）的一个总结报告中，他们不但非常正确地指认出小软帽的身份，还提到了另外两名西柏林的联络人，英格丽（姓氏被舒尔茨女士涂黑）和亨利（姓氏同样被涂黑），以及我在西柏林的电话号码。他们还记录下我的出生地为温布雷多（Winbredow，系温布尔登［Wimbledon］之误），我在牛津念的是圣安索特（St. Ansowt's，应该是圣安东尼［St. Antony's］之误）学院，并将我的某一次波兰之旅前后挪移了三个月。他们指出，我和英国公民莫理斯（姓氏被涂黑）共同研究纳粹德国时期教会与政权之间的冲突。不过，"经证实，G.对东德的文化重要里程碑和地点、文化［原文照录］和文化人物，知之甚详，特别对包豪斯艺术学派*研究甚精。1979年6月，G.自称为英国《观测者》（Spekta）周刊之所谓自由撰稿者，想要写一篇有关反法西斯斗争的文章"。从《观测者》周刊来的人。

这份资料主要来自XX/4处侦察山毛榉牧师所得，以及艾福特（Erfurt）办公室的金策尔少尉在与联络人"格奥尔格"和IMV"米夏拉"会商以后写成的一份四页报告。在线民IM后面，加上字母V，代表米夏拉是国安部的最高线民，负责与敌人直接接触。金策尔少尉报告，1979年6月30日，格奥尔格博士（姓氏涂黑）住在魏玛的史洛斯某区（地名被涂黑）时，接待过一名带有英国或美国口音的访客。他自我介绍为提姆·加多艾什（Tim Gartow-Ash），一

---

* 包豪斯（Bauhaus）艺术学派：20世纪最重要的艺术学派之一，包豪斯设计学校创立于魏玛，其目标不仅在于拉近手工艺与艺术之间的距离，还强调手工艺和科技之间并没有无法调和的矛盾，以讲求建筑功能、技术和经济效应为特征来创造最实际的解决之道，也就是将教学和学习、理论和实务都融合在一起，这至今仍是现代建筑和工业设计的指导原则。

家英国周刊《观测者》的自由撰稿人。

如你所见，不难发现，涂黑并没有什么实质上的效果，因为居住在魏玛史洛斯某处的格奥尔格［某某］博士到底不多。从另外一个角度来看，法律只准许隐匿国安部档案中无辜的第三者或被害人，并不保护密报者。我只要比对日记，就可以找出格奥尔格博士的身份，并发现国安部再度将日期搞错了。

格奥尔格博士是一名年老的犹太裔共产党员，不仅是全东德，也是全部共产党统治的欧洲地区内，最有趣的谈话对象。在我拜访他的时候，或许就已经知道他曾经当过东柏林一家日报的主编，以及一家在政府容忍范围内表演讽刺剧的餐厅酒吧主持人。或许当时我也知道在纳粹期间，他住在英国，替路透社做事。但是，一直到后来，我才知道，当他在英国的时候，遇见了一名女子，化名"丽丝"的爱丽丝·科曼，两人并进而结婚。爱丽丝是个奥匈犹太裔女子，个性温暖，精力充沛，曾为金姆·菲尔比的第一任妻子，有人说，她正是引领年轻的英国人菲尔比为苏联做间谍的关键人物。但是，从国安部这份报告中，我才第一次发现，格奥尔格博士自己在替路透社工作时，便已经进入苏联情报圈了。

在这种背景下，他会对我提出的说法感到怀疑，就不足为怪了。根据金策尔少尉的报告，格奥尔格很快发现，其实我并不认识桑达［姓氏涂黑］，也就是我提到建议我去和他谈谈的人物。当我问格奥尔格博士，他的英语怎么说得这么好时，他告诉我，他在英国居住多年，曾替路透社工作。"说到这里时，G.假装非常感兴趣，并问某人［名字被涂黑］是否为当时路透社的主任。G.得知答案为肯定时，高兴地叫了起来：'想不到吧！好个巧合。钱瑟勒的儿子，现在是我的长官（Vorgesetzter）。'整个过程都是装的，因为格奥尔格

第二章 驰赴柏林

博士可以感觉到，G. 早已知道他曾经替路透社做过事。格奥尔格博士开始产生怀疑，并深信指使 G. 前来找他的，背后应该另有其人。从那以后，格奥尔格博士表现出疏远，却不至于无礼的态度。"

这一个段落具体而微地显示出，国安部的记录为何会悄悄地出现出许多微小的扭曲。例如，我绝对不会称呼友善温和的亚历山大·钱瑟勒（Alexander Chancellor），亦即当时《旁观者》周刊的主编为"长官"，因为这个词有非常明显的上下等级的含意。"长官"很可能是格奥尔格博士，或更可能是金策尔少尉的措词，因为他们才生活在每个人都有长官的世界之中。然而，他们竟然将这种概念套用在我身上，并且用来直接引述我说的话。万一，让我们暂时假设，这段话的内容比实际表露得要严重得多，而其解释完全取决于对这个词语的看法——这种事并非不可能；假设，我日后成为一名显赫的东德政客；有一天早晨，我醒来，发现西德的一家小报将那段话引为头条，弄成不利于我的重要新闻。转瞬间，要求辞职之声立刻四起。这时候，如果我提出抗议，说："不，我从来没有那么说。至少，不完全是那么说的。况且，他们把日期搞错了，还有《旁观者》杂志名称，还有连我名字也拼错了……"有谁会相信我？

不过除了一些小小的扭曲和用词错误以外，那段记述大体而言是正确的。无论我当时是否已经知道格奥尔格博士在路透社的关系人，克里斯托弗·钱瑟勒（Christopher Chancellor），也就是亚历山大·钱瑟勒的父亲，《旁观者》的总经理，我可以想象自己努力地维持一段相当胶着的对话，对这桩不怎么样的巧合做出夸张的喜悦反应。我只不过想要诱导格奥尔格博士开口，轻松地多说出一些。

"当时，[格奥尔格博士的]妻子（指 IMV '米夏拉'），从厨房走了出来，"报告继续写道，"她丈夫介绍她为：'我太太，魏玛艺廊主任。'IMV 颇感意外，她以为客人只是来拜访她的丈夫的……因此，当 G. 立刻转换话题，开始询问该画廊所举办的包豪斯展览时，她更感到异常惊奇。G. 解释他看了展览，并且非常着迷。不过，他无法理解为什么画廊没有发行任何画册。这问题的提出暗示，G. 希望能够从 IMV 口中听到，因为文化政策的关系，这种事是不可能的之类的话。不过 IMV 并没有落入陷阱，只解释说因为纸张缺乏……"

"格奥尔格博士非常愤怒 G. 的粗鲁，因为这时候他已经完全将［格奥尔格博士］冷落在一边静听，也不再回到原来的主题。［格奥尔格博士］起身，离开 G.，随便说了一个必须要到城里办事的借口，就走了。到这时候，谈话大约已进行了四十分钟。现在，G. 对 IMV 解释，他正在写一篇有关德意志民主共和国的艺术与文化生活的文章，因此，想要听听 IMV 的评论。他提出的问题包括：

——为什么一直到现在，德意志民主共和国（魏玛）才举办包豪斯的展览？*

——德意志民主共和国对包豪斯的态度如何？

——德意志民主共和国对这个展览的观感如何？

——国际上对这个展览的观感如何？

谈话中可明显看出，G. 对艺术界，尤其对包豪斯艺术流派方面，掌握了丰富的知识。"

拜会结束后，我显然将自己的名字写在一张纸上——"不知道为什么，他拒绝留下完整的地址"——并表示继续深谈的兴趣。"与

---

* 包豪斯设计学校在 1933 年遭纳粹政府关闭，讹指该学校系布尔什维克主义的温床。前东德时期又因不容于"社会写实主义"，一直遭当局打压，直到 1977 年，原始的包豪斯设计学校校舍才改建成博物馆并展出作品。

IMV对话长达二十分钟。由是，G.大约在公寓里停留了一个小时。"

金策尔少尉觉得前述情报在许多层次上，极有"军事作业"价值。他注意到格奥尔格博士可能已引起了"敌方单位"的兴趣，因为他早期与金姆·菲尔比的关联，也因为在东德，他表现出对现有文化政策的不满，可能对"异议分子"有所同情（金策尔自己加的引号）。敌方单位，金策尔忖思道，可能有兴趣"扶植异议分子"（金策尔再度画上的引号）。因此，格奥尔格博士在担任线民的同时，自己也遭到怀疑。

而我则具有高度嫌疑，因为按照金策尔少尉的分析，我同时动用三道"幌子"来交代自己的来历：朋友的朋友，记者，东德文化生活的学习者。通常国安部只将"幌子"这个严重用语放在重要的情报搜集上，通常只有替全职干员或比较资深的兼职线民布局背景时用到，但是他们竟然将它框在我的报告中。

报告建议措施包括通知"米夏拉"和"格奥尔格"，如果我和他们再度联络，他们应该如何处理，并通知负责监视西方记者的反情报组Ⅱ/13。

报告中一些小细节有误，细节的阐释更充斥着偏执妄想。然而，国安部的确如传说中听说的，无所不在，无人不查。只因一次无心的对话，以及接下来一两次无辜的接触，他们便将我登入了中央档案，成为一名嫌犯。等我在西柏林住了十八个月，准备要越境进入东柏林时，他们已可以将所有相关信息凑合起来，写成一篇综合报告。他们与我的接触、我在西柏林的地址与电话号码、我的车、我的发色、身高（档案副本已将"米夏拉"估计的1.65米至1.7米更正为1.8米），连我似乎不抽烟的事，都被写进报告了。

不过，他们没提到的资料同样惊人。例如，报告中没有提起我曾经在柏林替BBC（英国国家广播公司）广播过，或者我替《旁观者》撰写的有关东德报道，其中包括一篇以爱德华·马斯顿的笔名写的赞扬东德最著名的异议分子罗伯特·哈弗曼（Robert Havemann）的文章。另外，有一年圣诞节，我到德累斯顿和朋友一起度假，以及其他的几次旅行，也都没有留下任何记录。

不令人感到意外的是，他们对于我在西柏林的生活所知甚少。即使如此，那些部分涂黑的名字、地址与电话号码，也足够打开记忆的大门，把我送回到日记中。

我一从英国抵达柏林，便驱车前往一名老太太的公寓。这名老太太名叫乌苏拉·冯·克罗西克，是出版家格雷厄姆·格林（Graham Greene）——也就是同名的小说家的侄子——介绍我认识的。小格雷厄姆·格林的父亲，休·格林，1930年代曾在柏林担任《每日电讯报》的驻外记者，在被纳粹强制出境前，认识了乌苏拉。乌苏拉白发苍苍，但腰杆挺直，终身未婚，在在体现普鲁士贵族女性的风范，但是，她个性温暖，不矫揉造作，不拘于传统。她那昂头一甩头发的习惯动作，仍令人联想到五十年前，她在波茨坦严厉的寄宿学校中逃学游玩的淘气模样。她大半辈子居住在柏林，甚至还记得大萧条时期，一群艳装华服的人，如何在布莱希特的《三便士歌剧》首演后，涌出剧院，经过造船厂时，看见两边站着的都是失业者、战争受伤者等真实生活中的乞丐的模样。她的许多朋友都曾参与了反抗希特勒的运动，但是她的叔父，卢茨·什未林·冯·克罗西克（Lutz Schwerin von Krosigk）却是希特勒的财政部长。她还记得纳粹夺权时，发动暴民在一夜之间打破所有犹太人商店玻璃的"水晶之夜"后,有一天和他一起开车到他乡间别墅,街上到处仍可看见犹太人的店面被砸以后的残骸遗物、玻璃碎片。"一路上,我们不发一语。"

乌苏拉居住在安静而富裕的维尔默斯多夫区巴黎街上一栋19世纪公寓的四楼。从窗户,我可以透过树梢,看到一间红砖砌成的威廉时代的教堂。楼下,是一座相当气派的大理石楼梯和一扇巨大而精巧的玻璃与金属双重门。当晚上门房下班以后,住户每人自备一套很特别的铁制钥匙,从钥匙孔的一端插入,另一端拉出。在柏林的第一个夏天,走出那一扇门,准备去探索这迷人城市的那股兴奋心情,至今仍令我难忘。

室内,乌苏拉的公寓内堆满了过去非常精致而高雅的家具和汗牛充栋的藏书。我就在客厅地板上打个地铺,旁边一张积满灰尘、老旧的沙发脚下,垫着一本贝德克尔公司于战前出版的德累斯顿旅游指南;每晚入睡前,我总会忖思,或许拿来垫沙发是这本战前德累斯顿旅游指南现在唯一的用途吧。我之所以需要打地铺,是因为乌苏拉的客房已经住了一名房客,詹姆斯·芬顿。芬顿是《卫报》(*Guardian*)的特派撰述委员,他也曾替《新政治家》(*New Statesman*)写过文学、印度支那以及英国下议院的政治。

我和芬顿很快成为好朋友,相处时间甚长。我的日记中留下了两人晚上一起喝冰啤酒和凉酒的许多记录。我们涉足过的地方包括附近的一个叫"小酒馆"(Bistroquet)的馆子;街角那间破旧的库赫角(Kuchel-Euk),里面到处是布垫、水果盘,而音响翻来覆去地放着《巴比伦河畔》;或是在记者酒吧(Presse-Bar),我们喜欢它是因为没有新闻媒体的人会去那里;洋葱鱼(Zwiebelfisch)和艾克斯巴·克斯(Ax Bax),当时正红的1968年事件经历者爱去的地方;

布尔乔亚的莫林餐厅（Café Mohring）；还有，"荻克·威丁"（Dicke Wirtin，肥老板娘之意）餐厅，有一天还不太晚时，邻桌一名极端绝望的阿尔及利亚人，烧了他的居留证，接着，一名穿着黑色皮夹克的醉汉掏出一把手枪，对着他。

"小心，那家伙有枪！"詹姆斯说。

"不可能。"跟我们在一起的德国女孩说。她替仍然处在军事占领之下的柏林市英国军事政府做事。"柏林不准私人拥有手枪。"但那把枪是真的。

苍白，专注，衣着褴褛，略微佝偻的身形，顶着一颗大光头，詹姆斯的外表看起来像极了一名异议和尚。他刚到时，对德国和德语的知识相当有限。事实上，当地的各国特派员起初都觉得詹姆斯一定是间谍，因为他们用非常奇怪的逻辑思考，认为没有一名记者可能在对一个国家知道得这么少的情况下被长期派驻到当地。不过，情形很快改观，因为詹姆斯不但眼疾脑快，而且有一股记者追踪故事的十字军狂热——尤其是当故事牵涉揭发有钱、有势或是道貌岸然的伪君子在搞鬼的时候。

詹姆斯为了很多理由，有些或许我根本猜不着，当时并不快乐。但是对我而言，他却是个非常迷人的伙伴。他与众不同的地方在于，他有诗人一般的文采与绮想，经常有出人意表、刁钻古怪的想法。有时候，他会非常疯狂地任思想偏离现有的共同经验之外，远走高飞。我从他身上学到了许多写作的技巧，并与他成为非常亲近的朋友。

那年秋天，乌苏拉迁出公寓，搬到慕尼黑。我们只好拔营到巴黎街上，隔了几个街口的一家小旅馆，巴黎角。那家小旅馆俗气得可爱，橘红色的灯光，房间的墙壁非常薄，随时可以听到隔壁的声音,非常格雷厄姆·格林。秋天逐渐转为寒冬,库弗斯坦达姆大街上的寒冷东风,好像直接从西伯利亚吹过来似的,我们就在这个糟得不能再糟的时候,搬进一间小公寓。那间公寓仅有的暖气设备,便为房间角落的一个泥灶,要不断地喂煤块,煤块则需要从地下室自行搬上。其间,我短暂地逃离西方的贫困生活,到东边去庆祝了德国传统的圣诞夜。邀请我去的是新认识的东德朋友,克鲁格一家。他们属于当地的中上阶级家庭,在德累斯顿附近的拉德波尔,高墙与大花园之后的"世纪末"家庭别墅内,他们过着一种"国内移民"的高等生活。在去的路上,我的汽车因为不习惯北方的风雪,在抵达东德那一边的查理检查哨以后,便拒绝再启动,必须靠一名和善的东德警卫帮助我重新发动。

有访客从英国来的时候,我和詹姆斯便会带他们到卡恩街的巴黎酒吧,或克罗伊茨贝格一家维也纳逐客所开的"放逐"餐厅,或罗米哈格(Romy Haag)有易装癖表演的酒吧餐厅,以及其他一两家我们常去的酒吧。柏林果然不负小说家伊舍伍德(Isherwood)(在《歌厅》[Cabaret]中)所创造出的神话气氛。我把小说中莎莉·包尔斯一角,套在了一名新朋友艾琳·荻喜的身上。她是个非常迷人的德国犹太裔美国女孩,来柏林尝试写作。时过境迁,现在与艾琳谈话时,我可以看出来,她当时显然将我们当成了作家奥登(Auden)和伊舍伍德——或者是诗人斯彭德(Spender)?

在真实生活中,对我们西柏林经验影响最大的,恐怕并非伊舍伍德的阴影,而是1968年的青年学潮。当时,柏林是一个重要的中心,和巴黎、阿姆斯特丹、法兰克福、伯克利连成一线,成为重要的抗议中心。十年以后,维兰德街上就再也没有那种专门店,游行者只要走进去,就可以找到所有抗议示威所需的道具:红旗子、

第二章 驰赴柏林

标语牌、防毒面罩、合宜的皮靴,等等。但是,柏林自由大学的墙上仍然满布着政治涂鸦,而我的朋友中至少有一半——包括克劳蒂亚在内——都属于1968年那一代的人。你不用问,一眼就可以看出那种人:牛仔裤,大翻领衬衫,手上不是一根烟就是一根草,回答人说话时大多用比较随便的"嗯"而非比较正式的"是",自己开口时则满嘴的社会心理学新逻辑理论,分析关系,谈"结构性暴力",等等。他们的公寓地板上必然是空无长物,墙壁上必然是白漆,松木书架上则免不了有一系列的《读本》,以及恩岑斯贝尔格(Enzensberger)*、布洛赫(Bloch)、阿多诺(Adorno)、马尔库塞(Marcuse)等大部头代表作。

然而,当时在1968年一起游行的学生,而今各弹各调。有几个成为红军派(Red Army Faction,或称巴德尔和迈因霍夫帮[Baader-Meinhof Gang])等的恐怖分子,专门放置炸弹、谋杀知名的企业家与高级官员。西德政府以铁腕处理这件事,禁止任何具有敌对意识的嫌疑人士从事公职,从最高级公务员到邮差、扫街的,一律不准。在我到达柏林不久以后,德国曾经放映过一部电影《德国的秋天》(Germany in Autumn),将德国描写成一个武装警察、组织和权力威胁无所不在的地方。难道西德又要变坏了吗?

有一些朋友会告诉我们,才过去不久的1960年代末和1970年代初的社会情况,以及他们如何几乎也成为恐怖分子的情形。然而,他们不但没有变成异议分子,反而成了老师、社工人员或学术

---

* 恩岑斯贝尔格(Hans Magnus Enzensberger),生于1929年,系诗作、散文、戏剧与文化评论之多产作家,1965年创办并编辑《读本》杂志,对1960年代的学潮极具影响力。其重要著作除《泰坦尼克号沉船记》外,也曾撰写《数学小精灵》(The Number Devil)一书。

界精英，尽管仍不准担任公职。还有一些人则选择进入了诗歌、绘画，或转至出版界、新闻界，甚至有些人成为各种主义的拥护者：环境主义、女性主义、结构主义，等等。克劳蒂亚当时便是一名教师，保罗为万年学生和兼差艺术经纪商，彼得为艺术家，伊冯娜为心理学家及翻译家，艾玛为政治学家。弗里德里希为自由撰稿记者，当时正专注于调查一个题目：为什么西德政府不继续追查纳粹的犯罪行为——尤其执法的德国律师和法官本身的犯罪行为。德国六八世代*的人最感兴趣的，依然是这类专门发掘他们上一代罪行的题目。

1979年初，我搬到舍讷贝格区的特劳斯坦纳街，一个六八世代人所谓的公社公寓中。和我同居一栋公寓的，或者可以说是我的公社社友中，有一位名为休伊的温和左翼美国学者和一名叫伯恩特的男子。伯恩特的父亲曾在纳粹政权下担任飞机工程师，后来则加入了美商公司。1968年青年学潮兴起后，伯恩特不但成了一名左派分子，而且还加入了西柏林社会统一党——东德共产党的一个姊妹组织。照他后来告诉我的，他当时只是想加入一个"认真"的组织，也就是说，想要和一个权力机构有点挂钩。当时，苏联的力量看起来还在成长之中。毕竟，在越战爆发以后，美国的力量有削弱之势。在他的党员证的力量下，伯恩特在一家东德贸易公司中找到一份工作。虽然我当时并不知道，但是那家公司显然是一家和国安部有密切关系的东德政府企业的子公司。

伯恩特身材魁梧，但暴躁易怒，眉头一皱，更是一副先天下之忧而忧的样子。他的存在不容忽视。纳粹和马克思提供了最佳的语

---

* 指1968年青年学潮的一代人。

第二章　驰赴柏林

言弹药，供他日常兴之所至的评论与辱骂使用。我的日记中记载着有一天，我在浴室里待得比规定的时间要长了一点，扰乱了他的日常作息。他一面用拳头大力敲门，一面叫嚣道："统治阶级！"当他把孩子带进来住，而主要的房客，海纳，威胁要去法院告他时，伯恩特对着他大骂："你这个纳粹猪猡，跟集中营的警卫一样，白天谋杀平民，晚上弹琴、喝酒……"

事实上，我之有幸能够进入这个公社，还亏他们两人之间大吵了一架。吵了以后，海纳决定搬家。在将他两间高挑、宽敞、漂亮、白墙上还有两个空白画框的房间让给我以前，海纳拉着我坐下，在烛光下与吞云吐雾之中，与我长谈了两个半钟头，让我经历了一次多半由他谈、我听的心理分析之旅。在日记中，我记录下一段很典型的他的谈话。说到他十四岁时候的自我意识时，海纳说："一开始时，我假设自己有旺盛的正面自我意识，异性恋，不过或许比较倾向肛交。"一切的一切，只为了取得新住房的钥匙。

他走了以后不久，正好有一名在英国读公学和牛津时代的朋友杰伊来探望我。我注意到他们两人之间的不同："一个是个性保守、言词闪烁、讥讽嘲笑、高傲不逊、自我压抑、情绪纠葛的英国人，一个是开放、直接、诚恳、左派、满嘴甩词、思想自由、同样情绪纠葛的德国佬。"几天以后，电话铃响，我拿起听筒。

"哈啰，海纳在吗？"无名氏问道。

"不。"

"那么，你是同性恋吗？"——他用的是德文"Schwul"。

"不。"我说，放下电话。几秒钟以后，电话铃声再度响起。

"喂，"同样声音的人说，"你是英国人吗？"

"是的。"

"嗯，我刚才的意思是：你和男人睡觉吗？"

"不！"

海纳，我后来听伯恩特说，在那之前几年，便决定自己是同性恋者。当时他正通过实证来探索那档子事。不过，我认为他那时未必是在引诱我。或许，他只是想要让我感觉宾至如归。

我从伯恩特那儿听到，海纳最近得艾滋病身亡。

对于六八世代人，我的感情很复杂。他们很特殊、有趣，和我所有其他的朋友非常不同。有时候，我可以理解甚至同情他们的政治目标，例如，当弗里德里希努力地想要揭露出德国司法是一套根本无法为纳粹受害者伸张正义的失败制度，我很能了解他的感受。然而，我同时觉得他们有时候太歇斯底里、自我中心、自我沉溺。他们的痛苦呻吟令我厌烦，在我看来，简直小事化大、自寻烦恼，与东西隔离相比较，那些只是小事。海纳告诉我，卡特总统访问西柏林，就好像勃列日涅夫到东欧访问暴吏一样，然而他对于仅相隔几英里之外、围墙另外一边的那个自称为社会主义国家的东德，却漠不关心。对于他们那批人而言，围绕在西柏林外的墙壁，似乎只是一面硕大的镜子，通过镜子，他们得以思考自己和他们自己的"关系"。"纸水仙"，我在日记中评论他们道。

然而，如果六八世代人在我眼中异常的话，那么我这个穿着大头鞋、苏格兰呢夹克的英国年轻人，不知在他们眼中又是何方妖怪。回顾过去，那个过去的我，连我自己也觉得怪异。有人或许会羡慕那些有案可查的人，但是被自己的、有毒的玛德莱娜蛋糕骗到，却不是愉快的经验。波兰作家维托尔德·贡布罗维奇（Witold Gombrowicz）在小说《费尔迪杜凯》(Ferdydurke)中，幻想自己有一天醒来后，回到了十六岁的模样。他听见自己那"早已埋葬、小公鸡一般尖锐"的声音，看到自己"没有长高的鼻子，嵌在那还没有成型的脸庞上"，并可以感觉到他不协调的肢体与器官，相互嘲笑：鼻子嘲笑腿，腿不齿耳朵。带着档案在时间中旅行的效果可能也很相似：一次不好的旅行。

国安部的金策尔少尉在报告中所谓我的"幌子"，其实并不是身份掩护，而是我还没有成型的身体延伸出来的好几个枝节。就好像现在会到我的牛津办公室中要我指点他们人生迷津的头脑混乱、但野心勃勃的二十三岁研究生一样，我同时想做的事太多了：完成以第三帝国的柏林为主题的博士论文，写一本有关东柏林的书，写一篇有关包豪斯艺术的文章，还要写许多篇文情并茂的文章给《旁观者》周刊，甚至成为乔治·奥威尔、外交部长和战争英雄。都是一些我讲给自己听的掩护故事。

日记提醒了我过去那些笨拙的探索、自以为是的行动和势利高傲的态度——还有贸然闯入他人生活的莽撞。姑且将窘迫放在一边，要重建自己过去真正的感觉，真是何等的难事。然而，要重建别人的，可就容易多了。有时候，那个过去的我，对我是那么陌生。一路写下来，写到最后的几页时，在写"我"时，我几乎觉得我应该写的是"他"才对。

个人回忆就好像是个滑头的客户。尼采在他写的一篇讽刺短诗中，抓住了其中的神韵："'我做了。'我的记忆说。'我不可能做的。'我的自尊坚持己见。到最后——记忆投降。"我们会禁不起诱惑，想要选择自己的过去。国家也是一样，我们会记得莎士比亚和丘吉尔，却忘了北爱尔兰。但是我们只能全取或全舍，而我也一定要说"我"。

虽然有很多事情让我分心，但是我的日记中仍然记录我花了很多时间，在听起来就充满邪恶感的"普鲁士国家秘密档案局"和柏林文件中心，翻阅盖世太保档案和纳粹"人民法庭"文件。"人民法庭"的文件任意地堆放在金属架子上，灰尘满布，无人建档。文件中心的主任为美国籍，因为档案属于美国驻柏林军事政府财政的一部分。但是，档案室主任每天只知道去打高尔夫，任由档案荒废。

我非常惊骇地打开好几件起诉案件，发现提出控诉者并非支薪的盖世太保线民，而是普通的市井小民：一名顾客指控理发师，一名助理指控药房老板，一名雇主指控他的管家，甚至有一些兄弟、夫妻相互指控的。这些都是我当时影印下来的真实个案。许多案件最后甚至以被告者被判处死刑结案。

看了一天的档案，我会再度走进街道的绿荫与阳光之中，对于人类无止无尽的阴险残忍，内心激动不已，久久难以平复。经常，我好像觉得自己手上也沾满了血。我会去游一趟泳，将血洗净，然后到咖啡厅内，看着隔壁桌的老太太讲闲话，一面喝上一杯。老祖母们，你们在战争的时候，都做了些什么？

　　档案室不是我唯一沉浸自己的地方。我还会去找一些退役军人和战争幸存者，和他们谈话。例如，海德堡的阿尔伯特·施佩尔，告诉了我他如何做一名缜密、忠诚的非政治任命专业行政官。还有很多偶然认识的人，每个人都有一段令人难以相信的历史：一名机械师，他的父母在他还是婴儿的时候，便因红军逼近，匆忙逃难，而在途中死亡。他从小长大，既不知道自己的生日，也不知道自己的真名，只知道家乡一度曾为德国领土，但现在已属于立陶宛的默麦尔（Memelland，编按：一译"梅梅尔"，即今立陶宛克莱佩达）。我还知道一群曾共同反抗希特勒的了不起的老人家，每年7月20日在当年的纳粹国防军总部会合，以纪念他们的领导人，施陶芬贝格伯爵*被枪决。

　　施陶芬贝格伯爵在1944年被枪决前，曾高声抗议。但是，他当时到底说的是"神圣德国万岁！"（Es lebe das heilige Deustchland），还是"秘密德国万岁！"（Es lebe das geheime Deutschland）——后者同时指秘密反抗行动和诗人斯蒂芬·乔治（Stefan George）的半神秘思想——至今仍有争议。然而，在秘密德国的鬼魅之中，我想要搜寻的，是一个私人问题的答案：什么力量使一个人成为抗暴斗士的同时，却使另外一个人成为极权统治下的忠实奴仆？一个是施陶芬贝格，另外一个是施佩尔。今天，经过多年的研究，以及与极权统治下的许多反抗者和许多奴仆有过个人接触以后，我依然在搜寻答案。

---

* 施陶芬贝格伯爵（Count Stauffenbery），德国贵族后裔，第二次世界大战时担任德国军官，1944年行刺希特勒失败后遭枪决。

不仅对于我这个专业的历史学者，而且对于任何在这个时候居住在德国的英国人，甚至对于大部分英国报纸的读者，德国最有趣的一部分，大概还是它的过去——而所谓的过去，最主要的便为十二年的纳粹统治。战后的重建、民主制度的建立、施密特总理所架构起的社会市场经济，这些都是了不起的成就，但是非常枯燥。甚至极左派恐怖主义的威胁，和一般对西德成就的强烈反应，都靠边站了，只因为在希特勒阴影下，大家仍然忐忑不安：德国会再度成为有危险性的国家吗？

詹姆斯几乎和我一样对纳粹的过去深感兴趣。我们合写了好几篇文章。我和弗里德里希，我的六八世代记者朋友，共赴迪塞尔多夫旁听对马伊达内克集中营警卫的审判。当一名犹太裔老太太作证说，她被关在集中营时，曾被迫将齐克隆B毒气筒搬运到毒气室。这时，一名德国的辩方律师立刻跳了起来，要求将那名老太太以协助杀人的罪名，予以拘捕。

我们还一起追查了有关西德总统身份的神秘案件。有人举报说，当时的德国总统卡斯腾斯（Karl Carstens）年轻时曾加入纳粹党。一名杰出的画家汉斯·特勒克斯（Heinz Troekes）告诉我们，他记得当他在步兵学校读书时，卡斯腾斯系该校一名年轻教师，他曾非常骄傲地将纳粹党徽挂在身上。然而，到了这时，消息虽然曝光，身穿皮短裤民俗服装到德国乡间各处不断进行亲民之旅的卡斯腾斯，其声势却依然不坠，没过多久，这案子便从公众眼前消失了。我当时还是初出道的历史学者，也是一名实习记者，而詹姆斯这时已是资深记者，但他还是一名诗人。根据那次的经验，他写了一首诗《德意志安魂曲》（German Requiem），非常生动地抓住了德国人回忆中那闪烁、鬼魅的特质：

第二章　驰赴柏林

> 多么安慰，每年一两次，
> 大家相聚，忘却往事。

有一天晚上，弗里德里希打电话来，说一个叫"维京青年"的新纳粹团体会在一家叫"祖国餐厅"的新开张酒吧公开露面。前些时候，美国电视连续剧《大屠杀》(*Holocaust*)在本地上演并造成轰动后，他曾经去采访过学童，并和他们讨论这部电视剧。当时，弗里德里希便和他们交过手，而他们的"理论家"威胁说他们将在德国重设集中营。

祖国餐厅坐落在陶恩沁恩街上一栋难以描述的现代大楼的一楼内，内部装饰奇异得难以用言语形容。墙壁上挂着一些小古玩，还有一张很粗糙的油画，主题为希特勒坐在马桶上。我们到达时，咖啡座内大约半满，坐着的是穿着皮夹克和皮靴的年轻人。他们大口嚼着涂满了料的面包，相互以喜剧明星彼得·塞勒斯(Peter Sellers)式的纳粹敬礼打招呼，右手弯弯地只举起一半的样子，甚为滑稽。咖啡座内另一半，则是坐着的记者，前来观察这些维京青年的行径。大约到了午夜，什么事都没发生，我们便离开，走到我停车附近的一条黑暗后街角落时，突然好几个穿着黑夹克的影子冲向我们。他们手持破啤酒瓶瓶颈，而将锯齿状的尖角部分朝外。

从那个时点开始，我的记忆进入了慢动作放映模式。我看到恶棍从黑暗中冲进街灯照射范围内。我看见自己缓缓地——愚蠢地——绕过汽车，打开驾驶座位的门。詹姆斯站在人行道上，徒然地挥动着手上的雨伞。弗里德里希斜斜地跑过马路，往另外一边高层停车大楼奔去。我一点也不记得那玻璃瓶击中我头部边缘时的感觉。或许我曾失去了几秒钟的意识，接下来我记得的，就是詹姆斯和弗里德里希弯下身子，俯望着我，而我则从肮脏的柏油马路上挣扎着站起来。我看着他们衬托在耀眼的街灯与丛丛树叶之上的脸孔和脸上恐怖的表情，才发觉事态的严重。接下来，就好像一部典型 B 级烂片一样，我把手提起至颈部，放下，看着手指上满布的血迹。

显然一名恶汉的破玻璃瓶击中了我的后脑。在昏沉与流血状态中，一名路过的司机将我送到了最近的一家医院急诊处，由一名非常没有同情心的老护士帮我缝合伤口。詹姆斯和弗里德里希在旁边非常聒噪地嚷嚷说，他们马上、立刻要打电话。那名老护士对我说："你那边的朋友，简直比纳粹还恶劣。"第二天，德国一家小报的记者来采访我，听说我已把沾到血的衬衫洗干净了，非常恼怒，因为他想要拿着衬衫拍照。"沾血的衬衫呢？"他不断地问。

东德共产党机关报《新德国》（Neues Deutschland）也报道了这一则新闻，他们的标题是："西柏林成为法西斯游乐场"。为配合法西斯源自资本主义的马克思主义理论，报道指出"在多特蒙德–舒尔特海斯（Dortmund Union-Schultheiss）联合啤酒公司赞助下"，酒店老板：

> 在西柏林市中心建立了一个新纳粹主义和军事主义的中心。新纳粹集团"维京青年"的成员自觉受到鼓舞，对那些与他们政治理念不同者展开了第一轮的恐怖行动。他们威胁了三名记者，其中两名为到德国来寻找有关纳粹政权资料的英国人。维京青年尾随记者到马路上，将他们痛打一顿。到目前为止，国家司法机构尚未出面处理此事。

事实上西柏林政府和英国军事政府都对这件事表示了浓厚的关

注。我被当地的治安单位盘问了甚久，还被一名叫斯宾格勒的医生在停尸间内做了详细的检查。他们找到了肇事的维京青年并将他们逮捕。我们在冷峻的法院大楼提出证言，顺利地将他们定罪。

詹姆斯并非和我一样对东德感兴趣。然而，我的日记中留下了不少我们两人认真讨论那些议题的记录。他当时曾经说，社会主义社会将往何处发展，是对像他这般左派分子来说最重要的政治问题。1989年以来左翼发生的事显示，这个观点极为正确。但是在当时，西方的左派分子是不会接受这个冷酷的事实的。唯一愿意接受这个观点的就是六八世代人。那些人曾在西柏林大街上示威过，而那些心存害怕的老太婆则挥动着雨伞、对着抗议者大叫："到那边（意指东柏林）去！"他们的感受自然不同。

六八世代人用自己的笨拙手法处理这种令人困惑、局促的状况。有的人退后一步——或者应该说前进一步——设想，发现东德其实也有很多好的、进步的地方，如社会安全措施、完全就业、男女平权、所有幼儿都可进入幼儿园，等等。当六八世代人年纪稍长，以记者和学者的身份描绘出他们理想中的东德后，形成的竟然是一个全然扭曲的图像。他们其实想要反抗的是他们父母那一代粗糙的冷战反共思想。他们并不一定亲共，而仅为了反对反共而抗议示威。另外，他们心中还存在着一线希望，希望社会主义的跨世纪大计划不会因为东柏林所施行的"社会主义"而被人轻忽、看扁了。

有一些人，如伯恩特成为东德系统，包括围墙和所有其他东西的最积极、大声的辩护者。有几个人甚至更进一步。所有我后来接触过的国安部海外情报官员，包括绰号"米沙"的马可·沃尔夫本人都说，从六八世代人中，他们招募了许多情报员。当然，从总数而言，这些人仅代表同世代中极其少数的一群。话说回来，恐怖分子的数量也不多。不过,非常政治的那一代,大部分人却没有选择政治的生涯,而仅仅将注意力转往其他方向。他们将注意力从西德转移至东、西、南、北,往各个方向旅行。即使在西柏林,虽然东德如此紧密地包围在四周,他们仍努力向外看。

就以詹姆斯为例,我不觉得他对政治理念的忧虑和他对东德缺乏兴趣之间有任何关联。今天,当我们再度谈起同样话题时,他让我联想到一名《卫报》的东欧特派员,他小心保卫自己地盘,神勇的态度并不下于勃列日涅夫。东德也是他的地盘之一。如果詹姆斯企图走过柏林墙的话,他们很可能会开枪把他毙了。

生于1949年的詹姆斯,是英国的六八世代人,而比他小六岁的我却不是。国安部在我的序言报告中,对我思想的评估是有"布尔乔亚自由"倾向,大体而言,这一点也没错。我热心关切我的所见所闻,而且一方面内心有一股单纯的浪漫爱国思想,一方面又承继了英国的个人自由思想传统。我想要将那份自由传播给其他人。我的学术英雄为麦考莱*、乔治·奥威尔、以赛亚·伯林†。过去我常引用肯尼迪在柏林危机时的名言,说"我是柏林人"(Ich bin ein Berliner)。事实上,我只是取用"柏林"两字,我内心真正的意思是说:"我是以赛亚·伯林的追随者。"我从来不曾在这些个人政治思维中,感到他们觉得应该同情东德。不过,这种自由思想下的反

---

* 麦考莱爵士(Sir Thomas Babington MaCaulay,1800—1859),英国史学家、文学家、政治家,维多利亚时代早期代表人物之一。他主张渐进式的改革,倡导英国议会政治,宣扬进步的历史观,其传世之作《自詹姆斯二世登基以来的英国史》,对于英语系国家历史意识之觉醒有相当重要的贡献。

† 以赛亚·伯林爵士(Sir Isaih Berlin,1909—1997),英国社会历史学家和哲学家,其著作主要在讨论个人意志,其中《两种自由概念》对积极自由和消极自由的分辨,评论家公认可以媲美约翰·穆勒的《论自由》。

共产主义，也不是我对东德感到极有兴趣的原因。令我感兴趣、迷惑的是，东德人在全盘与政府合作和拼死反抗极权之间，其实有无尽的选择。在东德，我可以在一个真实的环境、真实的时间内，继续探索成为施陶芬贝格还是成为施佩尔的问题。

在这里，我还发现了一个极端类似乔治·斯坦纳（George Steiner）在《蓝胡子城堡》（*In Bluebeard's Castle*）中所描述的高度欧洲文明与有系统的残暴之间的组合。那本书，我17岁时阅读过，留下深刻的印象。在日记中，我称这现象为"歌德橡树"，因为在魏玛附近的艾特斯堡有一棵古老的橡树，传说就是在那棵树下歌德完成了他的传世作品《流浪者的夜歌》（*Wanderer's Night Song*）。然而那棵树后来却被圈在布痕瓦尔德集中营的营区之内。歌德和布痕瓦尔德，人类历史上最高与最低形式的代表，在同一个地方出现。一个叫作魏玛的地方。一个叫德国的地方。一个叫作欧洲的地方。

我对于分别代表邪恶与善良、野蛮与文明两个极端的独裁和反抗，有着高度兴趣，驱策我进入共产主义统治的欧洲。1978年夏，我与七名英国利兹的马克思列宁主义教师、一名苏格兰工程师和一名叫戈赛先生（Mr. Godsave）的前帝国警察，一起到阿尔巴尼亚进行了一次"进步之旅"。当地有一种掺入烈酒以增加风味的咖啡，阿尔巴尼亚人将它取名为卢蒙巴，以纪念刚果的独立英雄派屈斯·卢蒙巴*。我和戈赛先生一起品尝卢蒙巴咖啡时，他对我坦白说他已经去过世界上每个共产党国家了。为什么？"一定要认识敌人。"

---

* 卢蒙巴（Patrice Lumumba），刚果民族解放运动领袖和刚果民族运动党主席，为刚果1960年独立后的首任总理，同年发生政变，遇刺身亡，在第三届全非洲人民大会上被追谥为非洲英雄。

第二年夏天，我开车至当时一般人心目中的东欧六国旅行。在波兰，我发现了自己寻找已久的反抗精神。从外表看起来，波兰穷困、肮脏、荒凉，只剩下少数孤立的地方仍展现着往日的美景。但是，在人民的力量以及波兰籍教皇的超级力量推波助澜下，她却散发出耀眼的光芒。在克拉科夫，我和罗莎·沃兹尼考斯卡[*]一面吃一种叫"尼尔森香肠"的牛肉菜式，一面笑谈不屈不挠的克拉科夫大主教，也就是后来的教宗，如何在当局明令禁止以后，仍打开教堂大门，让"奥威尔的一九八四与现代波兰"的演说能够顺利开讲。在华沙，不知道挫败为何物的瓦迪斯瓦夫·巴托谢夫斯基[†]，两次分别从奥斯维辛集中营和斯大林监狱中生还，在一家热闹的餐厅里，以穿透满屋噪音的嗓门对我大吼："我们相信，21世纪的时候俄罗斯帝国必垮无疑！"和懦弱的东德是何等的对比。

回到西柏林，我发现詹姆斯决定要离开了。他问我是否愿意接下他在维兰德街127号的租约。历经战乱，那栋公寓的外表只剩下一个丑陋的水泥壳子和墙壁上一些泪珠般的大小斑点，这让人联想到过去一度存在的美丽装饰，不过公寓里面倒仍然十分气派。从大门进去后，里面是一座独立的大理石楼梯，向上经过一座威廉二世时代的石膏半身像和一个散花童子，抵达公寓的灰色的木制门。门打开，是一条长廊，足足有一座大钢琴宽，而高度则至少有15英尺。走廊的左边先是两间房间，然后又是三间有明亮大窗的房间。

---

[*] 罗莎·沃兹尼考斯卡（Róża Woźniakowska），生于1954年，波兰女政治家，曾担任团结工会学生委员会发言人，加入援助政治犯及其家庭的工人防御委员会。现为欧洲议会波兰代表。

[†] 瓦迪斯瓦夫·巴托谢夫斯基（Władysław Bartoszewski，1922—2015），波兰外交部长（1995；2000—2001），1940—1941年被关押在奥斯维辛集中营里，后被波兰红十字会营救。

房间与房间之间以美丽的地毯相连。过去，曾有几名伊朗政治难民租过这房子。他们已经回到——他们以为——解放了的祖国，但是在双人床的上方还高高悬挂着一张海报，向世人宣示："伊朗国王去死！"

我如何能抗拒这样的诱惑？我立刻告别特劳斯坦纳街的公社，搬了进来。我的日记留下了我最后一次看见伯恩特的情景：他正要到东德出差。虽然在理论层面上，他完全相信德意志民主共和国是比较好的那个德国，但是实际上他并不很喜欢去。那一次，他的汽车里塞满了罐头、瓶瓶罐罐、各种各样的西方产品。"你知道那里的食物非常糟糕，"他解释道，"还有**服务**……"再见了，同志。

维兰德街的公寓对一名学生而言贵得离谱。事实上，自从我到柏林以后，我非常愉快但也非常快速地掏空了祖父留给我的小遗产。我祖母家中的钢琴上面还保留着一张祖父的照片，曾经担任过特许会计师公会总裁的祖父，照片中的他表情严肃。我有一种感觉，节俭成性的他不会乐于见到我把钱都用在福非、罗米哈格、艾克斯·巴克斯等酒吧，更不用说到华沙、地拉那之类的地方挥霍了。

我的银行经理来信的口气越来越严厉。为撙节开支，我做起二房东。首先，前面的两间房，我租给了特劳斯坦纳街的公社中一名美国社友的德国女朋友伊莎贝拉。然后，又来了手上总是拿着一本尼采的白面书生丹尼尔·约翰逊。他白天会冲进房间，兴奋地告诉我说他又找到了一名悲观主义的信徒。最后，还来了波兰雕塑家麦尔和他的妻子朵特。两人舍弃了在波兰的一切，来到德国，寻求政治庇护。"波兰好，波兰共产党坏……"朵特用她结结巴巴的德语对其他人解释。我完全了解她的意思。在早餐桌上，麦尔一面喝着白兰地，一面阅读着德国某个雕塑比赛的规则细节，他突然大叫一声:"空袭伦敦!"他所推出的参赛作品是一对男女相互依偎,背对着令他们害怕的新世界。这就是麦尔和朵特。马路另一头,依然有很多咖啡厅和漂亮女孩。丹尼尔会突然开口对那些女孩说:"你可曾注意,斯坦纳在用'瞬间'这个字眼的时候,是从黑格尔的角度出发的?"把那些女孩吓一跳。

1979年底时,我已经准备搬出这个各说各话的快乐巴别塔,进入东柏林,因为在英国和东德新近签订的文化协定下,柏林洪堡大学接受了我的入学申请,让我去做研究生。

经过将近两年的时间，牛津和伦敦似乎都已离我非常遥远。偶尔，我会飞回伦敦几天，看看我父母，到《旁观者》编辑部吃个中饭，看一两场戏，和朋友共进晚餐，并挣扎着回答朋友的问题："他们那边怎么样……"虽然我知道他们问者无心，但是我这个答者却搜肠刮肚地寻找答案。我有时候会坐火车到牛津，和我的指导教授谈一谈，到黑井书店走动一下。还有一次，我回到伦敦参加公务员笔试，接下来又为参加"驻外服务"的口试而回去了一次。

我们一般所谓驻外服务，大都指外交工作，但是在英国，它却可能有另外一重意义：秘密情报工作。关于这一点，一直到我决定追查自己的国安部档案以前，从来没有想到过。我必须要深深地掘进我的记忆、日记，翻开家里储藏室中尘埃满布的箱子，恢复那些细节，并重新建立起那个已遥远的我。

记得十九、二十啷当岁，还在牛津大学部读书时，我曾一度对间谍这个行当很感兴趣。我看了很多第二次世界大战时的真实故事。在战争结束后三十年，终于有人开始写出英国当时许多大胆惊人的间谍行径，其中有不少还牵扯到牛津教授。我越来越感觉到其实战争并没有结束，只是对象从纳粹德国换成了苏联共产党。我对那些替苏联做间谍的英国人感兴趣：菲尔比、勃吉斯、麦克莱恩，以及那不知名的"第四者"。而且我热爱格雷厄姆·格林的小说——间谍原本便为"格林王国"最主要的行当。

当时，我特别喜欢与一名大学部的同学聊天，两人常常喝着咖啡，一聊就是大半天。后来，我发现他的父亲是MI5的特工。不过，虽然那时候我很迷格雷厄姆·格林，对间谍工作的兴趣，大致可以说和戏剧、现代建筑、文学、政治平分。

在我记忆深处，还保留着那么一幅图片：一个阳光满地的早上，在艾克塞特学院的前庭，一名看起来穿着随便、面容和善的大个子，站立在学院院长旁边。我只记得他神秘兮兮的语气，但已想不出说话的详细内容，只记得他大致上说：他听说我对这种事情有兴趣，他是否该替我与伦敦的某个人联络一下？

今天回想起来，那简直像电影的开场，而不是真实发生在我生活中的事情。阳光斜洒在牛津学院的草地上，金黄色的砂岩墙，一名穿着苏格兰呢夹克的导师绕过前庭，到教堂下，在一名面容清新的大学生前停了下来。我们只能隐约听见他们分手时的片段对话……"和伦敦联络……""谢谢，院长……"

在我家储藏室的一个埋藏在杂物中的大箱子里，我找到一封信，日期为1976年8月6日。信头上印着的发信机构，是默默无闻的英国外交与联邦事务部，地址则在伦敦中心。"据闻，阁下有兴趣了解在本部追求职业生涯，而本部门的功能便为征才。"随信附有一张表格，建议"进一步谈话"。"如果你需要特别为此来到伦敦，本人自将补助二等车厢火车票价。"下面签字的名字，我1995年查"外

第二章　驰赴柏林

交事务人员名单"时发现，是一个真名。

现在，我在脑海中，还可以看到那个略带佝偻、头发渐秃、下巴上有个疤的男人。在对话中，我只记得他对我强调，在这个单位工作生涯中，将不会获得外在的名声，也没有荣誉奖励、头衔或社会认可。以当时——二十一岁——的我而言，只觉得他的话可笑。就算今天，我仍觉得那情势很可笑，但我已比较可以想象年届四十，在那单位工作，表面上为外交官，实际上眼看着和你同年代但或者还没有你能干的人往上爬——成为领事、公使、大使，获得赠勋、赠爵，是什么滋味。正如同一句玩笑话说的："叫我上帝，请叫我上帝，上帝都叫我上帝。"* 1995年时，我查到"外交事务人员名单"上当年负责与我谈话的人，现在的职等为"一等秘书"。没有人叫他上帝。

当时，无论如何我太年轻，不适合进入这种单位，因此回到牛津继续读历史。根据我自己的陈旧档案，1978年离开柏林以后不久，我再度提出申请，而且还保留了一份申请的影本。在"兴趣（社会及政治活动，主要阅读方向、艺术、科学兴趣，等等）"栏下我发现自己写了一段："国际事务、两德、东欧……阅读时事、现代历史、现代欧洲文学、英国文学、一般性评论、报刊。"我还承认自己为英中了解协会（Society for Anglo-Chinese Understanding）的会员。该会是一个温和的左派组织，我的加入完全是因为当时对中国感兴趣（那本《毛语录》的小红书，现在还摆在我的书架上）。在介绍人栏上，除了院长以外，我还写下了我的叔公休伊·林斯特德爵

---

* 人们通常把英国外交和联邦事务部颁发的三个级别的圣米迦勒及圣乔治勋章——CMG、KCMG、GCMG 理解为，CMG 是 Call Me God（叫我上帝），KCMG 是 Kindly Call Me God（请叫我上帝），GCMG 是 God Call Me God（上帝叫我上帝）。

士，他是退休国会议员，也是我的教父和快要成为高等法院法官的律师。他的杰出成就尊贵，他的尊贵源于杰出。

我于1978年秋参加公务员考试（"建设性思考"只占总分的百分之十，我在日记中写道），然后又于1979年初参加了所谓的"文职人员甄选委员会"考试。委员会同时选拔外交和秘密情报工作人员，而就像许多刚从学校毕业的年轻人一样，那仅为我人生——定型以前——许多选择中的两个而已。1979年5月17日，我特别从柏林回到伦敦，参加秘密情报机构冗长而仔细的面试。我在日记中写道："两个半小时。面试。好一场游戏。"然后，我去参加了一次皇家学院的展览，打了一个电话给麦尔文·拉斯基（Melvin Lasky，《邂逅》[*Encounter*]杂志主编兼冷战老兵），才回到柏林，"心中仍甚为起伏"。

现在回想起来，我在脑海中还依稀可见白厅内的办公室，厚厚的地毯，红色的皮沙发，深色的木头装潢，一张长桌子。桌子后面坐着一排人，我认出其中一人是牛津历史学的老教授。整个面试过程，我只记得其中有一段，是他们要我假装自己是一名英国"外交官"，在巴塞罗那与一名可能的线民接触。线民的角色由桌后的一个人扮演。我唯一记得很清楚的是，我自己在那段假装的对话中，隔不多久就重复一遍："再来一杯吧！"桌后的人似乎觉得很有趣。

在我档案里，我还发现了另外一张手写的纸条，是和那次面试有关的。自己已有部分难以辨识，不过除了提到"巴塞罗那"以外，还有利比亚、"对欧洲共产主义观感"以及一行"背叛朋友"的字样。难道在面试中，他们问了如何在背叛朋友和背叛国家中做一选择的老问题，还是什么来着？

从日记中，我似乎在1979年6月11日，再度从柏林飞回伦

第二章　驰赴柏林

敦做身体检查,并至秘密情报局(Secret Intelligence Service,简称SIS,更常被称为MI6)的总部接受安全检查。完了以后,我被带到泰晤士河南边的一个无名办公室,接下来又到"河之南"餐厅吃中饭。有关那次访问,我的记忆稀疏,唯一有印象的,就是接待大厅和办公室毫无特色到非常特别的地步:灰色的档案柜、拥挤的办公桌、穿西装的男人;和旺兹沃思区自治会的住宅科办公室没什么两样。

然而,有关那次,我的日记记载却比较丰富。在回到特劳斯坦纳街公社以后,写下了部分的印象:"办公室、公司、情报工作……快乐的秘书和小弟。有个医生,看起来像马科尔·蒙格瑞奇*……正在为一名有酗酒问题的人做咨询。手法业余。故意的马虎。""总之,"我写道,"相当荒唐——但毫无疑问,贝蒂,虽然看起来有一点毛毛躁躁,其实是极其锐利的。"那个贝蒂还问到我的父母和兄弟:"他们知道这件事吗?"

我注意到:"GG 成分(GG 指格雷厄姆·格林)……神秘感。一种属于精英阶层的感觉。游戏般的挑战。"但是,我同时觉得非常不安。一方面我可以感受到带我去午餐的那名官员很圆熟、有文化,但我对他的评论却是"或许这也算(当然在程度上要小太多)英国版本的'歌德橡树'"。当我提到我想到苏联阵营内旅行时,他那"邪恶的警语"在我耳边响起:"我们宁愿你在我们控制范围之内。"日记的结论是:"在回程的飞机上,读着朋霍费尔†,发现——再发

---

* 马科尔·蒙格瑞奇(Malcolm Muggeridge,1903—1990),英国记者、作家和艺术家。二战期间,曾当过士兵和间谍。1969 年,拍摄了一部以特蕾莎修女为题材的纪录片 Something Beautiful for God。

† 朋霍费尔(Dietrich Bonhoeffer,1906—1945),德国基督新教神学家,重视现世及人类自身的能力,反对纳粹干涉教务与排斥犹太人,因参与暗杀希特勒行动遭到处决。

现——自己对学术的高胃纳量,我几乎立刻决定,要往哪边跳了。"

不过,档案夹中最后一张文件,日期为1979年6月21日,是我从特劳斯坦纳街公寓发出的一封短信,里面只写道:"我希望能将开始加入贵部服务的时间,展延至1980年9月。"显然为谨慎之举,保留未来的可能性。办完这事后,我便开着汽车,到苏联阵营内旅行了两个月——在无人控制的范围之内。日记中最后一次和这事有关的记录,是在1979年11月,我写道:"'我们要你在我们控制范围之内。'所以,不必了。"很显然,我在去东柏林前,就已经决定不加入秘密情报工作了。

在英国,和秘密情报工作有关系,向来可以沾惹上一种莫名的冒险与魅力的形象。许多有名的作家、传记家、历史学家,在人生的某一段时间,都曾和秘密情报工作组织有过往来,从毛姆到霍恩(Alistair Horne)到休·特雷弗-罗珀(Hugh Trevor-Roper)都如此。但是,在看过国安部档案,在经过了多年沉浸于中欧事务,我现在就不如以前觉得那么有趣了。虽然我从来没有加入过秘密情报工作,但是我可以想象自己对一名捷克或波兰的朋友解释自己身份时,他们立刻会将"秘密情报工作"听成"秘密警察"。我不知道要如何解释,才能够让他们理解——那几乎是不可能的——在当时一名经过公立高中、牛津大学怪诞教养养成的大学毕业生对那职业的神秘向往。这就好像他们如果不追溯到已经记忆模糊的童年,几乎无法对我解释一些事情一样。

是怎么开始的?是孩提时代所阅读的吉卜林(Kipling)小说《基姆》(*Kim*)吗?我不是想找借口,但那很可能是真的。由于我的祖父曾在大英帝国下的印度政府中担任过公职,使我对参与印度东西

第二章　驰赴柏林

前线的"大博弈"的那种壮烈与浪漫极感兴趣。当我去祖父母家玩时，他们告诉我很多以前的故事，令我神往：骑着大象进入丛林，走路到俱乐部的途中一只老虎突然跳了出来，等等。

还有我父亲对战争的记忆。他曾经告诉我，他如何随着第一波的兵团，在1944年登陆诺曼底海滩。还有我母亲，她曾把我拉到一边——当时我好像才六七岁——给我看父亲在军中得到的勋章和奖状："在诺曼底连续激战中，展现出冷静、不顾危险的军人特质……在整个军事行动中，他的品德、勇敢和尽忠职守的态度，令人钦佩……"尽管文字僵硬、古板，但内容至今仍能深深地让我感动。

八岁起，为"塑造坚毅的人格"，家人遵循传统，将我送进了只收男生的寄宿学校。在圣爱德蒙教堂的纪念日礼拜，通往舍伯恩那座教堂的冰冷台阶上，刻在墙壁上的阵亡者姓名，耳提面命着我们不要忘记爱国、服务、牺牲；每次毕业典礼，学校更会邀请战争英雄，与我们分享他们的真实故事。除了吉卜林，我还读过约翰·布坎（John Buchan）的作品，以及青春期在好奇心驱使下读了托尔金（Tolkien）和弗莱明（Ian Fleming）的两度空间、虚构的"007"邦德（Bond）故事。再加上，为在寄宿学校生存，所有孩子必须从非常小就学会独立，以及，像基姆一样，建立起秘密的习惯。

我如何将这一切的一切，解释给一个从来没有经验过类似过程的人听？

我可以理解为什么有人会想加入。基于秘密世界的本质，只有他们才有资格说里面是什么样子的，然而他们却不能说。虽然我并不完全知道自己错过或避免了什么，但是我很高兴我并没有真的加人。我仍然反对共产主义，但是以作家的身份，用的是自己的方法来对抗它。

从那次以后，我再也没有和MI6有任何接触，或至少，我应该比较小心地说：我从来没有和他们进行过任何有意识的接触。不过，偶尔，当我旅行到不同的国家时，英国大使馆中都会冒出来一个奈吉尔或迪克或凯瑟琳之类的人物，高高兴兴地要请我吃中饭，或邀我去喝一杯。这时候，我心中不免一惊：可能是间谍。我毫不怀疑，其中有一两人必然如此，但是他们不会告诉我——而我更宁愿利用时间与本地人谈话，因此经常放弃这类约会。

然而，英国秘密情报工作组织的确包围在一团神秘的云雾之中，许多英国海外的记者、作家、学者，经常被认定为情报组织的外派人员。不仅国安部会怀疑我，在柏林的德国新闻记者也会怀疑詹姆斯·芬顿是间谍，例如，我在柏林认识的波兰朋友也会怀疑我是否另有身份。而詹姆斯和我两人坐在酒吧中闲来无事时，也会聊起某斯蒂芬或某凯尔文之类的人物会不会替MI6兼差工作。在很多时候，那只是随便闲聊，甚至恶意中伤，但是有的时候，怀疑中却不免有几分真实。有的"记者"或"学生"的分量不仅为其外表身份所代表的。

所以，国安部决定要好好调查一下我的身份，我既不惊讶，也不生气。真正令我震惊的是他们侦察自己人并让自己人互相侦察的部分：在那个硕大的监视、恐吓、镇压的系统下，什么"舒尔特"、"史密斯"、"米夏拉"，都只是微不足道的爪牙而已。相较之下，对我的事实调查还算在秘密情报工作的"正常"范围之下。1994年，在我展开了这本书的调查后不久，英国保安局（MI5）局长斯特拉·里明顿夫人发表了一次演说，在演说中她提到："有的政府仍然想以各种办法——包括招募他们在英国大学的学生——违反国际协定，获取他们想要的情报。我们现在正与各方密切合作，设法找到这些人，并防止他们工作。"

当时，虽然我对英国政府没有秘密任务，却有一些私人的秘密任务。我利用假名替《旁观者》写稿子，并且，显然在不准备告诉东德当局的情况下，大力搜集有关东德极权主义的资料。而我知道得愈多，对那个政府便愈厌恶。我是否秘密地在为文字颠覆做准备？答案，毫无疑问，是肯定的。

对东德这样一个建立在媒体控制、新闻检查和组织性欺骗基础上的国家而言，探索性研究或批评性新闻当然是有颠覆作用的。西方记者，经常在国安部反情报部门Ⅱ/13的监视之下。监视的部分理由是，他们想要找到以记者为掩护的间谍，同时也因为在国安部的眼光中，记者与间谍之间其实并没有明显的界线。他们认定，西方记者和西方间谍同样都为西方搜集情报，而且同样都是共产主义体制的威胁。

当然，所有国家政府都希望能适时制止令他们尴尬的调查询问，而且能够随时指认对他们的批评为"颠覆行为"。西方政府在冷战期间，便多次犯下类似的错误。然而，我在东德的所作所为，在西德、英国或美国再怎么也不会被认定有颠覆嫌疑。两者之间的差异，并非一边为纯白的新闻自由，另外一边则为纯黑的新闻完全管制，而在于浅灰的大致自由与深灰的大致不自由之间。东德的灰色属于非常深暗的那一种。

我和国安部不同，认为秘密替政府做间谍工作与（有时候也需要秘密地）写作是泾渭分明的两回事。不过两者之间到底还有一些相似之处，而且从德文来思考时相似处就更明显了。例如，西德的秘密情报局（Bundesnachrichtendienst），照字面上翻译，是"联邦新闻局"。相反的，德国人最早称报纸为Intelligenzblatter，也就是"情报纸"的意思。甚至在英国，《旁观者》19世纪的创刊号上揭示："新闻的主要目标便是传递情报。"作为《旁观者》的一分子，从古老的角度来看，我的确是在做"间谍"，只是我们是在为读者做间谍，搜集情报。

我并非唯一私下搜集情报者。许多写下独裁政府暴行的记者，也都经常做类似的事，甚至我们不妨说，大部分的记者有时候总不免做同样的事。而且不仅记者，作家有时也不免涉猎情报搜集的工作。格雷厄姆·格林在他的自传中便提道："每个小说家，和间谍至少有一个相同的地方：他观察别人言行，倾听别人间的对话，寻找别人的动机，分析他们的人格，而且以文学之名，如此寡廉鲜耻。"可是，他为什么能有资格寡廉鲜耻？为什么以"文学"之名，他就能如此做？

第三章　跨越围墙

终于要跨墙进入东柏林的前一晚，我开了一个派对，将维兰德街127号公寓内各个房间之间的双重门都打开，并把我在西柏林认识的朋友全请了来。根据我的日记记载，当我终于上床睡觉时，已是1980年1月7日凌晨4点45分。6点过一刻，我便起床，将行李打点完毕，开车经过查理检查哨和东德边防哨（"满脸是笑"），沿着白雪覆盖的菩提树下大道，经过亚历山大广场和申豪森大街，来到我的新家——东柏林工人阶级住宅区的普伦茨劳贝格区埃里克维纳街24号。

档案中，线民"舒尔特"的报告特别提醒了我当时的居住状况。字打在拥挤的稿纸上，"舒尔特"写道："房间不算大（尤其以陈旧的房屋而言），有一扇窗户直接面对大街。房间的门从里面开出，有安全锁，显然是最近才安装上去的。除了一张床铺以外，房间内还有一张桌子、一双椅子、一个大柜子，该住客——经我发现——大多用来储放书籍。报纸散在桌上（我注意到最上面有好几份《星期天》[Sonntag]，从标注等可看出是经过仔细阅读后闲置于桌上的）。除此以外，桌上还有几本字典。""舒尔特"没有写出来的是——或许他已经太习惯了——房间内灯光昏暗、墙壁棕黄、地板上有咖啡色的污点、灯泡外是廉价的塑胶灯罩和屋外足以将人冻僵的冬寒。

在这个房间内，我居住了整整九个月，一直到1980年10月7日德意志民主共和国建国三十一周年的那一天，我离开了东柏林为止。那年东德，与往常一样，以军事游行来纪念建国周年，而西方，也与往年一样，无力地提出抗议，指称俄国违反了1945年四强所签订而至今仍在理论上有效的军事协定。我在前往观看游行的路上，遇见了一名愉快的美国黑人大兵，手上抱着一个纪念莫斯科奥运会的玩具熊，在亚历山大广场游荡着。当叽叽咕咕笑个不停的少年先锋队员把巧克力和花送给恩格斯侍卫部队时，我看见一名穿着卡其制服、戴着绿扁帽的英国军官，用一个携带式楼梯一会儿上、一会儿下地忙着拍照记录下整个过程。随后，我看见恩格斯侍卫队，枪管上塞着民众送的康乃馨，操着大步离开广场。

历史书上记载的1980年1月至10月，为东西冲突升级的时分。5月，西德不情不愿地加入了由美国主导的抵制莫斯科奥运会行动，以抗议苏联入侵阿富汗——很显然美国人的信息，并没有传达到那个抱着玩具熊、在东德大街上闲晃的大兵。8月底，波兰出现新一波的罢工，迫使副总理不得不与格但斯克列宁造船厂内的罢工者签订协议，接受了工人成立独立工会的要求。这是共产党历史上从来没有发生过的。新的工会取名为"团结工会"。有些作者认为这是"第二次冷战的开始"，虽然耸动，但是忽略了一项事实：冷战其实从来就没有停止过。

我的个人生活也开始直接进入大世界的历史进程中，我首先在

第三章　跨越围墙

东德、然后在团结工会革命期间进入波兰，公私交错。从绝对距离上来说，我在西柏林的宽敞公寓和我在东柏林的小窝之间还不到十里，但是心理上，两者的距离却似在好几千里以上。我不时地往西方跑，我的档案正确地记录下我每次跨越边界的日期和时间。另外，西柏林的朋友也会打电话过来，或到我东柏林的小窝拜访。

然而，我却发现自己在搬到东柏林不到十天以后，竟然认真地思考起来："对与原来在西柏林生活时认识的人保持联络，不仅漠然，甚至……简直是**积极逃避**。为什么？我发现，他们大部分关心的事（相对而言）都是微不足道的。真正**重要**的是人类的尊严在公平、正义、和平之名下被矮化了、蹂躏了。**重要**的是有人只因为想要离开那个正好是他们出生地的国家，就被关进牢中，而且一关好几年。重要的是阿富汗现在发生的事情。"过了几个月，艾琳打了一个电话给我，我才想起："哦，**那个**世界，那个电话'关系'，永远扯不完的'关系'的世界。"

在东柏林，我还是想继续研究毕业论文的主题：第三帝国下的柏林。国安部档案中，有一份我在牛津时的导师蒂姆·梅森和托尼·尼古拉斯写给柏林英国办事处的信，要求替我这个在新文化协议成立后的第一名研究生妥为安排。蒂姆·梅森是一名非常能启发学生思考的老师。他在牛津所有历史学家中非常异类之处在于，他是一名马克思主义信仰者，虽然他信仰的是非常不传统的、掺有英国帝国思想的那一种马克思主义。因此，用国安部的尺度来衡量的话，他还算不上是马克思主义同路人，因为在我的档案中，他们对他的评估是"布尔乔亚一般民众"。蒂姆·梅森在圣彼得学院的办公室中，悬挂着两张马克思和恩格斯的海报，上面宣示着："每个人都在谈天气——我们可不！"这基本上反映了蒂姆·梅森内心对英国中产阶级生活于琐碎之中的不屑，更表达出他高度的认真，以及几乎让人痛心的清教徒式的工作伦理。很不幸，几年以后，他以自杀结束了生命。

读罢他的推荐信，我的内心充满了感激与恩典。他和托尼·尼古拉斯恐怕对我很失望吧，因为我最终并没能以希特勒统治下的柏林为毕业论文题目，不过我想他们会看出我为什么要改变题目。牛津历史学院最好的地方之一，便在于它能纳百川，就算偏执怪异者也能融入其中。"在历史的屋宇中，有许多大殿。"当时的现代史教授理查·库伯如斯说。他自己便是个血性汉子，喜欢探索这门学科的极限。我还记得每在阴沉的星期五下午，我坐在泰勒利安中心（Taylorian Institution）一个暗郁的角落，教室中稀稀落落的学生一同兴致盎然地听他大放厥词的模样。

事实上，我的确花时间在资料库中，东德政府却严格限制我使用相关的档案，主要的原因可能在于，他们害怕在完全阅读过纳粹记录以后，我会发现德国共产党对纳粹的反抗是多么微弱，而他们对盖世太保的渗透又是多么深。然而，在其领导下进行"反法西斯抗争"，是东德建国最原始的神话。此外，我也经常跑菩提树下大道上的老普鲁士国家图书馆。在它的所谓特别研究部中，保留着所有国家不想让一般民众阅读的书籍和刊物。在我翻阅泛黄的纳粹报纸《国家》（Volkischer Beobahter）时，国安部手下的武装部门"费利克斯·捷尔任斯基"侍卫部队，便派遣一名资深官员坐在我旁边的一张桌子上，顺便研读西德的新闻刊物和西方的武器杂志。

每当我将目光从纳粹报纸转移至国安部军官身上时，我的注意力便从希特勒的德国切换至昂纳克的德国。在当时，我便打定主意，要写一本有关德国极权主义的书。共产主义坚持清贫，我的日常生活也被迫大大地简化：房间从五个变一个，面包从可选择长的、短的、甜的、咸的等变成只有一种厚重的黑面包，而且还只能在晦暗的国营街角商店才买得到。但是生活被强迫简化后，我竟也就更专心一致，将精力全部放在搜集资料上了。

线民"舒尔特"非常正确地观察到，我非常仔细地研读媒体报道。我看电视、听收音机、阅读写作风格比较大胆的现代小说，以弥补新闻不自由的缺憾，并且我时常去看戏。柏林剧团已经快要成为一个布莱希特陵墓，但是在德意志剧院或民众剧场，我却似乎能嗅到一种诡异的文化抗拒气息，与我所研究的1930年代柏林的感受非常类似。有时候，不同的抗拒感可能会从同一间剧院甚至同样的剧本中发出。我记得，例如，在德意志剧院中，有人朗诵了一段海涅的《德国：一个冬天的童话》（ Germany : A Winter's Tale ），让我感受到莫大的震惊：

> 我又看到了普鲁士士兵，
> 他们总是一样的。

一阵笑声。

> 他们昂首阔步的样子还是一样的僵硬，
> 又直又细，像蜡烛一般，
> 就好像他们吞下了士官长的棍子，
> 老弗里茨知道怎么处理这档事。

> 那棍子从来没有完全消失过，

虽然它的原始用途已被禁止。
在手套里有更新的方法，
但是那只手还是原来的铁手。

我在东柏林的行动非常自由，因为我持有研究生的签证，可以在全东德自由旅行。相较之下，西方报纸的通讯员每次离开东柏林前，都要申请特别许可，想必所受的监视程度在我之上。我的日记中多次怨叹，在东德坑洼不平的道路上旅行时，汽车不幸抛锚，必须付出大笔的修理费。我第一次去莱比锡参观商展，有机会近距离看到东德共产党党魁昂纳克，非常惊讶他的个子竟然那么小。我去德累斯顿，参加一个纪念1945年2月英美联军轰炸该市的周年活动。"啊，你们为什么要轰炸我们？"一名中年妇女在咖啡馆内问道。我去格来弗斯瓦尔德拜访我的朋友罗尔夫-阿希姆·克鲁格，当时他正在那里学医。我还去了波罗的海的吕根岛，并和安德莉及她前夫一起去什未林看了一场很不精彩的歌德《浮士德》戏剧表演。另外，只要情况许可，我尽量会到图林根的小山区树林里走走，那是我最喜欢的一块德国土地。另外，当然，我还会去德国历史上最美好也是最恶劣的地点魏玛。回到首都以后，我和一名波兰朋友一起到柏林大舞厅，那种每张桌子上都放着一台专线电话的舞厅，看到漂亮女孩，我们便拨她们桌上的号码。不过，那里是东柏林，可想而知，电话是坏的。

通常，我无论走到哪里，都会设法和当地人交谈。不过，他们事后都将我们的谈话记录下来。相互的沟通在刚开始时便不免因怀疑而有了障碍，加上对国安部的恐惧，以后沟通上的困难只会越来越大。我并非事后想到，才将恐惧加诸记忆之上。在当时就有很多

第三章　跨越围墙

朋友警告过我。例如,在什未林时,有人告诉我们:"小心!演浮士德的那个演员就是替国安部工作的。"密探在莱比锡的商展中,更多得像苍蝇一样。罗尔夫怀疑连我的汽车里都被人装了窃听器。夜晚疾驶在公路上,罗尔夫教我一面唱沃尔夫·比尔曼的抗议歌,一面还不忘调侃道:"树枝上的绿叶有接收功能的话,那他们就学会歌谱了。"

我居住的公寓附近有一家小酒店,是我经常流连之处。亮木漆装潢和年老色衰的女侍,令我至今印象深刻。东柏林无论哪家餐厅或酒店座位总是不够的,因此我在酒店中经常必须与人同桌。有一次,我一面喝啤酒一面等着我点的炸牛排时,同桌的三名年轻人大声地开始抱怨他们的军役。突然间他们停下来,以怀疑的眼光看着我这个安静但显然在聆听的桌友,并展开了他们的非正式讯问。首先发难的是三人中留着浓密胡子的小伙子。"如果你说你是历史学家的话,"这名穿着加州大学 T 恤衫、右手少一根手指头的年轻人对我吼道,"你说,卡尔·马克思出生在哪里?"幸好我知道答案。"好吧,谁是 1930 年德国共产党领袖?"我又答对了。"嗯,谁让希特勒获得实权?而且"——他已经无法控制自己——"别他妈的告诉我,是专制资本主义。"

最后我掏出一张英国的付款卡,让他们完全解除戒备,不再对我有任何怀疑。加州小子向我道歉,并告诉我他的故事。他二十二岁,父母都居住在西柏林。柏林墙堆高起来的那一天,三岁的他,正好到东柏林的祖父、祖母家过夜。东德政府从此就不让他离开。他被人认养、长大,在军中服役时丢了一根手指,现在是电车司机。有的时候,他的父亲会开着发亮的奔驰汽车,带着小礼物,从西柏林过来看他。他身上穿着的加州大学 T 恤衫便是父亲送的礼物。

这就是他的故事。或许令人难以置信，虽然毫无疑问，中间一定有很多重要的细节——可能是错综复杂的家庭关系——他没有说出来，不过，曾有一名处理过这种案件的律师估计，1961年8月围墙一夜间砌起来时，有四千名之多的儿童因此和父母分隔开来。在我最近发现的一批前总理勃兰特的文件中，就有一篇机密报告，表示在1972年8月的时点东德还控制着一千名这样的孩子。所以，加州小子的故事很可能是真的：他就是那些未能离开的孩子之一。

无论如何，他对体制有极大的仇恨。"阿富汗？"他说，"美国人应该从巴基斯坦开进去，把俄国人都赶走。"的确，他们需要从内部邀请。不过，俄国人不是已经创下先例，显示这种事该如何安排了吗？看看捷克共产党，不是就在1968年邀请了苏联去"拯救"他们的国家吗？还有巴布拉克·卡尔迈勒 *，最近不也替阿富汗提出了类似的邀请吗？

在埃里克维纳街的另一头，一个后院的阁楼上住着一名艺术家，是我在普伦茨劳贝格的温和异议艺术社区中所结识的。他写诗、作曲，胡须永远看起来像两天没刮一样，我给他取了一个诨名"青年布莱希特"。1968年，青年布莱希特，为抗议苏联入侵捷克，与在读同学组织了一次朗诵会，宣读了真正的布莱希特《第二次世界大战中的史维克》(Schweyk in the Second World War) 中一段精彩的反纳粹反抗歌：

但是时间无法驻留。现在掌权者
无尽的野心，正在走过它的路，

---

* 巴布拉克·卡尔迈勒（Babrak Karmal），时任阿富汗人民民主共和国总理。

> 就像满身沾血的斗鸡，必须为地位而争，
> 但是时间无法驻留，就算用暴力也不行。

在兴奋中，他写了一封信给朋友："我们正在搞一个反抗组织。"就因为这封信，他被判了两年半的徒刑，真正在监狱中则待了十五个月。等他被释放时，母亲已移民西方，他们不准他母亲来探望他，也不准他去探望母亲。

他考上了柏林洪堡大学，但是因为曾有坐牢记录，结果没能录取。然后，他申请移民，也被拒绝。他的妻子离开了他。现在，他一星期在一个公共墓园中工作三天，其他的时间则游晃在普伦茨劳贝格的波希米亚社区中。我还记得西德一家很有名气的自由派报纸的驻东柏林记者，也认识青年布莱希特。她有一次对我说，她觉得青年布莱希特在围墙后替自己经营起了一个相当快乐的生活圈。

加州小子和青年布莱希特是极端的例子。比较典型的，应该是我的房东夫妇。柏林洪堡大学便是替我向这对年轻夫妻租的房子。他们有知识，受过高等教育，经常观看西方电视节目，因此也非常了解外界发生的事。不过，他们将全部精力倾注于个人生活中。他们在离柏林开车半小时左右的一个小湖边拥有一栋小别墅，里面的一钉一木都是两个人亲自动手完成的。他们非常骄傲地向我展示房屋的电动打水泵、屋顶上的小阳台、为夜间打乒乓球而装的聚光灯。他们甚至在屋后搭建了一个小码头。

我的朋友安德莉也专注于经营她的私人世界，在柏林市郊老旧别墅区域的独特气氛中专心带大她的孩子。假日的下午，她会在慵懒的气氛中，莳花植草、骑自行车、到附近的湖泊驾驶帆船或游泳。优美的田园生活，尤其对孩子们而言。他们的生活隐藏在"内部移

民"、"无关政治的德国人"之类的大字眼之后。

我故意很少和西方记者团接触,一方面因为我想要独力发掘这个世界,另一方面也因为我害怕与他们接触会引起当局的怀疑。不过,我却或许在这一点上不够细心,经常和一名路透社的记者马克·伍德会面。在路透社的申豪森大街办公室墙壁上,钉着一圈老式电报的长纸条。上面是一篇悼念希特勒副手鲁道夫·赫斯(Rudolf Hess)的文章。他是斯潘道森林监狱的纳粹战犯中存活到最后的一个人。在马克之前,恐怖小说作家弗雷德里克·福赛思(Frederick Forsyth)也曾是这办公室的主任。他曾替路透社写过一篇有名的稿子。1964年4月的一天深夜,他正在回办公室的路上,看到许多俄国坦克车正轰隆轰隆地驶向市中心。他立刻写了一篇文情并茂的文章,急电至伦敦。在文章上他特别标明"八铃快报"。老式的电报机,读到这个地方的时候真的会响八次。故事发出去以后,他便出门去侦察到底发生了什么事情。等那篇宣布"第三次世界大战"即将爆发的文章已传到全世界后,他才发现坦克车是为了例行性五一劳动节游行而开进城里的。福赛思很快就被调离柏林办公室。

在1月的一个下雪天,我和马克驱车至万德利茨,一个高墙厚壁、警卫严密的社区,里面都是党政高官的别墅,拥有特别的商店、大片的花园。门口的警卫非常仔细地检查我们的护照。当我们假装无知地问他,那个社区是干什么的时候,他非常紧张地回答:"没什么。"接着,一名资深的军官告诉我们那是一个"军事目标"。

在档案上,我发现"部门"的个人安全(负责领导人的安全)主任打了一份报告给XX/4部门。报告中将高官的住宅区形容为"高级代表的居住目标",并记录下我们是于17点55分乘坐一部深绿色(实际上应该是深蓝色)阿尔法罗密欧来到门口,询问有关如何到万德利茨一家餐厅的事宜,而于18点15分被"驱离"目标。让我并不惊讶的是,报告中还提到,马克是在Ⅱ/13(记者)的监视范围之内,而我则因为"山毛榉"牧师的关系仍属XX/4管辖之下。

我们在马克办公室旁边的公寓中喝酒、聊天。到半夜一点左右,电话铃声响起,只听到一阵沉重的呼吸声,然后电话便挂断了。又过了半个小时,电话铃声再度响起:"我知道你有客人。"我们猜想他们一定太无聊,或者想催我们快点睡觉,以便早早收班。知道这地方一定有窃听器,我们便故意大声地谴责起《旁观者》中"爱德华·马斯顿"——也就是我——最近写的一篇文章。"你看见马斯顿那家伙最近写的文章吗,蒂姆?""看了,真糟糕,对不对。他一定又喝醉了。"我问了舒尔茨女士,有没有马斯顿这名人民公敌的档案,但是,老天保佑,中央建档中心没有"爱德华·马斯顿"这档案。

今天,马克已成为路透社总编辑,在两德统一后,有人告诉马克他的隔壁就是一个国安部的监视中心。监视中心的线路,直接连接上路透社墙壁里面的窃听器,其中有好几个还是装在卧室中的。另外,他们还在对街设立了一个视觉监视点。在技术面上,国安部的手法经常超出了西方最狂野的幻想。

当我想从一片无尽的晦暗与服从中逃脱出来时,最喜欢去的一个地方便是维尔纳·克雷奇尔牧师的家。克雷奇尔个子高大,脸庞宽实而线条坚毅,完全反映出路德教徒的形象,而他的声音厚重如音乐一般悦耳。克雷奇尔先祖中有许多神父与军人。当1961年柏林墙筑起来的时候,他还是一名二十一岁的神学院学生,正非法在瑞典度假。经过和兄长冗长的讨论后,他终于决定回到东柏林。当时西柏林有一群学生非常热衷替人伪造证件,帮他们从东德逃脱出来。当他们知道克雷奇尔要从西柏林偷偷溜回东边，因为他理论上人还应该在里面时，不禁感觉可笑。今天，他说他仍然只能够从当年错综复杂的思绪中理出一半的动机，其中之一便是他觉得回去会比留在西方"更有需要"。

东德的确十分需要他，一名教区牧师。这个号称从襁褓到坟墓都由政府照顾的社会主义国家，什么都缺乏，牧师的照顾自然也非常缺乏。后来，他成为潘科区主教，更被周围人所需要。那些前来教堂的人想要寻求的，倒不是真理中的信仰，而是一些自由，因为至少在教堂中他们可以说一些实话。

每次在喝咖啡或葡萄酒时，维尔纳便会用他丰富、略带老调的德文告诉我，他如何与党政官员沟通谈判。维尔纳沉浸于朋霍费尔和第三帝国期间教堂告解的传统，仍然相信与共产党进行对话能产生良好的结果。然而，他也告诉了我政府的镇压以及他的家庭所必须付出的代价。他的大儿子约阿希姆受到了和许多其他神职人员的子女同样的待遇，没能获准上普通中学。

我非常珍惜与牧师的谈话时间，以及牧师家中特有的温暖与宁静。偶尔，我们也会一起出去吃一顿晚餐或听一场演讲，甚至手持着冯塔纳（Fontane）的《勃兰登堡之旅》(*Travels around the Mark Brandenburg*)当作旅游指南，一面开车驶过勃兰登堡乡间。一百年来的改变竟然如此之少！

我的档案中，记录下好几次与维尔纳的晤面。有些在我的档案里，有些在他的档案里，有的则同时存在于我俩的档案中。最短的一次记录为1979年10月17日，一名线民在腓特烈大道上看到我，时间为18点35分，但是在18点45分时就跟丢了。根据我的日记，那天我正要去见共产党作家斯蒂芬·赫姆林（Stephan Hermlin）。

第三章　跨越围墙

根据记录，1980年2月27日，"罗密欧"、"山毛榉"和他儿子一起到市立图书馆。"17点40分，山毛榉将他的宝马车停在市立图书馆前面。三人一起进入建筑物，将大衣交给衣物寄存室，前往二楼演讲厅。三人共同聆听了一场有关普鲁士历史及普鲁士帝国的演讲。"有人或许可以说，这线民的报告本身，便是普鲁士历史上的一小页，与普鲁士传统之间虽然有着深厚联结的维尔纳并不愿意接受这个说法。

在维尔纳本人的档案中，我发现同一份报告，小心地保存在一个有衬里的信封中。与报告一起的，是几张我们三人正要走进图书馆时的黑白照片，想必是用隐藏式照相机所摄下的。我可以看见维尔纳的大个子、坚毅的脸部线条。他当时四十岁，和我现在同年。年轻的约阿希姆身材瘦小，几绺卷发贴在脸颊两侧，神情像极了罗曼·维希尼克*动人心弦的摄影作品中，1939年以前东欧犹太社区消失前那些小男孩的模样。约阿希姆当年十二岁，正好和我大儿子现在同年。而那正值青春年少的我，二十四岁，没蓄胡子，短短的头发几乎中分，苏格兰呢夹克的上面口袋还塞着一条手帕，法兰绒长裤，还有，毫无疑问的一双牛津鞋。

我的日记，还记录下在听演讲前三十六个小时中，那个似我非我的我所安排的生活。早上，上波兰文课。然后打电话给阿尔巴尼亚大使馆："找到阿尔巴尼亚人，谈话。"日记中写道，语义不明。跑去英国大使馆取信。在东德居住的几名英国人都选择如此做，因

---

* 罗曼·维希尼克（Roman Vishniac, 1897—1990），著名犹太摄影家、生物学家，在1935—1939的四年时间里，系统地拍摄了中东欧犹太人聚集区及一些犹太村落的生活场景。这些影像保留至今，为人们研究当年犹太人的艰难处境和整个犹太民族苦难史提供了详细的图片资料。

为这种方法似乎比较快、比较安全。读了几小时书。在申豪森大街内的施托金格餐厅用餐。与我共进晚餐的为乌苏拉·冯·卡多夫。她是一名神采奕奕的柏林战争幸存者，当时正在为柏林写一本新的旅游指南。将日记放在一边，我从书架上取下卡多夫旅游指南，并翻开了施托金格餐厅的一页，"标准东德风格的淳朴，口味不凡"。

当晚稍后，我跨过柏林墙，"越过查理（检查哨）"到巴黎酒吧，然后到名为英格丽·席克的女士家中，"在红酒与大放厥词间，从晚上10点，一直到凌晨5点15分"。从英格丽家我直接到了一家二十四小时营业的咖啡厅"毛毛"吃早餐。再度跨过柏林墙，在7点以前回到家，正好"在楼梯前碰到一名边境警卫，准备去上班"。小睡两小时。在图书馆做了点工作。与丹普博士会晤，他是大学指定给我的"指导教授"。然后，我便与维尔纳及约阿希姆去听普鲁士和普鲁士帝国的演讲。听完后，我们又到施托金格吃晚餐。然后上床。

维尔纳和我成为非常亲近的朋友。很多年后我的长子出生时，维尔纳成为我儿子的教父，而他摇身一变成为我们家的维尔纳叔叔，围墙后面的那个干爹。我们共同为这本书做了很多研究。在两德统一以后，他曾经和国安部一名专门负责教堂的资深官员维甘德（Wiegand）上校晤面。维甘德上校一开口便告诉他，他们对维尔纳在西柏林打给我的一通电话感兴趣。当时我已经搬回牛津，而维尔纳是在非常难得获准进入西德时，在西柏林一名朋友家中借用他们的电话打给我的。维尔纳假设从西方打电话应该是安全的，但显然错了。国安部能够窃听任何在西柏林的电话。他们窃听西柏林和西德之间的电话，所使用的是布洛肯山上的窃听站，一个状似巫婆城堡但极为有效的接收站。布洛肯山窃听站内有最先进的设备，可以

第三章 跨越围墙

用关键词语自动录下某特定主题或特定人物之间的对话。

到了1980年8月，我已经搜集到足够的资料，可以开始写作了。在与安德莉告别以后，我乘坐火车到意大利，与我的朋友格林夫妇同住，并开始在我的书上下工夫。我对当时西方媒体上有关东德的报道深感挫折。作者大都为六八世代人，明显地在反抗他们眼中老一代的粗糙反共思想。我翻阅英国出版的一本有关东德一般状况的书籍，已是当时最好的一本了，但是竟然在长达二十页的索引中，找不到一条国安部或"国家安全部长"、"秘密警察"的说明。相反的，乔纳森·斯蒂尔（Jonathan Steele）的《德国面孔的社会主义：寒地来的国家》（*Socialism with a German Face: The State that Came in from the Cold*）一书中，结论是：东德的"总体社会与经济体系已成为一个可行的模式，东欧的极权福利国家都正往这方向发展中"。可是，何谓可行？对谁可行？不，至少对我见过的大多数东德人是不可行的。我并没有什么左右之见。我的目的，并不是要写出他们是左派，而是要写出他们是错误的：不正确、不公正、傲慢、偏袒，市井小民都可以随口说出他们的错误，但是他们却不愿意聆听。我想要照事情的原样将事实写出来。

事实中必须包括国安部。"到处都疑神疑鬼，"我写道，"它可能存在于电话中，可能坐在酒吧里，可能与你一起乘火车旅行。只要有两三个人在一起，就不能不生疑。"我引用了西方世界的估计，说东德国安部至少雇用了十万名线民，替他们工作。特别让我感兴趣的是，在这方面，共产党政权善用了德国人的古老传统和他们服从的习惯。我刚开始写作没几天，英国国家广播公司的全球新闻便开始报道，格但斯克的列宁造船厂发生工人罢工事件的新闻。意大利的报纸刊登出一张颗粒粗糙的照片，并介绍照片中那个留着小胡子的人物为造船厂的工人瓦文萨（Lech Wałęsa）。我立刻感觉非去不可。缩短假期，我跳上火车，回到柏林。坐在慕尼黑火车站的餐厅中，我阅读着《世界报》（le Monde）上的一篇报道，说抗议的工人拒绝当局以超市换取纪念碑的条件。工人提出要求为早先在波罗的海海边城市的抗议活动中牺牲的先烈建立纪念碑。星期一的一大早，我到东柏林波兰大使馆取得了签证，不久以后，就抵达了列宁造船厂。

　　我与那些胡须未刮、满脸倦容的罢工者坐在一起，看着电视上播放的共产党中央委员会开会的情形。当党领导人站起来唱《国际歌》时，我周围的人也同时站了起来，唱起波兰国歌："起来，欲望的囚犯"。"波兰还没有吃败仗，"罢工者怒吼道，"只要我们活着一天，就不会被击败！"他们高举双手，伸出两指，展示出胜利的标记。我们所有人在心中，都认为苏联的坦克，就像十二年前碾碎了布拉格的春天一样，随时会轰隆隆地开进来。

第四章　IM"指导教授"？

　　国安部心目中，最宝贵的信息来源是"非正式合作者"，也就是线民——IM了。线民的数目大得惊人。根据东德内部统计，1988年，也就是德意志民主共和国最后的一个"正常"年份，"非正式合作者"的人数达17万，其中有11万定期提供情报，其他则提供"共谋"式服务，例如，将公寓让出来给秘密集会使用，或仅仅被视为可靠联络人，等等。国家安全部本身另有9万名全职人员，其中只有不到5千名属于HVA海外情报组织。如果将这些数字与东德全部的成人数目相较的话，就表示每50名东德的成年人中，就有一名直接与秘密警察相关。即便是每一名直接相关者只有一名眷属的话，那么每25名东德人中便有一名是与秘密警察有关联。

　　这种规模是纳粹所不能及的。1941年，纳粹秘密国家警察盖世太保的全职员工，也不过只有1万5千名，而它所涵盖的地区包括两德、奥地利，以及今天的捷克。就算将帝国秘密安全局和其他可能的相关单位人员都算进去，还是无法达到国安部在东德的比例。我们无法取得纳粹时代正规的线民人数，但想要与东德政权比较，相差还很远。第三帝国当政时间虽然很短,却是在全民狂热欢迎下建立,到最后经历了五年半战争不支瓦解为止,一直非常仰赖民众自愿性的相互谴责,以控制社会内部——这是我在尘封的旧人民法院档案中发现的。然而,东德政权从一开始便不得民心,持续越久,就越需要这个庞大的线民网络的支撑。

我一个人显然就获得五名线民的注意力。文特少尉仔细评估了这五名线民所提供的证据和他们的操作潜力。在我研读那些有关我的报告,并设法辨认、找到那些报告人,亲自与他们谈话的过程中,我不但被拉回到自己过去的生活,而且进入了那些生命曾与我短暂交错的人的生活之中。

不像很多东德人被线民害得很惨,我并非这些线民手下的受害者。他们并没有对我造成严重的损害。然而,在知道系统如何运作后,我可以大概猜到,同样一批人很可能对其他人造成多大的伤害。虽然我知道够多的个案,可以指认出其中一些共同特征,但是我仍无法确知盯我的线民是否便是典型的国安部工作人员。不过,正因为他们在偶然的机会中以我为监视对象,报告我的事迹,让我有了一个机会,测试那些档案的正确性——并进入他们的经验之中。他们为什么要那么做?做的时候有何滋味?现在回顾,感觉又如何?

我从"HVA-I 的 IM—G.(我的代号)在柏林洪堡大学的指导教授"着手。根据档案开头的行动计划,他们准备将这名指导教授带进"作战方案"中。我对我的指导教授劳伦茨·丹普博士识之甚深。他是个高大开朗的柏林人,对柏林的历史了如指掌,并且具有一种独特的黑色幽默感。我至今仍保留着在离开柏林前他送我的海因里希·齐勒(Heinrich Zille)画册。他也是一名死硬派共产主义拥护者，至今仍对共产党在魏玛柏林的巷战怀念不已。

我特别感兴趣的是，丹普教授是少数几名在东西德统一以后仍能保有原职的历史学家。不但如此，在大学引进新的西方管理并对前教职员进行了大肃清之后，丹普教授不但没有被迫离职，反而被升为洪堡大学历史学院的正教授。在打电话给丹普以前，我与两个人谈过这件事。一个是洪堡大学历史学院主任的海因里希·温克勒，他是一名杰出的历史学家；另外一个则为斯蒂芬·沃勒。生长于东德的沃勒拒绝以政治妥协换取在学术体系内的晋升，因此在东西德统一以后，仍必须从比较低微的职位开始向上爬。他们两人都指出，大学在统一后曾展开过一次非常严密的消毒检查，丹普是少数通过这项检查的人。而消毒检查中的一个关键步骤，便是比对高克机构内部资料。

不过，劳伦茨·丹普虽然曾做过马可·沃尔夫的HVA海外情报组织的线民，却被宣告"清白"，其中是有原因的。大部分的HVA资料已经被销毁，有一部分——据说——被送至莫斯科。一名前HVA上校，红光满面的克劳斯·艾克纳，曾告诉过我，在1989年深秋时，他们还如何忙碌地撕碎、焚毁大部分的敏感档案，并将特工的卡片从办公室的最机密档案中取出。1990年1月中，国安部的总部被抗议者占领后，这项工作曾一度中断，但是在统一后的圆桌会议，也就是讨论如何将权力从共产党手上和平转移的共同协商会议上，大家做出一个特别决定，正式授权给海外情报组织，使之独立于其他国安部单位之外，继续"自我溶解"。因此，整个春天和初夏，他们都忙着销毁所有能够指认出个别特工和线民的档案。"我用自己的双手，将我这一辈子的工作成果毁了。"艾克纳上校说。

虽然西德政府随后收到了两份备份的索引卡，而沃尔夫手下部分资深官员在统一后也曾对外发言，透露了 HVA 过去一些不为人知的活动，为几次司法审判提供了有力的证据。但是，不论索引或是资深官员的证言，所牵扯到的主要都是在西柏林工作的特工，而没有牵扯到线民。只有几个线民，因跟其他部门的档案交叉对照而曝光，但到底那只是少数，大部分，如丹普一般，仍然没有被"高克"到。所谓被"高克"，就是那一阵子的俗话所称的被查到与高克机构有关系。在那段时间，另外发展出来的一个流行语是"他过去和国安部有关"，意思就和得了艾滋病差不多。

"或许你想知道，"1970 年代曾在洪堡大学读过书的斯蒂芬·沃勒告诉我说，"以前是有人说丹普过去和国安部有关。"接下来，他又表示："现在，嗯，如果你想要把他挂了……"他说话时，语气略带忧虑，我听得出来他背后的意思是在说："现在，嗯，如果你一定要把他抖出来……"而说这句话的人是斯蒂芬，那个自共产统治结束以后，一直热衷地主张将过去所有与国安部合作过的人统统肃清的人。

"现在，嗯，如果，你想把他抖出来……"这是何等的责任！只为了档案中短短的一句话："HVA-I 的 IM——G. 在柏林洪堡大学的指导教授"，如果我想要的话，便可以摧毁了一个人的生涯，甚至取下他的生命也不一定。IM 就好像一记死亡之吻一样。我有什么权力，扮演法官和刽子手的角色？而且，为了什么？报告一共只有两页，抬头上的标题为"线民报告影本"，自 1980 年 7 月从 Ⅱ /9 传到 HVA，内容毫无攻击性。丹普博士在报告中写下他对我的印象：我以布尔乔亚的自由思想和态度，勤恳而仔细地从事我的研究工作——虽然我完全缺乏对工人阶级的责任感。在报告最后，他建议（是他一厢情愿的想法，虽然我或许在口头中曾如此暗示过），他

第四章　IM"指导教授"？

可以到牛津担任我毕业论文的评审委员。报告本身显然并没有对我造成任何伤害。

　　唯一使事态变得严重的地方在于，因为那份报告，使我确定丹普为线民。如果这果真属实，我应该考虑，是否为了忠于历史判断，至少将这事实报告给学校当局。很多其他人都曾因担任线民而被"肃清"出学校。更明确地说，所谓肃清，并非完全失去工作，而仅为失去担任大学教授这个敏感的职位，而且并非所有被认定为线民的都因此被开除。根据洪堡大学的第一任西德校长表示，该校每六名教授及每十名职员中便有一名，曾以某种形式与秘密警察合作过。当然，这其中有不少因东窗事发而自动离职，而大约有七十名被撤职。不过，大学的"荣誉委员会"也曾发现其中许多人的罪名并非严重到需要开除的地步。公平地看来，一个人不能够因为一个历史的意外，一些特定的档案不见了，就免于接受那严苛的判断。

　　在上述沉重的心思下，我于1995年6月打电话给丹普教授，约他见面。从1981年以来，我便没有与他联络过。他显然非常意外我会打电话给他，更意外我"想和他讨论"一点事情，不过，他同意见我。我们约定到威廉街上的一家咖啡屋碰面。他最近才出版了一本有关威廉街的书，反响不错。他因对柏林的地方历史知识异常丰富而受邀参与了非常德高望重的街道改名委员会。马克思恩格斯广场成为宫殿广场（Schlossplatz），卡尔–李卜克内西街（Karl-Liebknecht-Strasse）的一部分成为申克尔巷（Schinkelallee），卡尔–马克思大街成了黑格尔街，等等，都是委员会之功。

　　11点整，他已经端坐在咖啡屋的户外座位了。他个子高大，但是脸上松松垮垮，眼睛则湿黏黏的。他穿着灰色长裤、红色上衣，衣服上还钉着肩章。初见面的寒暄有一点僵硬。招呼过茶水以后，我立刻进入重点。我阅读了自己的国安部档案，发现他们显然把他列为 HVA 的线民。

"我的天啊！"丹普说。

我向他解释了档案的内容，并展示出相关的几页。他一面微微摇头，一面接过文件，阅读时，手稍微发抖。当他点燃香烟时，不慎将烟灰沾到他的毛衣上。"你看得出来，我有多么激动。"

但是，不，他说，他不是线民。他和国安部毫无关系。"我也感到奇怪，但他们从来没有接触过我。"不过，他的确记得曾经和大学的国际主任谈过我的事情。"他叫什么来着？你记得，我们有一次在歌剧院咖啡厅吃过一次中饭的？"

当他一说到这里，我立刻就明白了。我原来便很奇怪，在那份海外情报服务组织的"线民报告影本"中，并没有写下线民的代号，而只是在报告内容中间将我的指导教授的全名写出来："劳伦茨（姓氏被涂黑）博士同志"。不过，我推论：如果国安部反情报部门的文特少尉阅读这份档案时，将丹普认定是海外情报服务组织的线民的话，那么我还怀疑什么？文特必定知道他在做什么。或许海外情报系统的工作方式和其他部门不一样，规则也不同。

我现在知道，原来线民是大学国际部的那个主任——他居于那个职位，显然会使沃尔夫的间谍对他有兴趣。海外情报工作组织传过去的是一份"他"写的报告，因此才会把丹普的全名写了出来。因此，真正在工作上不够谨慎的是文特少尉，如此粗心大意，便出卖了线民，并将线民的消息来源透露了出来。

丹普小心地阅读报告后指出，大部分的资料应该是从他那里取得的，但有一些事也非他所知：如我在英国大使馆中与维尔德什（Wildash）先生的接触。"你看这个句子。"我们两人同时弯身以就文件。这正是两名历史学家讨论该如何解释一份主要的文件该有的样子。

完全否定指控,有人告诉我,是最常见的线民第一反应。有时候,即使铁证如山,摆在他们眼前,线民还是从犯罪学以及心理学的角度坚决否认。然而,劳伦茨·丹普的反应让我觉得他是无辜的,他的解释让我立刻可以接受。在我回牛津的路上,我翻阅了1980年3月27日那天与他在歌剧院咖啡厅吃饭的日记。在日记中,我形容国际关系部主任为"滑头亚历克斯／俗气哈利(Smart Alex/Flash Harry)。咖啡色夹克。大花领带。桑丘·潘沙(Sancho Panza)式翘胡子"。我另外注意到旁边有两名小听差一般的党员,交谈的时候用比较随便的"你"(Du)相互应答,但是在对我说话的时候却用比较正式的"您"(Sie)。俗气哈利曾在莱比锡的大学研读"科学共产主义"。"你知道我们这里流传一个笑话,"他一面喝着一杯浓烈的饭后酒,一面故作神秘地告诉我,"我们常说:'无产阶级专政'。无产阶级到处都是,但是专政在那里呢?"等等,等等。现在我很高兴听到丹普说,这个令人恶心的家伙已经被踢出大学。不知道他现在做什么?

然而,丹普在当时又是怎么看我的?

他指着国安部的报告说:"大部分都写在报告上了!指导一名英国学生是相当有意思的一件事,但是你也知道,指导学生,必须牺牲很多自己做研究的宝贵时间。"然后,他也问我,我当时是怎么看他的。

全然相信共产主义,仍心存浪漫幻想,将共产党视为战前的革命政党一般。

是的,没有错,他回答道,虽然,我对他的印象仍属片面,因为他有一些话是不会对外国人说的。根据1980年时我的笔记，他却对我说过一些话，包括那天在午餐会上说的："我们不期待你加入英国的共产党……只希望你能很严肃地看我们，并告诉英国的人，我们是非常认真的。"可是，接下来，他又加上一个个人请托："你能不能替我在丘吉尔坟墓上吐一口口水？"

或许就是因为这些小笑话，我对他感到索然无味，在我再度被允许进入东德以后，也没有再去拜访这名指导教授。不过，我对于他处理我给他的震惊方式，内心充满无限同情——以及相当的敬意。

"当你打电话来时，我想到各种可能，"他说，"但就没想到这个。"事实上，不久前，他才收到朋友寄给他的档案，显示他被线民怀疑有不忠的思想，因为他主持过一个私人的读书讨论会。谈到我所说的浪漫，他不禁莞尔："是的，不过浪漫主义也可以是非常危险的。"

他必须先走，因为他答应引导一个美国学生团参观威廉街。"引导完了以后，"他说，"我可得去好好喝一大杯水果酒压压惊。"他显然仍处于震惊状态，就好像曾站在绞刑架下又走了出来的样子。如果他是一名非常显赫的公众人物，而我又是一名粗心大意的记者，那么他可能就真的被抖出来，"挂"了。我几乎可以看到《明镜周刊》上出现一张他的黑白档案照，旁边故意镶描上红边，下面写道："HVA-I 的 IM——G. 在柏林洪堡大学的指导教授"。类似的报道，在近年来已不知出现了多少次。谴责，但错误的谴责。

就我个人而言，我感到非常、非常松了一口气。我简直迫不及待地回到旅馆，打电话给沃勒和温克勒，向他们解释国安部的错误。

就在我要结束这本书前，斯蒂芬·沃勒用传真送了一份剪报来给我。那是有关一个柏林–勃兰登堡普鲁士协会新成立的消息。报纸上唯一提到的创始会员，便为洪堡大学历史学教授劳伦茨·丹普。

我按照剪报上的电话号码打了过去，不久后便收到了一个资料袋。从资料中，我发现该协会的目的是要"培养普鲁士的真正价值与美德"，并且"为复兴祖国精神奠定基石"，因为德国已经快要沦落为一个"由毫无容忍力的个人集合而成的多文化混合体"。

在协会的规则中，特别提到了"腓特烈二世充满哲理的作品"。而在成立大会的专题演讲上，主讲人特别提到腓特烈二世和他的士兵在1757年鲁腾会战时的精神。"真正的普鲁士精神"，他说，与爱国、无私、容忍、谦逊、忠诚和责任感有关，但也应包括"比较次要的守时、守秩序、爱整洁等第二层次美德"。

第五章　IMV"米夏拉"

最孜孜不倦、勤于观察我的,是住在魏玛的线民"米夏拉"女士。2月9日,艾福特办公室再一次给反情报部门Ⅱ/13(记者)打报告,说我再度与IMV"米夏拉"联络。艾福特还提供了一个附件,是"米夏拉"和她丈夫的对话录音与抄录本。在抄录本中,格奥尔格博士回忆了他从1943年开始在伦敦路透社工作的经验。一开始,他担任欧洲组的副主编,每每看到一些"苏联死敌"写的稿子就非常痛苦。这些死敌包括现在任职柏林自由大学教授的理查·勒温塔尔(Richard Löwenthal)、阿尔弗雷德·盖林格(Alfred Geiringer)和瑞士的洋·金契(Jon Kimsche),等等。

于是,国安部档案再度像一个纸做的时间机器一样,将我不仅带回十五年前,而且到了五十年前、第二次世界大战时的伦敦。格奥尔格博士在第一页中便提到了三个名字,反映了当时从中欧到伦敦的许多流亡者,那些为了追求自由而从希特勒手掌中逃到孤立的英伦的男男女女,随后对英国——以及欧洲——做出极大的贡献。翻至另外一页,我读到更多的中欧流亡者的名字,包括亚瑟·柯斯勒（Arthur Koestler）、安德丽·多伊奇（André Deutsch）、赛巴斯蒂安·哈夫纳（Sebastian Haffner）、乔治·麦克斯（George Mikes）。另外还有一名年轻的中欧流亡者，当时在英国国家广播电台的帝国及北美服务部门担任新闻评论员，但是现在全世界都称他为乔治，也就是切尔西郡的韦登菲尔德爵士（Lord Weidenfeld）。

　　身为共产党员的格奥尔格博士，针对他自己的痛苦，曾经和他的同路人汉斯（姓氏被涂黑）同志讨论过，汉斯在《时代》杂志的职位和他类似。他觉得要删改"苏联死敌"的文章很困难，他很想要改写那些反苏联的评论，将"最毒辣的部分删除"，但是这个工作却随着战争即将结束而日益困难。因此，他决定与作战部的一个相关部门接触，以便到战后的德国谋得一个适当的职位。进行到这一步时，他得到了"我们同志的同意"——他所谓的同志，就是他们在伦敦的一个小团体，当时的领导权正交到菲利克斯·阿尔宾（Feliks Albin），亦即库尔特·哈格尔（Kurt Hager）的手中。库尔特·哈格尔后来成为东德政治局内在位时间最长的政委，成为党内最重要的理论家。作战部接到他的申请后，便将"在汉堡建立（战后西）德第一家新闻通讯社（DENA）"的工作，交到了这名德国共产党员手上。英国作战部的人不仅政治判断不佳，连地理观念也很差劲，格奥尔格博士很轻易地便说服上司，他必须从伦敦，经过柏林，前往汉堡。

　　于是，1946年3月13日，格奥尔格博士得到了一张官方发给他的通行证，准许他前往柏林。"我和伦敦的同志达成协议，我到了以后便向中央委员会（Central Committee，简称CC）报到……当地的同志会决定我应该至汉堡接受工作还是留在柏林，"经过冗长的讨论，他们决定他应该留在柏林，设立一个新的东德新闻通讯社,"但是最后,我竟然到了苏联设在白湖市(Weissensee)的新闻通讯社。"

他写信给刚在汉堡成立的通讯社,说他不同意英国对德国的政策,基于政治理由他无法担任新的职务。格奥尔格还几乎带着几分愉悦回忆道,通讯社在几乎有两个半星期都没有收到他的任何消息后,英国报纸还刊登了一则相关报道,并臆测他可能已被俄国人绑架。"自从我回到当时的苏联占领区后,"那份抄录本最后的结论写道,"便不再与任何在伦敦活动中认识的人有任何联络。"

在战时的格奥尔格博士自画像上,我必须加上两笔。第一笔和当时的路透社老板克里斯托弗·钱瑟勒有关。我的档案中只记录道:格奥尔格博士听说钱瑟勒对他决定离开路透社非常不以为然,认为那项决定"傲慢"。当我在写这本书时,曾与钱瑟勒的儿子亚历山大·钱瑟勒晤面。亚历山大·钱瑟勒是我在《旁观者》工作时的总编辑。我们在《泰晤士报》总编辑为《纽约客》总编辑所举办的一次欢迎派对上见面。在众多总编辑的谈话声中,我问他曾否听说过他父亲提到这个"格奥尔格"(我用的是真名),并向他解释了前因后果。刹那间,中欧痛苦的历史进程侵入了夏夜北伦敦花园中的鬓香酒语。亚历山大将"格奥尔格"的名字打进他的手提电脑,并说他会和他的长兄商量一下。两个星期后,他再度与我晤面,并告诉了我结果。他的长兄并不知道那个名字,但是记得在那一段时间,他父亲曾经非常担忧、气愤地回到家中,说在路透社发现了苏联间谍。

另外一笔则与格奥尔格博士当时的女友有关。他的女友为别号"丽丝"的爱丽丝·菲尔比。金姆·菲尔比于1936年与犹太共产党员丽丝分手时,他表面上为法西斯同情者,在西班牙内战时站在佛朗哥元帅的一边,丽丝则住在巴黎。菲尔比似乎便是通过她与苏联情报组织取得联络。1939年,她迁居伦敦,并设法将父母从维也纳及时营救出来。在伦敦,她与格奥尔格相遇。她如何终于与金姆·菲尔比离婚、离开英国,情况并不清楚,一般只知道在1947年时,她在东柏林与格奥尔格团聚,两人结了婚,但她仍继续使用原来娘家的姓。九年后,她再度与格奥尔格离婚。格奥尔格走进了另外一次婚姻,与"米夏拉"搬到魏玛,并开始了共同的生活。丽丝则继续留在柏林。

我刚到东柏林不久时,曾去访问了丽丝,这位生命与20世纪历史息息相关的女性。她有一间狭小的公寓,位于卡尔-马克思大街。书架上仍摆着丁尼孙、济慈、《牛津英语诗词大典》以及伊尼阿齐奥·西洛内(Ignazio Silone)的《独裁者学校》(The School for Dictators)等书。品尝着美味的栗子蛋糕和红茶,我们在她公寓谈了一个下午。我的日记中记载,她是一位身材娇小、迷人、精力充沛的女士,头发卷曲,说话带有维也纳腔,"看起来比实际年龄年轻得多"——当时她已经七十岁了。我另外记下了一件比较突出的观察:她对于错误抱着追根究底的态度。"如此小心翼翼,是受苏联训练之故吗?"我自问,"还是因为曾在海外担任……时,有过不好的经验?另外一个我比较希望成真的假设:是否可能是她那维也纳资产阶级出身的习惯使然?"或许三者兼而有之。在经历过多彩多姿的青年时代后,她在退休前的二十年,主要的工作转向替国营电影经销商做外国电影的配音。当我遇见她时,她正在"反法西斯主义斗士"之名下享受极高的退休待遇。

谈到金姆时,她仍语中多带亲昵与景仰。"他非常聪明。"她说——最后两个字是用英语说的。丽丝很有语言天才。然而,她加上一句，他个性有点保守。她非常确定1934年维也纳工人的罢工以及随后的残忍镇压事件，对金姆往共产党方向发展有极大的影响，使他从一名同情者变成了毫无保留的共产主义信徒。事实上，她认为自己在这方面扮演了决定性的角色。通过她，这名来自英国寒地的年轻金姆，落入了崭新而热络的政治气氛、快速而温暖的友谊、表面上毫无困难的团结以及或许是相当程度的性解放之中。同时，通过了她，金姆·菲尔比认识了许多人，包括苏联情报人员。

我觉得我几乎无法开口问她有关两人间性爱的事情。因此，我绕个弯子问她，如果当时知道1930年代苏联内部真相的话，她和菲尔比还会选择同样的路吗？思考了许久以后，丽丝非常严肃地说："我实在无法回答。你一定觉得不可思议，我们一点也不知道……"

她对现在的东德感想如何？

"嗯，这么说吧，并不是我们希望的或我们相信的。"

她批评了社会一般的不信任感、恐惧感、领导的懦弱胆怯、缺乏言论及行动自由，以及——包括她自己在内的——特权。不过，她仍然相信有一个叫作社会主义的东西。"有其他选择吗？我看没有。"

回到档案。"米夏拉"报告1980年1月5日，她接到一份别人寄来的展览画册，题目为《反抗与顺从之间：1933年至1945年的德国艺术》(*Between Resistance and Conformity: Art in Germany 1933-1945*)。她确定在内夹卡片上的字迹与上一次我拜访她家、留下名字时的字迹一样。"为了进一步工作，加强接触，并为维持他继续在视线范围内，本人将写一张卡片，寄到下列地址：

蒂姆·加多艾什（Tim Gartow Ash）

孔斯特画廊（Kunstgalerie）

西柏林"

下面，则以打字签上了"米夏拉"。报告不是亲手签名，但是最后面，似乎有一个 IM 档案的标记。

五个月后，根据"IMV'米夏拉'的口头叙述"，档案又有一份简短的记录，"米夏拉"丈夫告诉她，在 4 月 26 日至 27 日的周末中，我曾尝试再度拜访他们。格奥尔格博士表示不想见我，自称病得太严重。不过，他从当时照顾他的医生口中得知我去魏玛的一些细节。医生的丈夫艾伯哈德·豪夫是"德国文学学者，没有特定雇主"（档案如此记录他的身份）。我在魏玛时便住在他们家。

我还记得那个周末，许多在魏玛的"莎士比亚日"中的一个。当天的主要活动是乔治·斯坦纳的演讲。斯坦纳是一个非常了不起的人，他的演讲向来内容丰富，极吸引人，从《李尔王》到《第十二夜》，中间顺便会提到俄狄浦斯和《唐璜》。在演讲后，我与他共进晚餐。我觉得人在魏玛，同时在布痕瓦尔德集中营和歌德橡树的阴影下，一个斯坦纳以优雅的文字道出高度文明与野蛮现象并存的不安的地方，与斯坦纳谈话应该特别有意义。但是我的日记中记录下的相关题材非常少："不，他只想闲聊——我们尽量、不停、倾尽所能地，在大象（旅馆）的餐厅内谈了一个多小时。'你最近听到雷吉乌斯教授的事情吗？'等等。'噢，你一定很想念这些啰！'"我在日记中写下我的失望。今天回顾，我觉得自己不很公平，因为毕竟，超凡的斯坦纳教授已经花了一整天的时间在谈攸关人类文明的大事了。

无论如何，那个周末中真正值得纪念的，并非莎士比亚及乔

第五章　IMV"米夏拉"

治·斯坦纳，而是歌德和艾伯哈德·豪夫。

Wer den Dichter Will vestechen
Muss in Dichters Lande gehen.

歌德曾写过，要理解他的诗句，必须先拜访他的家乡。而且，欧洲没有一个地方，比魏玛更能培养出如歌德一般优雅的作家了。首先是歌德的房屋，房屋内仍完整保存着他的书房和站桌。黑贝尔称那张歌德站立着写东西的书桌，是德国唯一值得骄傲的战场。然后是施洛斯·科堡（Schloss Kochberg），在那里，歌德暗恋着夏洛特·冯·施泰因，却与比较令他自在的克丽斯丁睡觉。然后是席勒的房子，旁边有两位诗圣的美丽墓园，一座在伊姆（The Ilm）和提福（Tiefurt）之间，一座在施洛斯大道上。席勒的房子，在两百年前的安娜−阿玛莉亚（Anna-Amalia）女公爵使用之后，成了线民IM"米夏拉"的居所。

魏玛不仅文风鼎盛令我感动，而且能与艾伯哈德·豪夫一家人共度周末，也令我印象深刻。我的日记中留下了在公园中散步和参观施洛斯·科堡的记录。艾伯哈德·豪夫矮小而瘦弱，用字遣词精确而略微老派。1950年代末，因为政治原因被莱比锡大学驱逐出校园以后，他便以文字编辑与撰写评论为生，尤其倾注大量时间编辑德国古典文学。他特别热爱东欧诗人约翰内斯·波勃罗夫斯基（Johannes Bobrowski）。

我们一面散步，一面针对书籍、思想、政治进行深度对话。我在欧洲铁幕后经常与知识分子及教会人士进行这样的对话，然而，在西方却鲜少有机会如此。而那一天，除了对话以外，我还可以享受到在魏玛与一名德国古典文学者谈话的特殊魅力。当我们走过提福公园时，我感觉到在我旁边的，不仅是一位对古典魏玛有精湛研究的专家，而且他本身便代表了古典魏玛的一部分。他是古典魏玛的延续，而我们的谈话似乎伸展回到二百年前。我们当时的谈话主题，从赫尔德到托马斯·曼，一直盘踞于德国作家、思想家的脑中，成为他们重要但模糊的中心概念：*Humanität*（可直译为"人性"，但是指饶富德国特色的人性）。

尽管各种介绍东德一般状况的书，对魏玛都赞美有加，但是豪夫博士可不心存幻想，他不认为德意志民主共和国有任何的一丝"人性"——虽然它将歌德的画像放在二十马克的纸钞上。在豪夫博士眼中，这个政权代表的是一切"人性"的反面。他告诉我国安部拆开他的信件，窃听他的电话，而他则如何抗争那些检查。有一次连他所编辑的一本书《意大利来的日耳曼信件》（*German Letters from Italy*），都被查禁。东德政府正在努力实践库尔特·哈格尔的思想。库尔特·哈格尔主张已经没有所谓的"日耳曼民族"，而只有两个不同的"社会主义国家"和"资本主义国家"，因此他们努力地将文字中所有"日耳曼"、"德意志"之类的形容词都消除掉。甚至连豪夫博士毫不相干的书名也无法宽容。

在离开前，豪夫博士送了我一小册他所编辑的书，现在，在我写作时，就放在我面前。《不合时宜的事实》（*The Untimely Truth*）是一本集结了格言、散文和题目为"有关宣传"的作品集。作者为一位几乎被人遗忘的19世纪初期德国作家，卡尔·古斯塔夫·约赫曼（Carl Gustav Jochmann）。生于理加的约赫曼，曾于1812年至1814年住在伦敦，受到当时自由思潮的启发，成为一名主张政治言论自由的积极分子。1975年，豪夫博士在为这本书写跋时，为了规避东德的检查尺度，他以一种双刃的笔法评论着这种颠覆性思想："只因为（约赫曼）在写这些文章时，处于一个黑暗、原始、受压迫的资产阶级社会，他仍能保存着他的学术自尊，并从知识分子的渴望中发出纯真的声音。当时，还没有人发现舆论纯粹为资产阶级利益所掩护的'虚假意识'。这一点，一直到一二十年后，才被年轻的马克思看破。"豪夫博士的读者，早已知道如何在字里行间寻找文字的真意，并可立刻得到他想传播的信息，这使得该书第一版在出版后不久便全部售罄。

在我的这一本《不合时宜的事实》的蝴蝶页上，有一行手写的小字："真理必须以战斗得致，以行动赢取，C. G. 约赫曼。相信这句话，以及类似这句话的所有真理。此致蒂莫西·加顿艾什，艾伯哈德·豪夫赠。魏玛，1980 年 4 月 27 日。"

对我而言，那是一次令我非常感动而欢喜的旅行。但是，通过"米夏拉"的报告，国安部看到的则全不是那回事了。在报告中，我成为一名粗鲁、不受欢迎的客人。"晚上，G. 故意忽视 H. 家人表示谈话到此为止的礼貌暗示，利用该家庭对他的善意，让他们同意收容他留下一晚上。"接下来，报告评估了豪夫夫妇："两人都明显过着资产阶级的生活……根据我的判断，两人是那种会从西德的大众媒体中搜集资料的人。"不过，她强调，夫妇俩对"我们社会主义"并无仇视之意。最后，米夏拉强调要保护信息来源（也就是说，她自己）的重要性，因为"只有我们两家人知道此英国人的来访"。在寄出一份报告影本至柏林的同时，艾福特办公室的反情报组主任马雷施中校，加上一笔，说豪夫博士早已在该单位侦察的名单上。

一个月之后，"米夏拉"再度报告我去拜访他们，而我显然没有认出格奥尔格博士第一次婚姻时所生的女儿。其实，我在拜访他的前妻，也就是前菲尔比太太时，曾见过她。"米夏拉"说我发现错误后，感觉非常尴尬，而且说不出来我到底是对犹太人反抗纳粹主义感兴趣，还是对金姆·菲尔比感兴趣（答案为两者皆是）。她还听豪夫太太说，我又去拜访过他们夫妇俩一次，而且与他们的儿子，在耶拿读书的克里斯托弗，一起到歌德墓园去散了一次步。在页尾，马雷施中校指示继续采取行动："米夏拉"应该与我建立起联络管道，并继续侦察在耶拿读书的克里斯托弗。对中校而言，一个已在监视名单下的家庭中的学生分子，很可能为系统带来严重的后果。在东德系统中，只要国安部在学生的记录上盖上几个污点，学生就可能遭到退学处分。在这里，"米夏拉"一个无伤大雅的报告，很可能会断送一名年轻人的前途。因为他们和我不一样，无处可去。然而，那危险，最终是来自我。

又经过了一个月的时间，"米夏拉"报告了我写给她的明信片内容，并将我在东西柏林的电话都列在上面。在报告后面的官方行动指示包括：要求柏林的总部查核电话号码。随后，II/9 部门回答，IM 抄录的号码必定有错误。艾福特办公室送回来一份明信片的原件影印本，并令人毛骨悚然地观察道："确认 IM 所给的信息无误。"签名者为"pp. 马雷施中校"。荒唐的查核程序，前后花了两个月的时间，从 6 月到 8 月，而在这一段时间中，我搜集写书资料的工作几乎已全部完成了，而且已出发至意大利，准备着手写作了。

十五年以后,我将一些相关文件寄给了豪夫一家人,向他们解释有关档案的事,并要求至魏玛拜访他们,并询问"米夏拉"——如果她还在的话——为什么她当时要如此做,现在有什么可以辩解的话。我能够理解他们会对于我所从事的计划不以为然,而且我看了豪夫博士为我在《不合时宜的事实》前面所题的约赫曼金句后,相信我在1980年访问他们时,并不如国安部档案中所描述的那么不受欢迎。

过了一阵子,我从莱茵河畔柯尼希斯温特(Königswinter)打电话给豪夫一家,豪夫博士表示他们很愿意见我。我立刻驱车来到魏玛。豪夫一家人就像十五年前一样,热情款待我,向我保证他们从来没有不欢迎过我。"我们一直在回想,"精力充沛的豪夫太太说,"你来的那天,25日,那正好是克里斯托弗的生日。我们特别装饰了餐桌,放上蜡烛。然后,你出现在门口,我们邀请你进来。我记得,我把你安排在餐桌那个位置上,然后为你端了一盘菜出来。"又是普鲁斯特效应。"你表现得有点生疏,绝非'她'形容的那么积极主动。"

我们针对档案本身和共产主义的遗留问题之类的事情，谈了一会儿。从谈话中，我想起国家安全部在当地的总部，其实和他们家就在同一条街的两头而已。魏玛再度成为两个极端的象征：同一条克拉纳赫街上，离开歌德和席勒的公墓不远一端，为豪夫博士的家；另外一端则为国安部。国安部的办公室坐落于一栋由亨利·凡·德·费尔德所设计的现代别墅中，与附近尼采图书馆造型很相像。豪夫的档案，1989年12月5日，当地人在激情中冲到国安部办公室之前便被摧毁了。豪夫一家也在冲锋的人潮之中。不过，高克办公室仍然保留了一份档案，解释豪夫为什么在1957年至1958学年中被莱比锡大学开除，导致他的学术生涯骤然结束。

在档案中，他被许多人谴责，其中之一为马克思列宁主义讲座的讲师瓦姆比尔博士。豪夫博士从莱比锡的电话簿中，查询到瓦姆比尔博士——电话簿中同姓者并不多，并将档案中相关的几页寄了给他。瓦姆比尔博士来信道歉，但抽印了他的档案中的几页，回寄给豪夫博士，显示他也因为态度越来越批判，不但于1974年被逐出学校，而且因为传播反国家的煽动言论被判了两年徒刑。写信时，瓦姆比尔正在申请平反，豪夫博士说："这种案子很难判，还好我不是法官。"

然而，"米夏拉"又如何？根据豪夫太太说，他们和她不很亲近，反而和格奥尔格一直维持着亲密的友谊。有一天，格奥尔格带着他的女儿来到他们家，说："有人推荐你[豪夫太太]是一名很好的小儿科医生。"回想起来，豪夫太太觉得推荐者可能是国安部。但是，她记得格奥尔格是一个诙谐、聪明、有趣的人。他们最后一次看见他是1981年，他前来给豪夫博士五十岁生日道贺。当时肉品相当稀少，而格奥尔格设法从一家肉店买到了一些火腿、肉卷之类的东西，分了一点给他们。

相较于格奥尔格，"米夏拉"粗俗、自私，而且，豪夫太太说，在辛勤、纯朴的图林根生活中，"她竟然有胆说我们过着'资产阶级生活'！我每天早上六点起床，先要将公寓整理清洁，然后才去上班，而她呢，每天高来高去，搬弄是非不说，还雇用着一名清洁女工，在当时是非常少见的。她竟然说我们过着资产阶级的生活……"

身为资深国家公务员，"米夏拉"非和国家合作不可。但是那并不表示她非做线民不可。为什么她要那么做？可能是为她个人的职业前途着想。即使在丈夫去世以后，"米夏拉"仍然继续在柏林的国家艺术经纪单位工作，而那个单位在恶名昭彰的国安部官员，亚历山大·舍克-戈洛考斯基（Alexander Scheck-Golodkowski）上校羽翼下，在经费拮据的共产党政府中总是能搞到大笔现金。豪夫夫妇从那以后没有再与她有任何联络，不过他们建议，或许可以从柏林的电话号码簿中查到她……

我一如过去，疾驶在前往柏林的高速公路上，汽车滑过千疮百孔道路的同时，脑中盘旋着一如往常同样的问题：区区一部档案，将如何开启过去的大门，让相关人士再度落入那如迷宫般错综复杂的关系中？而被开启的过去，又将如何改变那原本已经掩埋的事实，就像考古学家将尘封的埃及古墓打开后，并不知道新鲜空气进去以后对古物会产生什么影响。

　　因为，我发现，经过档案开启的过去并非原样重现的过去。就算没有经过档案的开启，没有新的文件或另外一个人的记忆帮助回想，每个人的回忆也都随着时光的流转以及环境的变化，有的变得模糊，有的反更清晰，有的逐渐圆润，有的则越发尖锐。因此，豪夫太太对米夏拉的记忆，在1985年夏日东德政府仍然存在之时，与十年后我正准备去访问她时不同，是可想而知的。然而，在我展示新文件给她看以后，等于为她开启了一扇新的记忆之窗，但也因此关上了其他的窗门。她再也无法回到过去对米夏拉或两人之间发生的事件的回忆中了。这就好像一个人在经过多年以后，对自己所钟爱的人做不忠的表白，或一对夫妻经过一件丑恶的离婚官司，会将过去两人之间所有共享过的欢乐时光完整、全部、永远、惨痛地摧毁一样。只不过，连这一份痛苦的回忆也会随着时间的流转而有所改变。

因此，我们所拥有的是对某一个人、某一件事、某一个时点的无限回忆：不但随着每一秒时间的流动而逐渐改变，而且偶然会因为某一个戏剧化的冲击、一项出其不意的表态等而有扭转的回忆。就好像电脑上的数码影像，每一个颜色、线条、细节都可以在电脑屏幕上任意改变一样，在人脑中的回忆也经常在变换中。不过，和数码影像唯一不同之处在于，我们无法控制自己的记忆，也无法任意倒带，让自己回到最原始的记忆中。有人说"过去就好像陌生的外国一样"，事实上，过去是另外一个宇宙。

那么，托马斯·霍布斯所写并由詹姆斯·芬顿引用于他的《安魂曲》中，有一句话："想象与记忆不过是一件事。"这句话有可能是终极的事实吗？有位波兰裔美国犹太作家耶尔塞·科辛斯基（Jerzy Kosinski）将他的可怜身世公之于世，说他和他的小说《彩鸟》（The Painted Bird）里的小男孩很相似，作为一个犹太裔少年，自小被迫与家人分开，弃养于一个农村，以躲避纳粹势力。而且，他小时候很可能遭到暴力侵犯，在九岁时便被打得脑部受伤。科辛斯基的小说出版后，立刻被标榜为"大屠杀"活生生的证言，受到各方赞扬，成为畅销书籍。但是当研究者抵达科辛斯基所描述的农村后，却发现当地农民的记忆与科辛斯基的非常不同，他们称小科辛斯基不但从来没有被弃养、虐待，而且一直和他的家人一起躲藏在农村。如果不是农民的记忆有误，便是科辛斯基将记忆与想象混为一谈，使他相信小说中的事情真的发生在他身上。另外一个可能性便是他故意扭曲自己的记忆。他的朋友大力为他辩护。例如，爱丽卡·杨便说：" [这些事]他亲身经历与否，有什么关系？"

然而，不论如何加料，记忆毕竟应该是曾经真正发生过的事，是史实，与未曾发生过的想象之间应该有一条明显的界线才对。小科辛斯基要不就是曾被虐待，要不然就没有，这中间不应该有灰色地带。就如同米夏拉要不就是一名宣誓的秘密线民，要不然就不是一样。

历史，就好像一件用许多不同质材拼贴而成的美术作品一般，这里一块硬梆梆的金属片，那里一张旧报纸，又覆加上一块布料。报告、调查者、历史学家从同一个盒子中捡出许多不同的质材，拼凑出来的是一张张与他们原始想象中的油画或水彩画感觉完全不同的拼贴。但是，每张历史的拼图不似诗或小说，必须要经得起历史对事实的测试。我所写的每一句话都必须要经得起这个测试。这使得我的工作非常困难。

在柜台完成登记后，我进入了旅馆房间，找到电话号码簿。的确有一个号码，登记在"米夏拉"的真名之下。我考虑是否应该学狗仔队的记者那样，就这么出现在她家门口，还是像绅士一般先打个电话给她。显然，后者的失败风险比较大。然而，我拿起电话筒，拨了号码。"啊，'阿许'先生，你在魏玛时曾经来访问过我们，对不对。我后来读过你的大作……"我向她解释我这次来柏林时间不长，不过有一件特别的事，想要见见她。我们约定了下午一个时间，由我去拜访她。"你一定有很多问题，"她说，"而我正非常期待你的问题。"

一栋高挑、灰色、典型社会主义现代式设计，而且以东德标准而言，非常潇洒、引人注目的建筑，坐落在一个绝佳的地点，显然属于特权阶级。一名身材高大、声调开朗的女人走出来迎接我："哈罗，你好？"高鼻大嘴，鲜红的口红，金属眼镜背后是一双灰色的大眼睛，配上长裤与高跟鞋，令人联想到玛琳·黛德丽（Marlene

Detrich）。很有品味的室内布置，新彼德麦式家具。

"好吧，"她布置好了咖啡、蛋糕等以后，兴致盎然地对我说，"你最近在忙些什么？"

"○○［真名］太太，"我说："你是否有任何直觉，知道我今天要来和你谈的主题？"

迟疑片刻，或许比片刻还稍微长了一点。"没有，真的没有。"那句"真的"让我有画蛇添足的感觉。

于是，我告诉她。

"是的，"她听完立刻说，"像在我这种立场上，有义务如此做。"每个月，他们都会来看她，她的秘书会说："老板，你又有客人了。"他们自我介绍时，总是说自己是地方议会的人，但只说名而不透露姓，如"迪特尔"、"海因茨"等。谈话时，她公事公办，仅交代公事。难道我的事有任何公事成分在内吗？是的，因为格奥尔格和丽丝完全相信我在替英国情报单位工作，因此我的到访被划分为至少属于"半公事"。她总算是抓住了"公事"的一个边儿。

她以非常实事求是、至少在外表上看来非常自信的态度谈整个事件。但是，当说完以后，她非常紧张地问："他们报告了什么？"我注意到她用的是"他们"，而非"我"。

我将报告的影印本给她，她开始阅读。她显然对她丈夫的细节描述感到相当震撼。

我问她平时他们是如何与她进行访谈的。"迪特尔"或"海因茨"手上有笔记本吗？是的，是的，他们都有一本打开着的笔记本，而且他们会非常小心地将每件事都写下来。一般人会合作。有义务这么做。尽量说出最多无害的事给对方听。这样，或许会对自己的工作有帮助。有的时候，的确会有帮助，例如在设法取得计划许可而

第五章　IMV"米夏拉"

遭到困难时，国安部会跳进来干涉，把事情摆平。而且曾有一次，发生过一件案子，是有关魏玛的搜集品中，两幅丢勒（Dürer）的画被美国大兵在第二次世界大战结束前偷到美国，为此而打起官司。当时她想，如果我们赢了官司，我一定会被派去美国，将两幅画收回来！结果他们的确赢了，但是文化部却派了别人去取画。她向国安部抱怨了一通。

无论如何，格奥尔格博士在他与丽丝·菲尔比第一次婚姻所生的女儿移民出国以后，死于1984年。在临死前，他仍表示相信社会主义。丽丝随后也移民维也纳，以便接近他们的女儿，"米夏拉"的继女。是的，丽丝曾为 KGB（克格勃）做过事，但是到最后，她对一切均感到失望，并变得非常反政治。不久以后，她和格奥尔格博士所生的女儿也移民他国。她搬回柏林，提早退休，并以"反法西斯战亡遗孀"的身份，获取了极好的退休金。1987年，她还脱离了党。在一位朋友的档案中，居然还提到了与"犹太裔[格奥尔格博士真名]"的接触，非常令人震惊，虽然大家都知道潜在的反犹太意识仍然存在。"但是我并没有申请去阅读自己的档案，我不想这么做。"她似乎半信半疑地认定自己是国安部监视的对象，几乎是一名异议分子。

说着，她继续阅读我的档案，读那些她所提供有关我，有关豪夫一家"资产阶级"的生活方式，有关尚未成年的克里斯托弗·豪夫，等等，各种庸俗而怪诞的细节。金策尔少尉在下面批的行动指示是：调查学生克里斯托弗和他的一家，并指挥 IM 进一步接触。突然间，她将档案放下，说："我读不下去了。我不舒服，想要呕吐。"转过身，她走到门口。当她再回来时，满脸是泪。她以呜咽的声音说："那是无可原谅的行为。"即使如此，她仍尝试解释。

她的祖父是一名普鲁士军官，但是她的祖母是犹太人，因此，按照纳粹在纽伦堡法中的分类，她的父亲属于所谓的混血。不过，由于他是一名杰出的妇产科医生，SS（党卫军）依然不顾身份，在他们自己于图林根开设的一家医院录用了他。战后，他父亲回到勃兰登堡做资深医生，先成为社会民主党员，在社会民主党与共产党强迫合并、成立了社会统一党以后又成为当然的党员。当时，1945年，她还只有十五岁，感到万分兴奋，相信一切都将有一个新而美好的开始。她有信心他们将建立起一个更好的德国。当然，她说，以她的身份背景来看，新政权俗气得很，充满了小资产阶级意识。但是，一开始时她的确是信心满满的。逐渐逐渐地，失望一点点出现，在内心扩大。苏联摧毁布拉格之春，的确为她带来了极大的失望。但是一直到1970年代，她仍相信社会主义是比较优异的制度。无论如何，社会主义一直存在着，而且是她成人生活中唯一知道的制度。

1975年，她在魏玛得到了画廊的好工作。随工作而来的，便是"迪特尔"、"海因茨"的搅扰。在激动、断续的言词中，她非常生动地描绘出了她与政权当局合作的矛盾动机。在她心底，仍然残留着对社会主义体制的信仰。她感到那是一个正式的责任，她说："在像我这种立场上，我有义务这么做。"此外，她还希望利用国安部，让她能在这官僚主义游戏中取得优势：透过丢勒，到美国转一趟！另外，格奥尔格和丽丝真心认为我是间谍。说起来，东西之间，的确有一场战争在进行，不是吗？一场她的体制与我的体制之间的冷战。

她感到恐惧吗？

"是的，当然，在内心每个人都吓得半死。"因此，大家都会想要设法解除体制对自己的怀疑，表现出合作的态度，喋喋不休，将所有无害的信息细节都说了出来。"事情就是这个样子……"

当她眼光转至 IM"米夏拉"报告影本时，她几乎再度无法自己地要哭了出来。我可以看到她金属眼镜框背后的双眼盈满了泪水。

"是的，该写封信给豪夫一家人。"她外表挣扎着回到原来的表情，内心则与过去的行为挣扎。

"但是，那与你被禁止入境无关，对不对？"

对，那是在我的书在西德出版以后。

啊，这就是他们的作风，总是只在意"西方"的意见。"那件事以后，我真应该多为自己着想一点的。""现在你想写一点东西，想要看我的反应，对不对？好了，我有了这些反应，你高兴了吧？"她苦涩地笑了起来。接下来，她又问："你会把名字都写出来吗？"

我向她解释说，我不想要伤害任何人，也不会用到她的真名。不过，因为魏玛和菲尔比的关系，她的身份很难不被辨认出来。至少家人和朋友会认出她来。

她被淹没在相互冲突的思考和情绪之中。经过一会儿，她开口道："你能给我看这个档案，真的很好。"接着，她又说："嗯，或许我可以告你，赢一大笔钱……不，不，对不起，刚才只是个笑话……不过，或许应该有什么保护……"

"我们压抑得那么惨……**为什么**我不去申请我的档案？因为我不想知道里面有什么……有关我丈夫……天知道还会有什么在里面……我想那是我唯一大量报告我私人生活的时候了。我以为那是**公事**，但是……好吧，我希望你写的时候，把主观、客观的情形都交代清楚。当时的情况是怎么样的。不过，或许那是不可能的。连我现在都不怎么记得了……"

我们两人的谈话在夕阳中结束。分手前，我能说什么？"真荣幸能够再见到你？"很不合宜。"我很抱歉把这些事加于你身上？"大概也不行。结果我说的是："这些影印本就给你了。如果你想要加上些什么的话，请写信给我。这是我的地址。"

她回答道："啊，牛津！"她最近还去牛津，度过了美好的一天，拜访朋友。丽丝童年时期的玩伴。"你写下你的电话号码了吗？或许下次我可以打电话给你！"

当我们在门口握手道别时，她并没有说"抱歉"。她只问："你是怎么来的？坐车？"

不，坐地铁来的。

"非常方便，对不对？"显然她挣扎着想要表现出自尊和正常的态度，好像任何事情都没有发生过一样。的确没有。

当我回到旅馆房间坐下，经过半小时，终于提起笔时，发现自己的手仍在发抖。

你一定以为这类的对话，每天晚上都会在德国各个地方的厨房、客厅中一再重演：痛苦的交手、真实的告白、友情的毁灭、生命的悬疑。日复一日，当强大的知识力量逐渐从国安部转移至高克机构的职员手上、再从高克机构的职员手上转移至像我这般的普通人时，想必同时会发生成千上万的交手、冲突。

让那些人自行发挥想象力，在记忆与遗忘之间，在自我欺骗之上，建立起自尊，难道不是比较聪明的做法？难道与他们交手、正面对质，会是比较好的做法？不但对自己好，因为自己会想要知道真相，而且会对他们也好？即使在她第一次的混乱反应中，"米夏拉"也说出了"你能给我看这个档案，真的很好"的话。

当我们谈话时，她强烈否认知道国安部将她列为线民。一开始时，我倾向于相信她的说法，但是专家与朋友都告诉我不要太天真："他们都是这么说的。"舒尔茨女士退休以后，接替她工作的邓克尔女士对我提到，档案室可能会主动追踪"米夏拉"的档案。作为一般读者，只能拿到线民报告中直接与你有关的影印档案。如果你能够从档案中清楚、明白地建立起那名线民的身份的话，也可以通过正式的书面申请函，要求证实那些线民是否曾经打过你的报告。不过，作为一名研究者，我获得特别允许得以阅览线民的实际档案。

一名普通线民的档案分为三部分，每部分的内容登记有严格的规定。第一部分是线民本身的相关资料，从国安部如何说服他们与国安部合作，到做线民的书面承诺，以及他自己所选择的代号、他们随后所发的报告、私人信件的影印本、其他线民所提供他们的资料、国安部针对他们的可靠性的任何疑虑，等等。第二部分与线民的工作有关，包括他们在国安部的个案主管在每次会见（经常是秘密接头）中与他们晤谈的笔记，他们自己的书面报告，有关他们工作的年度考评，进一步行动计划，等等。第三部分则是所有花费和付给他们的各种"礼品"账单收据。

不幸的是，我在档案室中只找到了"米夏拉"档案的第二部分，而且还只有部分，而非全部。不过，对我而言已经足够了。将近六百页的档案，涵盖了1976年至1984年，也就是魏玛年代的工作。一开始时，档案中记载着金策尔少尉对"米夏拉"的保证，用他的术语来说，"我们的组织"不会让她发生任何不幸的后果，虽然她在一次赴匈牙利的正式访问中非法携带现金出国。"米夏拉"得到这消息以后，大大地放心。她原本担心这事件会影响到她以后到外国出公差的可能。几星期以后，他再度拜访她，并记录下她已做好准备为"组织"——在专业领域内——工作的意愿。她觉得自己并不适合这份工作。她丈夫对她说过一点替"组织"工作的滋味。她丈夫对金姆·菲尔比认识甚深，并且"在他放逐到英国时，曾替一些朋

第五章　IMV"米夏拉"

友工作过"（"朋友"是东德人经常使用的一个字眼，令人感到讽刺的是，指的是俄国人）。"她本人觉得自己并不适合这种工作。"

两个月以后，她已能够报告自己成功访问了瑞士。瑞士对大部分东德人而言，是个只能在梦中成行的地点。金策尔少尉则对她证实他的掩护身份，说他来自地方议会。而在这时，我发现，"米夏拉"已呈交了第一份手写报告，最后署名为"米夏拉"。

不过，阅读档案时，必须要小心谨慎。稍后，在同一份档案中，出现了其他的手写报告，署名也是"米夏拉"，但是字迹却属于另外一个线民，他接替了金策尔少尉，专门周旋在各个线民之间（然而，这家伙——也不知道是"迪特尔"，还是"海因茨"——竟连正式官员也不是，只是一名专门管理其他线民的线民）。比较之下，早期的报告中的大型女性字体，可能真是"米夏拉"自己的。事实上，档案中还保留了几封给驻东德几个大使馆文化参事的手写信件草稿，下面的署名还是"米夏拉"的真名，不过被划掉，改写为"米夏拉"。

她的第二份报告是一件攸关国家安全的重大事情。在整整三页报告中，"米夏拉"抱怨大象旅馆内餐厅的服务不佳。领班格贝尔先生在许多英国客人面前对她极度无礼，还有英国人在事后一直拿这个来开玩笑。"更重要的是，"她写道，"格贝尔先生的独裁口气，很不适合国际旅馆。这种服务顾客的态度，我认为，无法加强德意志民主共和国在国际上的声誉。"

1976年9月15日，金策尔少尉特别提到，在下一次的约定会面中，他将正式延揽她为线民。会面将如往常一样，在她的公寓中进行。这个重要会面的记录并没有留在档案之中。我猜想，在建档的严格规定下，那份报告，加上她个人的宣誓文件等，一定被归类为个人资料，从而被归于第一部分中了。不过，在随后的档案中，她的地位被认定为IMV——与敌人有直接接触的线民。更往下看时，她更被指定为IMS——负责某特定安全事项的线民。而在整个过程中，她从未停止过说话。

例如，在那年秋天，画廊来了一个非常显赫的西德客人，赫尔穆特·科尔（Helmut Kohl）。"米夏拉"非常遗憾地写道，画廊的接待员在[真名]同志的鼓励下，表现得过度热心，"一直开门、鞠躬"。

接下来写的就没那么逗趣了。除了她休假或因公出国以外，每两三个星期固定与管她的上级晤面一次，报告她所监视者的政治态度：某某人对异议歌手沃尔夫·比尔曼的驱逐出境表示不满，某某人对"我们社会的各种问题，表现出近乎资产阶级的态度"，她到西柏林去拜访一名她自称为"最要好的朋友"以后，手写了一份长达五页的报告。

从阅读档案中，我可以理解到，一名线民如何逐渐地被拉进"组织"之中，就好像鱼被引诱上钩的过程一样，一开始的时候线民决心"只谈专业的事"，最后连最亲密的关系也可以出卖了。就"米夏拉"而言，到后期，她连自己的继女有一名西德男友都招了。在"对IM进一步指示"下，金策尔少尉写下了冷酷的几个词：Abschöpfung der Tochter。Abschöpfung是国安部另外一个专业名词。1985年的国安部辞典中，对它下了一个非常冗长的定义："有系统地进行对话，以吸收目标的知识、信息，并评估通过其他人获取信息的可能性。"如果非翻译不可的话，最接近的一个词，我想就是"打探"（pumping）了。换句话说，"米夏拉"接到指示，必须"打探"她女儿的行径，并将信息提供给秘密警察。

或许她真的以为自己在和"迪特尔"、"海因茨"聊天，以表现自己是一名好同志、忠诚的公民、"事无不可告人者"。所以，她说的都是一些闲话。或许她从来没有想到，所有她说的一切，都被如此详细地记录成文字——虽然，如果我对那份手写报告的分析不错的话，她其实对自己报告各种细节的做法，也并没有任何抗拒感。不过，从阅览自己的档案中，我已了解所谓的"指示"和实际发生的事情之间关系并不大。或许在报告上会冷酷地写成 abschöpfung der Tochter（打探），但是实际在访谈上只不过是一句轻松的问话："你继女最近怎么样了？"不过，当她说话时，并不自知自己在说什么话，那只能说她不想知道自己在做什么了。

公平地说，我想要知道的是，"米夏拉"的报告对她周边的人有没有造成伤害，那伤害有多大。但这些事实很难建立。政府规定档案中无辜第三者的姓名必须涂黑。就算我能够指认出那些被涂黑的人物姓名，我也无法取得、阅读那些人的档案，而只能够从看他们的记录中评估她的信息所带来的效果，并将这效果与其他管道的信息相互比较。因此，只有那些直接受到波及，以及那些选择阅读自己档案的人，才有权评判。不过，据我们所知，国安部对于 IM 所提供的信息特别重视。那些琐琐碎碎、看似没有任何重要性的信息被放在一起以后，杀伤力便相对加大，而那正是整个体系能作业的原因。

与此同时，虽然我无法确切地说出她为别人制造了什么困难，但是我可以指出她因此而获得的益处。一个月以后，例如，内部的一份文件便显露，她不断出国并没有任何确切目的，而仅为履行一项特权而已。在讨论她未来赴日本之行将对党带来什么好处时，金策尔少尉注意到，"凡是指定给 IM 所做的人物，他们总是很快地接受并予以完成。IMV'米夏拉'已取得操作知识与能力，他足以担当复杂的任务"。在这里，报告中特别用男性的"他"而不用女性的"她"，因为在国安部的语汇中，线民IM为阳性的字眼，事实上，国安部的确是非常男性的世界：只有百分之十的线民为女性。

1979年9月，我现身了。在下一次的会面中，金策尔少尉"指示"她应如何接近我。一星期以后，我仍然没有和她联络上。一个月以后，她仍然没有得到我的消息。"IM非常关切，他（应该为她）是否做错了什么事。他的疑虑可以减轻的。"在年底工作评估时，金策尔少尉很满意地表示，他（她）可以做（在最初进入组织时不能的）事情了。"最主要的一点，是与加顿艾什的接触。IM在与这一方面的工作，值得赞许。"

1980年至1981年间的报告，除了她个人至意大利及丹麦的旅行之外，断续提到我们间的接触，有的进入了我的个人档案之中。1981年底，一名化名"辛格"，专门管理其他线民的线民，接下了金策尔少尉的工作，而"米夏拉"也继续为自己的出国机会不断发声。1982年3月，记录显示"米夏拉"与"辛格"共同"评估"《明镜周刊》所摘录我的一本有关东德的书。6月，"辛格"恭喜她获得"功在祖国银质勋章"，并提到部里送了她五十马克为礼物。在接下来的一次会晤中，她大大地批判了丢勒。如果我没有和她见过面、谈过话，绝不会理解，其实她只是在发泄无法去美国的挫折罢了。

档案就此源源不绝，一下子报告她与瑞士大使馆接触的经过，一下子又是她对某一名手下的评估。"麦可"，也就是格奥尔格博士，生日时，还得到了一份部里送的礼物。"友善的聚会，有尊严的聚餐。""辛格"记录道。另外，还有一次报告记录了她继女的新婚丈夫。

至奥地利旅行。格奥尔格博士病倒。线民告诉"米夏拉"在未来的痛苦时光中，"她（报告第一次以女性称呼）可以指望组织给予支持"。丽丝，也就是前菲尔比太太写信给她，说这次旅行到奥地利以后，将不会回到东德。

接下来便是格奥尔格博士去世，她从魏玛的工作退休下来，申请搬家至柏林。但是就在她离开以前，那最后的一份报告，对象竟然是一名已提出移民申请的艺术家……

当我在追查"米夏拉"向当局报告的琐细、有时私密而不为人知的细节时，偶然会停下来自问：我真的应该读这些资料吗？而且就算我应该的话，我的读者也应该吗？

许多作家或报纸编辑因公布某个人的私生活而受到公众批评时，他们通常会以"维护公众利益"为自己辩护。但是仔细想想，这些人所谓的"公众利益"其实是"公众兴趣"，也就是可以让书籍及报纸更畅销的卖点。然而，在我所经手的这些档案资料中，是否真的存在着所谓的"公众利益"，值得在使"米夏拉"蒙羞、破坏她与其继女关系的前提下公之于世呢？

有关这个问题的正式答案，可以在有关国安部档案的法律中获得解答。根据该法第三十二条，我可以在探索国安部历史及"政治教育"的前提下，超越保护性利益（protection-worthy interest），阅读及出版档案中"现代历史人物，保有政治或正式职位者，曾经在国安部担任全职、半职或义务提供情报者，因国安部的工作而获得利益者"的相关资料。

第五章　IMV"米夏拉"

然而，什么才算是"现代历史人物"？要如何才算超越保护性利益？一位高克机构的法律专家给了我一个解释。所谓现代历史人物，用俗话说，也就是"公众人物"。不过，根据德国法律，"绝对性"和"相对性"历史人物之间有所分别。所谓"绝对性"人物为希特勒、丘吉尔之类的大人物。而"相对性"则指仅在某一个历史的时与地，可以凸显出重要性的人物。至于保护性利益，则是指个人私生活中的一些敏感性细节，知道了也绝对不会进一步理解国安部的运作。

在实际操作上，高克机构的员工在为查询者准备资料时，随时随地必须运用个人的智慧，即时做出判断。例如，他们必须先阅读档案，划掉"受影响的第三者"名字而保存"现代历史人物"名字，另外他们必须将有"保护性利益"的段落遮掩起来。"米夏拉"的档案中，便有好几段这类文字在这个前提下被遮掩了起来。

有一段时间，我以为高克机构的员工既然有判断之实，自然也就应负法律之责。但是，我错了。根据法律专家的指点，如果出版的话，我是唯一需要在法庭上解释为什么如此做的人。因此，正如"米夏拉"所幻想的，她可以在法庭上与我相见。不过，我倒不担心她或其他人会对我提出诉讼，因为我关切的不是我在法律而是在道德方面的责任。例如，我时常想，为什么不能将有关她继女的部分割舍就算了？还好，经过仔细搜寻，我找到了她的继女，向她解释了情况。她在申请查阅自己的档案后，已经发现了事情的真相，并断绝了所有的关系。"米夏拉"的亲生女儿也在同时发现了事实。

但是，"米夏拉"和她周边人的关系仍未能解决。在我写这本书时，曾将这问题就教于友人。有的人认为我应该放"米夏拉"一马。"否则你就变成和她一样，"他们说，"你也变成一名线民了。"

但是也有人认为我当然应该公之于世,因为这是一个很"有趣"的故事。有趣,的确,但是,光有趣是不够的。我最后仍然决定公之于世——但将名字划掉——主要还是因为我认为这样做,可以达到一个更大的目的。在将这个故事出版的同时,我得以从鲜活的细节中烘托出一个完整的形象,表现出一个人是如何地被吸入秘密警察的绵密网络,并确切地指出通敌的下场将是如何的。

第六章　IM"舒尔特"

我和线民"舒尔特"接触过几次。就我记忆所及，我们的谈话仅限于第三帝国，然而，他对我的行动所打的报告却至为详细。他唯一无法详细叙述的，就是我在普伦茨劳贝格区的住所，因为那实在太乏善可陈了。不过，正如"舒尔特"自己很遗憾地在一次会面中所说的："总体而言，我们的'工作午餐'对我而言，并不十分成功。"

我从日记中很容易便追查出"舒尔特"这一号人物。他是一名中年人，在大学里教英国文学。我们很不巧，在一次女王生日庆祝会上相遇于英国大使官邸的花园中。我还记得他壮硕的身材、微秃的头顶，虽然英文流利，偶然也能丢出一两句智慧的语言，但是一般而言是个相当无趣的人。

他似乎属于那种线民：会花上无数小时，用打字机或手写的方式记录下所有无聊而烦琐的细节，而一位高克机构的专家告诉我，这种线民还不少。他们就把国安部看成笔友一般，不断地写、尽量地写、详细地写。而这种报告所能够制造的效果，可以用只有水塘深度来形容。就以"舒尔特"教授在英国大使馆中与三等秘书共进午餐后所打的一份报告为例。那份报告里面恰巧谈到了我，所以被放进了我的档案之中。"与英国怀尔达什先生见面的整个气氛，"IM"舒尔特"记录道，"非常公式化，但是比我原先想象的要传统。（这会是一般年轻人看到教授后，故意与他保持距离的结果吗？）我经过非常痛苦地挣扎，决定点一盘捷克家乡菜（饺子），而我的同伴则选择了鸡肝为主菜。他虽然是开车来的，但仍喝了两至三瓶的皮尔斯啤酒。"我不知道现在排起来长达110英里长的高克档案中，这类毫无内容的东西到底占了多少，20英里还是40英里？

不过，从阅读"舒尔特"本人的资料中，我逐渐了解到他为什么那么做。当我申请调阅"舒尔特"的档案时，竟然将三个相关部分都完整地调了出来。第一部分是两大厚夹，第二部分多达四本，连有关花费记录的第三部分都意外地相当扣人心弦。三部加起来，成为一部极令人感伤的故事。档案开始于1960年。当时的"舒尔特"刚到一所地方大学教英国文学，是一名年轻、很自我中心的学者，年纪刚过三十，还没有结婚，过去学历完整，战争期间还短暂地加入过希特勒的青年团。他的系主任认为他有的时候太不拘小节，但一般而言，工作很有新意，值得赞许。当时，他还刚以总理英语通译的身份，从亚洲旅行了一趟回来，可见英语口译造诣非泛泛之辈。

然而，在那之后他被人举发，说他在酒吧中行为不检，喝酒过量后对同性学生有不当的性挑逗行为。有一名学生非常详细地报告了一次事件的经过。在酒过多巡以后，他开口邀请这名学生至他的公寓中，并开始挑逗这名学生。"'舒尔特'然后说，如果（学生）把他的皮短裤脱掉，他就去酒窖再拿一瓶酒出来。"舒尔特"则以长达十页的报告回应这项指控，里面引用了各种参考资料，以表明同性恋在欧洲文化史中的地位。他懦弱地为自己抗辩。关于他的行为，他写道："严重违反了我作为一名共产党员的职责。"以后，他将"努力不负同志的荣誉"。

接下来便为一连串与"候选人"的前置谈话作业。档案没有明确记录任何勒索行为，不过倒写下了1961年12月29日早上9点至11点半，在地方政府大楼内举行的正式延揽访谈过程。在其中，"舒尔特"非常详细地评估了许多大学同僚。档案后面附了一个特别的棕色信封，上面以印刷体写着"宣誓"的字样，然而那张应该是发誓效忠国安部的宣誓书却不在信封内。档案的第二部分开始，巨细无遗地保存下他从1962年的工作内容，包括所有对同僚、学生、认识的人的观察。与此同时，第一部分继续收进其他线民对他的观察（到1970年时，他仍然喝酒喝得相当凶），以及他与人往来信件的影印本。第三部分记录下他报销的费用：5马克的食物及饮料，28马克的葡萄酒及雪茄，100马克的电话费，200马克的旅费，以及偶尔对于他优良表现的奖赏。

1975年的记录中，有一张他因"忠诚服务国家人民军"而获得铜牌奖的证书。证书上特别表扬他是"对国家安全部诚实、良心、忠诚服务的表率"，下面还有国家安全部部长埃利希·梅尔克的签名。

"舒尔特"显然对国安部越来越感兴趣，因为他居然在英国大使馆和一等秘书见了面。他在他个案负责人的密切协助下，非常热心地继续保持这份友善关系。档案中留下了那名和蔼的一等秘书送给他的《企鹅现代诗人诗集》(*Penguin Modern Poets*)每一册的封面，以及他们之间信件往来的影印本。在第二部分的第三册中，我们发现他开始享受特权，远至剑桥的彼得学院参加有关英国文学的会议，接下来免不了又对其他数名同时参与会议者详细地品头论足一番，尤其特别点名雷蒙·威廉斯教授，评论他为"进步派公民"。

在第四册中，我出现了——他很不甘心地提到，我喝了他不少白兰地。这么写，或许是希望国安部还给他一些吧。（根据第三部分的账单记录，在下一次的会面中，他的个案主管给了他200马克，显然是针对他去了一趟柏林的报销，应该够他买上好几瓶白兰地的了。）这段期间，他提出了另外一份到英国去开会的提议书，在1980年春，到英国大使公馆晚餐，主客为乔治·斯坦纳（"斯坦纳教授立场不变……"），到了秋天又至大使公馆进了一次晚餐，并报告我搭了路透社的马克·伍德的便车一次。同年12月，他得到300马克的奖金，并以积极与英国大使馆接触而受到赞扬。在记录中，有人听到他对朋友说："德意志民主共和国一直在崩溃中。"像这样的人，当然不容易获得银色勋章。但是，与特工的会晤、报告、小礼物则持续在进行中。1984年3月，他建议当局让他去波兰一趟，尝试与当地的英国外交官建立联系渠道。那时候，英国已在华沙设立大使馆。总而言之，他总是在想一些小游戏，骗到国安部的经费，能到外地旅游一下。

我翻回到第一部分，发现里面折着另外一个信封，上面写着"结论报告"，日记为1984年10月4日。"最后一次与IM'舒尔特'见面。"报告上写着，日期为1984年5月16日。同年10月7日，"舒尔特"意外死亡。享年57岁。骤死后"没有产生任何政治或作战上的后果"。

第七章　IMB"史密斯"

重要线民IMB"史密斯"对我批评加讽刺。他说我给人的印象"相当随便（明明需要打领带的衬衫，不但不打领带，还把领子打开……）"。

他非常正确地将我定位在"受自由人文教育长大的资产阶级知识分子，态度倾向开放、民主"，并觉得我"常带着一份天真的好奇"，随时寻找机会，学习新事物，有时候喜欢在"酒店的角落"，与年华老去的工人也就是那些还记得[纳粹]时期的老公民谈话。

我一点也不记得这个"史密斯"。我的日记中只有一次记录"在柏林洪堡大学与一名老英国共产党共进长长的午餐"。在连续调错档案好几次后——一个档案库中"史密斯"数目繁多可想而知，我终于找到了所要的档案。他的确是一名英国人，原来在一家工专教书，1970年代转至柏林洪堡大学任教，并与一名东德女人结了婚，安定了下来。档案中的第一部显示，文特少尉申请与此人建立联系渠道，以便利用他的"特殊背景"。文特建议由他假装市政府职员，打电话给他。结果两人晤面后，文特自我介绍为国家安全部的海因茨·伦茨，他们从西柏林的一本有关西方情报组织的书中发现了他的名字，看起来情况不妙，因此他们需要他的合作，把这件事摆平。换句话说：他需要证明自己无罪！

这一招果然管用。不到一星期，文特少尉就与——当时暂时被定名为"医生"的——未来线民见了面。又经过两个星期，线民候选人正式签下了一张承诺书，答应以后在秘密基础上与他们会面。在档案第一部后半部中，我找到那个上面写着"宣誓"的棕色信封袋，里面有一张"医生"亲笔宣誓书，保证自己将"自动自发，支持[国安]部的工作"。同时，为履行这部分工作，我"为自己选择代号'史密斯'"。到1981年，他已成为IMB。从1980年开始，IMB取代了IMV（如"米夏拉"的身份），成为重要线民的代号，不过在内容上，大致换汤不换药，表示最高阶层的线民，可与敌人直接接触。

作为一名英国人，你会一直自问：如果英国也成为这样的一个警察国家的话，我们是否也会同样出现大量线民？摆在眼前的就是一名英国线民，而且他还忙碌得很呢。在第二部中，从开始直至1986年，他前后提出了600页的报告，填满了三册档案夹。最后的一册档案已经不见，或许仍然被置于文特的办公室档案柜内，也许已经被撕碎或烧毁了。

刚开始时，"史密斯"交代了许多他与英国大使馆的关系。当他们要求他对西柏林的英国办事处的图书馆提出报告时，他写了一份地形描述，还绘制了一张非常详细的地图。接下来，他们给了他一张打字的正式命令，要他去英国一趟，并告诉他如果英国"特情组织"找到他的话，应该怎么做：不要紧张，表面上千万保持冷静！他的任务，便是到伦敦市中心仔细观察位于春园（Spring Gardens）

第七章　IMB"史密斯"

的英国办事处总部，详细记录下来并绘制成草图。这种事显然"史密斯"并不很擅长，在同一个档案中，附了一张他画的地图，首相府、特拉法加广场、购物中心，然后是春园，只是位置全放错了。

不久以后，他又接到另外一项正式指示。1982年12月4日11时至13时，他必须至西柏林欧洲中心的"玉石餐厅"（Jade Restaurant），观察一名女性和她的同伴。任务完成后，他收到150镑的差旅费用。他在那内容平淡无奇的报告中，居然怀疑餐厅内的中国侍者在观察他。

就在这些愚蠢可笑的任务之间，他以手写报告详细交代了与我的相遇，以及其他在东德的英国人的生活细节。然后，为了执行我的档案最前面所指定的执行计划——"在考虑了线民所有主观和客观可能性以后"——他们给予他非常详细的指示，告诉他应该如何再度建立与我之间的接触。指示中说明他应该通过英国大使馆的怀尔达什先生，先找到我在什么地方，但是态度千万要随意。"千万不要说教！"文特特别提醒道。"史密斯"显然有教书匠的习性，喜欢说教，而不喜欢与人对话。他与文特约定，他将写一封信给我，请怀尔达什先生转交给我。档案中还收有当时的那一封信。或许我还记得我们过去见过面？他读到了我所写有关波兰的文章，因此想要与我进一步讨论：

> 如果任何时候，你在柏林（不论东西），我都极乐意与你见面，并聊一聊相关的事。如果你还写了其他文章，请不吝给我一份，将不胜感谢。（我想不用赘言，当你送文件时，请勿寄至我的个人地址，而寄至英国大使馆，并附上字条，指定收件人即可！）

"我想不用赘言"可真得我心。他的意思就是,你知道的,我怕国安部。

我现在已完全记不得曾收到这样的一封信。无论如何,它经过了十五年的时间,以档案的方式来到我的手中。

到1986年,国家安全部似乎已受够了"史密斯"只知道长篇大论地对他们说教欧洲政治,而不给他们所想要的各种有关人的肮脏私事。我开始看到文特少尉在前面提到的"史密斯"教授的主观条件限制。到1986年中时,记录突然停止。

他的名字就在电话簿上。"喂,"我说,"或许你还记得我们曾经见过面?"

"很模糊。"

"吃个中饭?"

"可以。"

一名英国人可以完全混入东德人群之中,在街上毫不显眼?如果是"史密斯",答案就是肯定的。带风帽的夹克,咖啡色长裤,白袜子,咖啡色鞋子。(连文特少尉都忍不住记录道,"史密斯"穿着"干净",但是没有流行感。)他脸色红润,略带雀斑,笑起来有点紧张。

"来个鸡,如何?"

好的,他用德文说:"嗒。"

现在该我告诉他。我正在阅读我的档案,其中出现了一名线民"史密斯",不时地便打我的报告。而那个"史密斯"看起来就是他。

"这很有可能。"他说。

我不需要再说什么,他便打开了话匣子,开始叙述他们如何接触他,从第一次假借"市政府"之名打电话起,娓娓述来。他当时非常担心，还以为是美国中央情报局要来与他接触。等到按照电话约定，双方在柏林洪堡大学门口见面，找到一间空教室进去后，"海因茨·伦茨"掏出了他的国家安全部证章。当时，他至为震惊，但是仍比不上"海因茨·伦茨"告诉他被西方情报组织盯上的时候。他说，"伦茨"当时是用一套"相当沉重、很像在'007'电影中出现的词句"，交代故事的前因后果。等"伦茨"讲完时，他已进入完全慌乱的状态。他很害怕他们会将他驱逐出境——果真如此，他的妻子岂不将永远陷入铁幕之后？他回家与妻子商量。他们决定合作，以证明他是值得信任的。

这决定显然非常错误，但是背后的动机是非常能够让人理解的。不过，他接下来解释道，他原本以为通过国安部可以和这个国家建立起沟通的渠道，以他微不足道的力量做到著名的宗教领袖曼弗雷德·施托尔佩*所希望能够通过与国安部的接触而做到的事：将政治信息传达至最上方。根据档案，施托尔佩的代号为IM"秘书"，后来成了勃兰登堡的社会民主党总理。像东德这样的国家，最糟糕的地方便在于它没有"公民社会的架构"。他想要弥补社会的不足。

他当时认为国安部只是"后面一个小房间的作业，和英国的MI5差不多"，一直到1989年，他才发现原来那本身就是一个大帝国。从那以后，他便很注意媒体上的相关报告，发现很多人的行为简直"不可思议"，竟然监视朋友行为，帮助组织将他们"定罪"。

他是有"原则"的人，在和国安部谈话时的原则，便是尽量谈

---

* 曼弗雷德·施托尔佩（Manfred Stolpe），生于1936年，两德统一后曾任德国交通、建设和住房部长（2002—2005）、勃兰登堡州州长（1990—2002）。

政治与社会议题而不谈人。他也很想知道,自己到底有没有坚持这项原则。我抓住了这个大好时机,拿出一份他写的有关我的报告。他显得有一些慌乱,开始躲避我的视线。他说他觉得非常"不舒服"。"很不夸张地说,觉得非常后悔。"

他最近开始反省,他们告诉他有关西方情报组织的书上有他的名字的故事,是不是真的。为什么他们没有提到是哪个西方组织?他当时完全相信了他们的话,但是时至今日,他觉得故事是那些人捏造的可能性为"四六开"。

我告诉他,故事的确是捏造的。

接着,我问了他有关"玉石餐厅"的过程是否非常刺激?就像詹姆斯·邦德的电影一样?

不,他简直吓坏了。他以为要被枪毙了。在事后,他要求他们再也不要让他去担任那种任务。不过,他很高兴有机会能够用马克买一些西方的书籍、报纸。

英国办公室的地图,又是怎么回事呢?

他再度流露出窘迫的表情。他以为那只是一个"小小的测验"。他和会面的官员说话的方式,就像我们两人现在这样。而在那段日子中,他前后和不少的官员打过交道。但是,这仍然无法解释为什么他的档案中有那些文图并茂的笔记,就好像那些草图画得那么详细,该如何解释?"因为我的记忆力很差。"他说,他和官员见面时,都一面看笔记一面谈话,话说完了,就将笔记交给对方。那些官员是正式与非正式的奇妙组合。经过一段时间以后,海因茨·伦茨告诉他,部里面已经决定他不是西方间谍,为表达相互之间的信任,"我们建议你以后不要说比较正式的'您',而以比较不正式的'你'称呼。叫我海因茨,继续说出你知道的。"

至于他所打别人的那些小报告，他真心认为那些只是无关痛痒的。他认为最重要的还是那些他长篇大论叙述的一般性政治分析。我指出，那些分析对他重要，但是对他们可不重要。他们唯一有兴趣的，就是他认为微不足道、无关痛痒的细节末枝。他们将各方搜集来的这些信息放在一起，以考古学家拼起埃及古陶瓶的精神重建过去发生的事情。是的，他说他现在对这点已充分了解。

在午餐结束前，他非常紧张地问："你会提到我的名字吗？"他希望我不会。

我说我不会。就让他继续以"史密斯"存在吧。

几个月后，我在柏林就应该如何处理共产党的过去发表了一次公开演讲。我相当详细地谈到了国安部档案，并举我个人经验为例子。演讲过后，不少人上前来找我，其中之一便为"史密斯"。看到他，令我感到相当意外。他给了我一个信封。当我回到旅馆，将它打开，发现那是一封信。他说他已申请阅读了自己的档案，希望能够再度与我晤面，并"考虑其中的个别观点"。

附在信件后面的，是一篇长达三页的文章，题目为《一些有关国家安全部的想法》。里面一点也没有提到他自己与情报机构的关联，而以非常一般的方式检讨问题，就好像一位对这个题目有兴趣的学者对另外一位学者提出他的观点一样。例如，在文中他写道："国家安全部档案反映出该部的自我形象（从报道、阐释的方式以及从文字中的专有名词等方面）。任何人，凡是熟悉文本分析或了解问题感知及文字创作目标理论者，就知道在阐释这类资料时应该要特别小心。"

在整篇文章中，"我"这个字眼，未曾出现过一次。

第八章　IM"R 太太"

我第一次遇见 R 太太，是在柏林一个小型反法西斯运动的展览会上。六十来岁，一头白发的她，不但风度好，言语有趣，而且风姿非常出众。她出生于一个非常富裕而且有文化的德国犹太家庭，在 1930 年代初期希特勒当权不久当她还只有十几岁时，便投身共产党，并因此被学校开除。随后，她与人生的伴侣相逢，追随他至莫斯科。两人结婚，生了一个儿子。不久以后，他和许多其他人一样，在斯大林的大清洗时期被捕，在苏维埃集中营一待便是十几年。而她也被迫到所谓的"劳动军"中工作。有一段时间，她的儿子还被送进了孤儿院。

经过很多年以后，在 1950 年代中期，他们想办法回到了共产党治下的德国，又生了一个儿子。虽然她丈夫一直没有完全从集中营的苦痛中恢复过来，但是至少她自己找到了一份不错的工作，有一些思想相近的朋友，并能和宝贝子女生活在一起。然而，就在柏林墙筑起前不久，她的长子与媳妇带着出生不久的婴儿逃到了西柏林。她足足有十年没能再见到他。

在这么多个人悲剧都因此而起以后,一般人一定以为她会变得积极反共。但是,她以一种安静而哀愁的热诚宣称,她依然相信共产主义将带来终极正义与伟大。我暗自猜测:她是否用这种思考方式来合理化自己所受的苦难?如果终极目标是正义与伟大的,那么她所受的苦难就不算白费。她今天虽然受了一点苦,但是却可以帮助其他人在明天更理解共产主义一点。

在对话中,她毫不自怜自艾或做出无病呻吟的样子。相反,她充满了好奇,说话风趣而有内容,判断更是精确敏锐,毫不犹疑地以实事求是的语气,从她略带鼻音的声调中吐露心声。我们两人一拍即合。我的日记中记录着,我是多么喜欢到她安静的公寓,在镶花地板与木制书架的环绕中,与她共进晚餐。另外,我还在观赏罗尔夫·霍赫胡特(Rolf Hochhuth)的舞台剧《律师》在东德首演时,意外地在戏院中碰到她。《律师》一剧内容为一名前纳粹军事法官,当年为了许多小事将很多人判处死刑,后来成为西德的高官,却被卷入了一宗丑闻之中。

1980年4月15日,我发现,我们去看了一出东德有名的后布莱希特剧作家海纳·穆勒(Heiner Müller)的戏剧《农民》,然后回到她的公寓,"交心"对话许久。根据日记的记录,她对我说:"噢,如果你是我儿子就好了。你的父母必定费了一番心血把你养育得这么好。"我当时还在想,这句话出自一位德国犹太共产党员,不知道我的父母会作何感想。我同情她,景仰她,将她视为我的朋友。

所以,当舒尔茨女士交给我一份档案中的抽页,将她列为主部门XX处之下一个操作团体的线民时,我感到万分的悲伤。主部门

XX处主管的事务直言之，便为渗透、监视文化生活、大学、宗教和他们所谓的"政治地下活动"。抽页中的第一个报告便令我感到非常惊讶：剧作家罗尔夫·霍赫胡特告诉她，他认为我是英国间谍。我的确在那以前与霍赫胡特见过面，并谈过话。"进一步布置线民，"报告下结论道，"在某种程度上，是可能的。"

接下来的一个报告，日期为1980年4月28日，开头便写道："根据指示"，"已开始建立HVA XX/OG的一名线民，与英国公民加登艾什，蒂莫西（Gardon-Ash, Timothi）（就是我，拼写显然有误）两者之间的接触。"然后，报告记录下我们一起去看海纳·穆勒的舞台剧，以及随后两个人以我对纳粹时期的反抗运动的研究为主题的谈话。"当线民提出看法，认为这项研究英国早就该做，而德意志民主共和国则已克服了这项历史包袱，加登艾什显得很不以为然。他否认德意志联邦共和国中存在着任何法西斯倾向，并强调他在那里有很多好朋友。

"加登艾什似乎对魏玛印象非常深刻。他希望在短期内再度访问该地，参加当地的莎士比亚会议。

"IM再次提到罗尔夫·霍赫胡特（以下模糊不清），说他认为加登艾什为英国间谍。艾什的回答是罗尔夫·霍赫胡特和很多其他人一样，看了太多不正经的报纸，觉得在海外的英国人中两个就有一个是间谍。他一点也没有显露出任何窘迫的表情。"

第三份报告，抽自同一册档案，记录了我与柏林反纳粹运动下的共产党幸存者会面谈话的情形。我不清楚那份报告出自R太太，还是同一个操作团体下的其他线民之手。当我被问到为什么要选这个题目时，我显然说了牛津、剑桥传统上会指定这类题目之类的话。"根据国安部资料来源（亦即国安部线民）暗示，当提到在20及30

年代共产党的朋友都来自这些大学（金姆·菲尔比），加登艾什的反应是无言的讽刺表情。"

十五年后，我再次坐在同一栋公寓、同一张沙发，只是感觉完全不同了。R太太已经非常老，不过仍然与往日一般敏锐。当我告诉她我为什么再度来看她时，她说："噢，那我该怎么办？从窗户跳出去？"她完全否认自己知道国安部将她列为线民，并从头便拒绝看我带去的档案资料影印本。

然后，她提醒我，她在她所深信的共产主义下所受的痛苦有多深。"不，蒂姆，"她说，"事情并不那么简单。"她——自怜自艾地——提到了劳动军中的痛苦、她死去的丈夫、远方的儿子。我们两个人心里都有数，她是故意要利用这些事情来改变我对她的评价。她讲的故事确实十分沉重。不经多久，我便忍不住告诉她，我并无权坐在那里评价她这个人。我会为她保守她的秘密，请她安心欢度晚年。

但是当我要离开时，我可以从她眼睛中看得出来，做线民的那一段往事将永远困扰她，或许并不因为她曾经通敌——毕竟，当时她是一名居住在共产国家的共产党员，而是因为是有档案可查的线民。线民的形象是低贱、下等的，与她在人生刚开始的时候，将自己设定成的为美好新世界而奋斗的骄傲、勇敢的犹太女孩是多么不同。另外，她还无法完全挥去秘密可能被我或其他人曝光的阴影。

回顾那一次的拜访，我几乎希望自己从来就不必面对她。我有什么权力否决一位历经苦海煎熬、最后选择遗忘的老太太的愿望，而我从暴露她的事情中又达到了什么崇高的目标？

第九章　波澜壮阔在波兰

从 1980 年秋起，我的档案尽是与波兰相关的事情。一纸国安部内部文件写明我将至波兰旅行。他们怎么会知道？报告中非常仔细地记录下我与一名驻波恩"反苏联俄裔移民杂志"编辑的谈话，内容是有关一个所谓的"反革命组织 KSS 'KOS'"的事情。他们是窃听了我的电话，还是那个编辑的电话？同一纸文件中，还提到另外一个情报来源说："因波兰的情势发展，美国某不明单位已经派遣两队人马入驻西柏林'魔鬼山'监听站*。"文件后面附上了我替《明镜周刊》写的有关波兰情势的文章。似乎就凭借着这些文章以及我与波兰"反社会主义力量"的关系，他们决定对我展开全面的调查。

当时，我已搬回西柏林。1980 年 10 月 7 日，当恩格斯卫队结束阅兵，枪杆上插着康乃馨，行军离开现场的那一天，我正好开车

---

* 魔鬼山（Devil's Mountain），德语为 Teufelsberg，位于西柏林的一座小山，是由"二战"期间被摧毁的房屋废墟堆积而成的，高出周围的勃兰登堡平原约 80 米，山顶上的白房子是当年美军占领地，冷战时期是反苏的前沿阵地，配备有当年最先进的监听设施。

经过查理检查哨，回到普伦茨劳贝格区的公寓取回剩下的一些衣物、笔记，搬至西柏林的宽敞公寓之中。我继续在维兰德街居住了一年，为西德的一家出版社与读者写了一本有关东德的书。《明镜周刊》在1981年该书出版时，同步刊登了部分的书摘。在那一整年中，我其实真心关注的是在团结工会的革命浪潮下危机不断的波兰。

国安部对团结工会的"兴趣"甚至在我之上。当我在格但斯克造船厂与罢工工人在一起时，马可·沃尔夫上校同志正在华沙，非常急切地对他的同僚谈到波兰情报工作的状况。他们对他保证，波兰共产党绝对不会让工会独立的。沃尔夫飞回东柏林，打电话给外交部长，并报告他所获得的最新内部情报。外交部长对他说："你难道没有看到最近的新闻吗？"10月初，梅尔克部长告诉国家安全部的资深官员，波兰所发生的事情将攸关东德的生死。在基层方面，我从周边的线民的档案——从"舒尔特"到R太太——发现，每个人都要求询问一般人对团结工会的反应。整个国家安全部都动员起来，试图诊断出东德是否会罹患"波兰症"。

波兰本身已成了东德秘密警察的"作战区"。原来只有共产党阵营以外的区域才会被划为"作战区"，但是现在波兰所有的城市和柏林的一个特定"工作团"内，都有他们的"作战团体"。就是通过这个作战团体，他们在我访问波兰时，安排线民与我搭上线、取得联络的。虽然我没有确切的证据显示实际行动过程，但是在我的线民档案中发现不少在我的档案中不存在的材料。如果波兰有一天如德国一般，决定公开他们手上的秘密档案的话，我可能会挖掘到更多有关我的事情。

其他的档案中的材料，包括我从东柏林搭机至波兰之际，在机场内翻开我的行李所翻拍的各种私人资料，例如我的个人笔记，对

第九章　波澜壮阔在波兰

波兰政治人物、地理情况的各种剪报，收到的名片，甚至连我随身携带的书本封面，以及我个人笔记本内的手写笔记，也没有放过。

在我个人笔记中，我凭着记忆，写下不同异议分子对言论自由的观点，并为它们取名为"就好像"（As If）原则。我想起一名当代波兰诗人理查德·克利尼斯基（Ryszard Krynicki）为波兰最勇敢、最具性格的异议分子亚当·米奇尼克（Adam Michnik）所写的一首诗：

是的，的确，我们不知道当下活在这里时
你必须假装
你其实是活在另外一个时代的另外一个地方。

在抄录了这节短诗以后，我还加上了苏联异议分子安德烈·萨哈罗夫以及一名德国朋友加百列·贝格尔对那句诗的意见："萨哈罗夫：日常行为，就假装你住在一个自由国家一般！贝格尔：就好像国安部不存在一般……"贝格尔曾因政治理由被东德监禁过一段时间。在这个国安部档案中，又给他们抓到一个小辫子。

我现在在牛津，翻开当时的那本笔记，发现在一个大雪纷飞的1月早上，我坐上一部巴士，匆忙通过柏林墙，来到东德的机场。"边境的黑雪。"然后："海关的官员。详细阅读过我护照的每一页。一个信封内装了两千马克。他带着询问的眼光问我道：'是你的吗？'"在此同时，正如我现在所知的，他们正赶忙拍下我行李内文件的内容。在笔记的下一篇记录中，我写道："一名中年男子，在东德国营航空公司喷射机内。着羊毛短外套，脸上表情就像是那种典型日常生活一成不变的人。"

到华沙机场后,又是一番详细搜索。避开机场门口那些行径与海盗无异、坚持用西德马克或美元计价的出租车司机,我找到一部破旧的捷克制的国民出租车,蜿蜒穿过冰雪覆盖的灰色街道,来到我的老巢:欧罗佩斯基旅馆(Hotel Europejski)。欧罗佩斯基曾经是华沙最时髦的旅馆,但是当时已显得相当破败(我非常高兴获知,专门描写破败风物的大师格雷厄姆·格林也曾住过这里)。在旅馆内打了几通电话,发现电话线上有奇怪的杂音。接下来,事情便接二连三地发生了。

斯比塔纳街上团结工会的办公室内嘈杂沸腾,角落上一台古老的复印机不断地在工作,办公和非办公的人三五成群,以比任何饮酒派对都大的音量对谈,工人与教授正七手八脚努力将最新但已相当模糊的公报张贴至临时的角架公告栏上。在街角的咖啡厅,雅内克、朱安娜、安德烈,烟不离手,茶不离口,一面开玩笑,一面认真谈话。一阵呼啸,几个人就起身往电车司机站而去。电车司机已威胁罢工多时,随时可能成真。公共运输工人的领袖是二十八岁的沃伊切赫·卡明斯基(Wojciech Kamiński),是一个眼光锐利、蓄小胡子、穿皮夹克的小伙子。他的父亲曾在西方的希特勒反抗军中打过仗,回到波兰以后,便被波兰共产党监禁起来。现在轮到了儿子的时代。

我很快来到波兰偏远的东南角,发现当地的农人也在串联、团结之中。掩盖在白雪下的木造农村房屋,脸庞宽大的农人,编织着篮子的村妇,令人不禁错觉恍如回到好几个世纪以前。我再度以冲锋的速度回到华沙,参加团结工会全国领袖间的另一次危机会议。历经风霜的矿工、钢铁工人,坐在尊严高贵的木饰会议室内,与宗

第九章　波澜壮阔在波兰

教领袖谈笑风生,共议国家大事。兴奋、欢笑、美女、宏伟的目标。我夫复何求?而且,不论我走到哪里,都可以看到"团结工会"这个和平革命的标志,以红色的大型粗体字,与红白相间的国旗,耀眼地展示着它的光芒。

波兰所发生的,便是记者口中所谓的"突发新闻"。追这种新闻,就好像骑在一匹赛马上猛力向前跑一样,非常兴奋,但是看不到整体的比赛情况。然而,我不但想从马鞍上,更想从观众席、甚至空中,看到更完整的赛马情况,以了解这个事件在历史上的定位。现在正在发生的历史。

对我而言,波兰更是一个目标、一个主张。"波兰就是我的西班牙。"1980年圣诞夜,我在日记中写道。在报告和评论中,我力求正确、平衡报道情况,并对各方提出批评。然而,我的心绝非公正不偏的。我希望团结工会胜利。我希望波兰解放、自由。

在那段时期,我与很多属于六八世代的波兰人在一起,有几个成为终生的好朋友。个子虽小但精力充沛的地下出版物兼工会报纸编辑海伦娜·武奇沃(Helena Łuczywo),她随时不在抽烟便在讲话,但是给予我非常多的指点与帮助。文艺评论家、美学家、纳博科夫及贡布罗维奇鉴赏专家沃伊切赫·卡尔平斯基(Wojciech Karpiński),成为我了解波兰文化史的非正式线民。永远有用不完精力的亚当·米奇尼克,每次说话,吐出智慧语言的同时,也露出一口坏牙;另外还有优雅的自由保守派人士马尔钦·克鲁尔(Marcin Król),说每一句话前都仔细斟酌遣词用字的诗人理查德·克利尼斯基等,都成了我的朋友。

这些六八世代的波兰人和六八世代的德国人之间至少有两个非

常重要的共同点：穿着随意，在语言、性及个人关系上都选择以比较不正式的方式处理（例如在说话时，直接用 ty，而不以比较正式的 pan 结尾）。但是，两者之间也有许多非常重要的相异点。六八世代的波兰人虽然和德国人一样反抗的是上一个时代的人，但是他们上一代人被反抗的原因并非纳粹、与纳粹合作或拒绝反抗纳粹，而是共产党、与共产党合作或拒绝反抗共产党。而且，六八世代的波兰人在当时、在以后都继续居住在波兰共产党统治之下。

1968 年，波兰共产党曾针对内部及学生，尤其本身便为犹太共产党的子女，发动了一次非常恐怖的反犹太运动。现在，这些波兰版的"红丽丝"及 R 太太的子女冒出头来，在反共产党阵营中扮演一个角色，再度为犹太人在中欧历史的重要性写下新的一章。

每个舍弃共产党而加入敌对阵营的犹太人与非犹太人，都可以讲出许多秘密警察如何骚扰、歧视甚至监禁他们的故事，相较之下，六八世代的德国人抱怨"禁止担任公职"和"结构性暴力"便显得有点小题大做和歇斯底里。我由衷地敬佩团结工会中的老一辈学术领袖，如布罗尼斯瓦夫·盖雷梅克[*]、约瑟夫·蒂施纳[†]神父等人。原为历史学家的盖雷梅克，摇身一变成了创造历史的人，而蒂施纳神父则有说不完的笑话，都和他所出生的山村有关。不过，真正令我印象深刻的还不是这些知识分子，而是那些钢铁工厂的工人、乡村的农人、办公室的小办事员、家庭主妇，等等。他们不但找到了自己的声音，而且直截了当地将内心的话说了出来，深深地打动了

---

[*] 布罗尼斯瓦夫·盖雷梅克（Bronislaw Geremek），曾是波兰团结工会领导人瓦文萨的重要顾问，1997—2000 年担任波兰外长，2004 年以后担任欧洲议员。2008 年因车祸不幸身亡。
[†] 约瑟夫·蒂施纳（Józef Tischner，1931—2000），波兰神父和哲学家，1981 年在巴黎出版了《波兰教徒的对话》，后被译为德文，标题为《不可思议的对话：波兰的基督教与马克思主义》。1999 年，波兰总统授予蒂施纳白鹰勋章。

第九章　波澜壮阔在波兰

人心。那经验几乎是一种宗教性的，就好像圣经中所说的到了圣灵降临时人人都说出真话一般。

到了1989年的革命期间，中欧每个国家都出现了类似的现象。然而，在1980年至1981年，我首度在波兰观察到了这个现象。"这是一次心灵的革命。"一名波兰人告诉我，而他并非诗人，而是波兹南的一名个子矮小、面色苍白、穿着一件肮脏黑夹克的工人。当时波兰的情况并不乐观，民生疾苦，物价飞涨，走到哪里都是一片混乱，苏联入侵的阴影挥之不去。不过，在波兰内部所感受到的对苏联的恐惧感，似乎还不及在外部的来得尖锐。波兰异议诗人兹比格涅夫·赫伯特（Zbigniew Herbert），1981年初曾开玩笑道，他受不了国外的紧张与压力。从波兰以后，我在很多其他的危机发生地，如尼加拉瓜、萨尔瓦多，甚至波斯尼亚，都有过类似的奇异经历。当你在这些地点以外的地方，总以为当地人一定每一秒钟都生活在紧张之中，但是当你进入那些危机发生地以后，却发现每个人穿得和平常一样，做着和平常一样的事情，他们照样地在状似宁静的大街上，购物、调情、闲聊。

那个冬天之旅，在三名身材粗壮的秘密警察敲开我的旅馆房门时，骤然结束。他们开着破烂的波罗乃兹（Polonez）汽车，把我载至警察局，限我二十四小时内离开波兰。我立刻飞至汉堡，与《明镜周刊》的发行人及总编辑晤面。我们之间的对话令我终生难忘。根据我的笔记，对话的过程大约为：总编辑对我说："俄国人下星期会入侵吗？"我向他解释说，最无法做这种判断的地方就是波兰了。发行人对总编辑说："我们有坦克吗？"我稍事迟疑后，发现他指的是有没有坦克车的照片，替封面故事配图。总编辑说："事实上，俄国坦克卖的情况并不很好。"（他指的是不久前他们曾经刊登过一个封面，显示一部俄国坦克压过一个白色波兰鹰的图样，杂志销售情形不怎么样。）发行人靠回椅背，半自言自语地说："流血必须要流得有价值，我们才能够有好的封面故事。"在我的概念中，玩笑不是这么开的。

德国和波兰之间有一个截然不同之处。一般而言，在波兰，自由的体验与对它的期待超越了对战争的恐惧；但是在德国，情形则完全相反。这背后当然有许多原因：不同的历史，不同的对待俄罗斯的手段，等等，但是有一点特别不同的地方在于，德国人害怕，如果华沙公约组织真的侵略波兰的话，东德就必须像1968年苏联入侵捷克一样，被迫卷入其中。在希特勒的第三帝国国防军西行以后四十一年，德国士兵必须再度跨过波兰边界。在离开东柏林的那一天，我在日记上写道："我觉得俄国士兵开进波兰的机会很大（德国人呢？D博士今天说：不）。"D博士当然就是丹普博士。不久前，他才给我饯行，并送我一本漂亮的齐勒画册。要让自己回到当时的恐惧中是非常困难的一件事。因为，所惧怕的事情终究没有发生，而且我们似乎有一种感觉，那是不可能发生的，然而，今天，就在我写这一段时，我手边同时放着一张当时东德领袖昂纳克的讲话记录。他在1980年11月20日告诉波兰政治局成员斯蒂芬·奥尔绍夫斯基（Stefan Olszowksi）："我们不希望发生流血事件。那是最后的手段。但是在我们必须要防御工人和农人的力量时，也不能不拿出这最后的手段。1953年时，我们便有过一次经验，1956年的匈牙利和1968年的捷克，情况也相同。"另外，我从东德国防部的资料档案中还调出了一张图表，显示当时军队已经做好了跨越波兰国界的部署。苏联到底有多么认真地考虑入侵波兰，而东德又多么严肃地准备参与，将永远成为历史不解之谜，但是可以确定的是，

第九章　波澜壮阔在波兰

各方的恐惧并非毫无根据。

西方的恐惧感之大之深，在今天回想起来，几乎更不可思议。当时我们正处于所谓的"第二次冷战"之中，里根与勃列日涅夫对峙，美国的巡弋导弹与苏联的长程导弹相对排开。波兰革命很可能成为导火线，引爆核战争，摧毁地球上所有的生物。不论在波恩、伦敦、阿姆斯特丹，到处都有和平游行。民众在汽车背后，张贴出"离午夜只有五分钟"的标语。一切的一切，都表露出全球对战争的恐惧。

我对东欧自由运动的同情，自然甚于对西方和平运动的赞同。事实上，我与历史学家汤普森（E. P. Thompson）针对两者之间的关系曾展开一场辩论。汤普森是英国和平运动的大思想家。我还记得，我当时觉得外界过分夸张核战争的可能性，几乎到了歇斯底里的地步。不过，再一次地，记忆这玩意儿很会恶作剧。我翻开我在1980年所写的最后一则日记，愕然发现我自己这样写道："未来十年中，必定会发生一场核战争。"然后，我用大字特别夸张地再写了一次：**"我们将在这个十年中，看到一场核战争。"**

在这样的一个革命背景以及沉重的天谴浩劫气氛中，我的私人生活也起了很大的变化。我谈恋爱了。达努塔（Danuta）在来到西柏林前，曾居住于美丽的克拉科夫并与当地的异议分子往来密切。她诗意盎然、精灵可爱、美丽活泼、热力四射，令周边人无法不分享她的快乐与忧伤。在痛苦的波兰之行后，我们在西柏林，森林散步，骑车寻乐，或在路边的希腊餐厅共进晚餐。但是当晚上回到维兰德街公寓时，电话或收音机却随时会传出更多有关东柏林的消息。

为快速将最新消息发出，我必须赶至温特费尔德的中央邮局，用传真将文章发至伦敦。在路上，我会听菲舍尔-迪斯考的录音带，让他的歌声随着舒伯特的旋律传出：

> 我哭，我笑，
> 却在不同理由下，被爱安抚。

前一分钟在笑，后一分钟却在哭。这便是恋爱的感觉。同时陷入恋爱与革命之中。我的日记同时记载了两个人之间的摩擦、危机，以及"对波兰高度焦虑"之类的文字。我们的命运，似乎和波兰的命运错综复杂地交错在一起了。

今天，我们的儿子很喜欢听我们讲过去的生活情形和秘密警察的运作故事，尤其喜欢听其中的滑稽趣事。"再说呀，妈妈。再说一个笨警察的故事！"对于他们，那些故事简直就像天方夜谭，而如今垫在橱柜下的几块柏林墙砖石，则与庞贝古迹的遗物无异。

就连我，也必须大幅动用记忆力——或许该说是想象力——才能回到过去的经验之中。我个人首次发现，非常想做一件事但是被政府阻止去做，是什么滋味。我在过去曾有过想做一件事却被父母、师长等与我个人有关的权威人士阻止的滋味。但是被政府阻止却是从来未有的事情。当然，我曾经读过类似的经验，在东欧也曾亲眼看到这类事情发生。但是这类事情从未在我个人以及我所爱的人身上发生过。

边境、签证、许可证，等等，首度成为日常生活中必须要处理的事情。连我们的梦想都被边境警卫打乱。根据我的日记，1981年3月的一天夜晚，我梦到自己搭乘一辆火车跨越波兰边境，并商讨应该如何逃出。是否该假造一个签证章？正在此时，一名警卫乘着

第九章　波澜壮阔在波兰

一辆在波兰乡间经常可见的马车，来到火车旁，对着我怒吼。同一天晚上，达努塔梦到我们正和一群朋友走过森林，到达边境。我们被东德的边境警卫叫住，命令我们分散开：凡是赞成德意志民主共和国的站到左边，反对的站在右边，然后警卫开始对两边同时开枪。她一面逃跑，在跨过东德边境线时，一面从一个穿着东德制服的黑人手上的托盘上，顺手拿了一块深紫色的薄饼干。

最后的超现实景象，或许是受了彼得·查德克（Peter Zadek）制作的《法拉达》（*Fallada-Revue*）影响。在那几天前，我们才一起到剧院看了那一出内容极为丰富的舞台剧。其实，就我个人而言，在几小时后，我便飞回伦敦，参加《旁观者》的年度酒宴，那感觉也同样超现实。还有一次，在短暂的回国之旅中，我到位于伦敦中心的康诺特体育馆参加了一次社会民主党的宴会，感觉也非常不真实。"很没劲的派对。"我在日记中写道。然后，我记录下大卫·欧文哀愁地宣布："我们国家遭遇到真正的困难了。"

1981年12月13日，雅鲁泽尔斯基将军宣布波兰进入军事戒严，令我们两人深感震惊。当时，我们正在英国，待在詹姆斯在牛津巴特马斯路的新房子中。接到消息的第一天晚上，达努塔无法自抑地抖个不停。她的国家遭遇到真正的困难了。我不但出于职业的关怀，感到万分挫折，更因为我们在英国而我们的朋友却被扔进军事管制区内，而感到愤怒。我设法混入一个救援队伍，进入波兰，但是不出我所料，波兰大使馆拒绝发给我签证。"他被列入波兰黑名单。"我的档案中，有这么一则记录。

那个圣诞节过得一点也不快乐。波兰倒行逆施，实行独裁，关闭铁幕，切断与西方的联络，更使得达努塔与我共度余生的决定变得毫无转圜余地；对她而言，在另外一个国家重新开始婚姻生活，必须负担的个人风险与成本显得更为庞大而沉重。有一天晚上,她梦见回到克拉科夫的老家。家门口有一棵老树。她将它砍断。

相反,我回到了自己的国家,原来的城市。虽然城市并没有改变,但是我已经不是原来的我了。在那以前,我基本上生活在一套特定的英国理想之上,我有我的情绪弱点,也有一套自我控制、自我满足的方式,或许正如丽丝形容金姆的,"有点保守、自持"。我就好像一名秘密士兵,因为独行,因此向前的速度极快。当时的另外一本笔记中,我发现:"阅读康拉德(Conrad)的《胜利》(*Victory*)……海斯特(Heyst)说:'我只知道那些建立关系的人失落了。腐败的细菌进入了他的灵魂。'"描述的正是我。一直到那一阵子为止的我。但是从那以后,我的想法转变了。"那些建立关系的人并不完全失落,"我写道,"救赎的细菌进入了他的灵魂。"

第十章　禁止入境黑名单

尽管在1981年春,他们在"行动计划"下布置了无数的线索,如重新启用线民,检查我的信件,与HVA合作,询问KGB有关英国人对金姆·菲尔比案重新调查的始末等等,一直到秋天,Ⅱ/9组仍然摸不清楚我到底想干什么。但是,就在那一年的圣诞节前,他们终于有了突破。

在1981年12月24日,考尔富斯中校报告反情报组织头子,克雷奇中将提出报告:"从附件中明显可见,加顿艾什利用他在东德停留的正式身份,从事非法搜集信息的活动。"

隐藏在"附件"里面的会是什么?一份秘密线民的报告?一次电话窃听的结果?一封午夜从我的维兰德街公寓信箱中偷窃出来的信件?一个KGB提供的线索?我迫不及待地往下翻……

……发现：11月份，《明镜周刊》摘录我所写的有关东德情况的书的影印本。原来，东德秘密警察只不过和数以百万计的普通西德读者一样，从我公开出版的文章中，发现了我逗留在东德真正的目的罢了。

翻阅着那些以"红色普鲁士"为题的文章的影印本，我可以理解为什么国安部感觉非常恼怒。我用了很大的篇幅，形容东德社会的军事化及线民密布等情形。我引用国家安全部部长在一篇文章中提到他的单位成就时所说的话："[我]无法想象，没有我们国家的公民精力充沛的协助和支持的话，将如何达成工作。"我在引言的后面，还评论道："总算有一次，国家安全部说的话没有错。"另外，我还引用了一个亲身经历的例子，在什未林扮演浮士德博士的演员在替我们倒了一大杯马丁尼，并为他自己叫了一小瓶啤酒以后，开始套安德莉的前夫说出他是否曾有逃至西方的念头，以及他是否认为我是一名西方记者。"在德意志民主共和国，"我写道，"德国民间传说中的恶魔依然存在，仍然为魔鬼头子做事，但是浮士德却已转

第十章 禁止入境黑名单

而投效国安部了。"

除此以外，我将德国人的顺从和波兰人的反抗详细地对比后，对东德下了一些不佳的评语。或许有一天，东德人会因受到波兰团结工会的行为启发，而将他们各自私下的不满团结起来，跨出革命性的一步，形成联盟，"但是今天，在1980年代之初，他们最多能做的，就是推倒柏林墙了"。

当一切都已太晚以后，东德政府却积极行动了起来。外交部管记者的部门判定，虽然我"在比较德意志民主共和国及波兰人民共和国的不同社会发展阶段时，想要给读者留下一个客观的印象"，但是结果却"向德意志民主共和国散播了反革命发展思想"，因此应该将我列入禁止入境名单之中。他们另外还召唤了英国外交官至外交部，做了一次正式抗议。

东德外交部召见英国外交官会谈的正式记录，日期为1982年1月4日，被召见的英国官员为大使馆的一等秘书。副本抄送外交部次长。根据英国事务组格伦德曼先生的记录，阿斯特利先生被告知，我的作品"不仅包含了恶意捏造的谎言和对德意志民主共和国的刻意毁谤，而且还有意破坏和平、东西双方努力达成的大和解，和两国人民的合作关系，以及国际的理解。违反了赫尔辛基最终协定，并且直接干涉了德意志民主共和国的内政……"，他因此热切表达"我方意愿：这种直接违反两国关系的活动，不应再发生"。

在回答时，"阿斯特利先生提到所谓的英国记者的个人自由，大使馆无法干涉他所写的文字内容"。但是阿尔布雷希特同志反击道，我并非记者，而是在文化协定下前来学习的学生。阿斯特利回答说，我们也并不喜欢所有东德发表的有关我们的报道。阿尔布雷希特同志说这个比较"缺乏诚意"。根据档案记录，阿斯特利最后表现出外交官应有的风范，非常遗憾这事件的发生，并且希望我的行为"不至于被认定是英国政府的行为，因此妨碍了两国之间的关系"。

档案很快地进入了正式的"总结报告"。日期为1982年4月27日。在这里，他们修正了对我思想的判断。我不再被视为他们当初以为的"布尔乔亚自由派"，而被认定为"保守、反动"。

报告总结了档案中的主要内容：我个人的详细资料及历史研究，我与英国大使馆、维尔纳、"米夏拉"、丽丝·菲尔比（亦即一般所知的"红丽丝"）之间的接触，等等。"我们必须假设，实际与此人有接触者，比已知的接触者要多得多。"还有在波兰我与"反革命分子接触"的情形，飞机场的搜查和结果，我在《明镜周刊》、英国报纸或《泰晤士报》、《星期日电讯报》、《旁观者》周刊等报刊上发表的文章。最后，它还提到了我那本"令人憎恨地恶意中伤德意志民主共和国社会及经济发展，并攻击党中央及国家领导、毁谤我国外交及国家安全政策"的书，并说我展现出"好战的反共观点"。这本书的摘录，已经通过西柏林的RIAS电台广播出去（广被东德人所收听），电台还播放了对我的电话采访。采访表明我"很有可能再回牛津居住"。

在结论中，文特少尉特别强调我利用学者的身份，假借研究纳粹时期的柏林，大量搜集资料，毁谤德意志民主共和国，并且在写到波兰时，公开宣称自己"站在反革命的立场上"。由于我已回到英国，因此可以对我做的"作战性行动"相当有限。在加顿艾什不断尝试干涉德意志民主共和国及波兰人民共和国内政的情形下，"罗密欧"行动正式告一段落，下面由第六处接手，展开"禁止入境"措施。

第十章　禁止入境黑名单

不知道为什么，虽然内部决议已成，但是实际行动的展开却为七个月以后的事了。维尔纳的档案显示，有一位贡特尔少尉在东德打了一个报告，表示，在1982年8月25日，早上9点，我出现于查理检查哨，要求申请一个当日往返的签证。由于我"在西方媒体上发表了负面文章"以后，他便知道我的存在，因此我一出现于检查哨，他便注意到了我。"在护照验证和海关检查时，他（加顿艾什）表现得镇静、保守自持，除非必要，并不多言。每次开口时都先说英语，然后才说德语。他穿着干净、端正，他的外表甚为整齐。"然后，他观察到我坐进一部汽车，并记下车牌号码，并特别提到那部车属于维尔纳·克雷奇尔。

在我个人档案中，有一份文特少尉于1982年12月6日写的简短备忘录，内容为第六组已对"罗密欧"实施"入境管制，期限为1989年12月31日"。然而，谁会知道，到1989年底时，天地已经大变。

根据备忘录，我的入境管制范围包括与西方国家签订协定以外的过境，以及"根据部长同志指示"，不准从西德，经过东德，进入西柏林。

果然，1983年，我想要从腓特烈大道车站进入东柏林时，边境警卫不准我入境。当我问那名军官原因时，他说："陈述理由并非国际通用的习惯。"过了一段时间，我再次尝试乘坐火车前往波兰，仍在腓特烈大道车站，从火车上被抓了下来。边境警卫仍拒绝告诉我理由，不过，他倒是将我所交的五马克过境签证费还给了我。

第十一章　浮士德群像

现在，我想要知道更多有关国安部官员的事情。因为，如果我和我的朋友属于三角形的第一个边，而线民属于第二个边的话，那么那些官员就为第三边了。在国家安全部内工作是什么滋味？他们如何成为国家安全部官员的？他们在调查我的时候，到底想要得到什么？他们现在又在做些什么？

这个任务不简单。有部分官员对历史学家或记者开口说话，如显然已经非常衰老的梅尔克，在狱中接受了《明镜周刊》的专访，马可·沃尔夫成为电视脱口秀的宠儿，有一些名气较小的人物联合组成了一个"内线委员会"，探索他们所工作的部门历史，并展现出至今为止部外人士所没有的洞察力。另外，他们也加入国安部受害者的研讨会，参与这一个混合了团体治疗与口述历史的奇怪组合。其中有一个团体定期聚会达数年之久，主持人为东柏林的一名神父，乌里希·施勒特尔（Ulrich Schröter）。大部分前国家安全部的官员在东德瓦解后便失业了，但是也有一些找到了有兴趣的新工作。施勒特尔神父告诉我，有一个人成为丧礼的主持人，经常有旧同僚去世而需要他的服务。

我很快发现，那些愿意开口的人都是外国情报组也就是HVA的工作人员。他们在外国所做的间谍工作，其实就像其他国家的"正常"情报员会从事的工作，因此他们不太觉得或根本不觉得羞耻。例如，内线委员会的领导人沃尔夫冈·哈特曼有一天提议，在卡尔-马克思大道旁边的施特肯酒吧见面。那里离我与丽丝·菲尔比共同饮茶的地方不远。当我抵达时，他告诉我那是所有间谍喜欢碰头的地方之一。哈特曼酒不离手，讲话相当轻率，他的工作是管理其他的情报员，经常用假身份出差至西德，与他小心翼翼称之为"伙伴"的人见面。他的最佳"伙伴"，是波恩的一名资深政府官员。就是那种六八世代的人，你知道……

出这些秘密任务时，难道他不害怕随时会被抓而长期被关在监狱中吗？

第一次当然会害怕，但是久而久之就习惯了，他说。其实非常、非常容易。德国人在德国，很不容易被人察觉。而且他因为父母出生于曼海姆，因此原本口音就接近西德。

我发现他在态度上有一种淡淡哀愁，与西德社会民主党人士的独特风格几乎完全一样。是身份掩护还是他的真实面貌，或许连他自己都不知道了。

身体健壮的克劳斯·艾克纳为国家安全部的资深官员，专门主动从事反情报工作，如侦察另外一边的间谍的工作，等等。而克雷奇将军管理的主部门第二处，虽然同样从事反情报工作，但是他的工作重心放在防御外国间谍进入东德刺探国内情报上。德国情报系统与英国有一点很不相同的地方，德文对上述两项工作都有特定的词汇："反间谍"（Gegenspionage）指对外侦测，"间谍特工"

第十一章 浮士德群像

（Spionageabwehr）指对内侦测。不过根据专家评估，两者之间的工作重叠情形严重。

艾克纳对西方情报工作有深入的研究。他说国安部已经完全渗透进入西德的外国情报组织之中："我们知道所有他们知道我们的事情。"而他对英国秘密情报局（SIS，也就是俗称的MI6）评价极高，认为他们的工作"品质极高"，功劳应该归于少数"非常绅士"的情报员。他有一次有机会比对一名英国的SIS官员和同样做他工作的东德情报员在从事同一项工作时的成绩，发现虽然两人同在外交官的身份掩护下工作，但是英国人所写的报告竟然比东德的要好上一大截。英国人观察敏锐，下笔微妙，有洞察力，对观察对象有兴趣，而东德的间谍则失落于共产主义思考的陈腔滥调中。不行，他无法告诉我如何取得那份英国报告的。

坐在他狭窄的高楼公寓中，前HVA头目维尔纳·格罗斯曼告诉我，他和他的同事如何在1989年底至1990年初，销毁他们的档案。当抗议者冲进国家安全部后，他们关闭大型碎纸机，改用小型的个人碎纸机，"就像那台一般大小"，他随手指着薄帘后的一台机器说。碎纸机，小小的秘密吞噬者，静静地蹲坐在房间一角，就好像老兵在墙上挂着一把老来复枪一样，随时提醒着他过去那一段较欢乐的时光。

格罗斯曼是从马可·沃尔夫手上接下工作的，而沃尔夫则是HVA，也就是所谓的启蒙部的开山祖师，非常受敬重。他身材高挑，衣着整齐，外表非常体面。走在马路上，沃尔夫宛如国王一般，抬头挺胸，偶然尊贵而疏远地与路人点头为礼。当我们快要抵达东柏林的中心点，也就是马克思与恩格斯的铜像时——当时虽然还竖立于东德时代的原地，但是谁知道还能够存在多久？我问他东西德在秘密情报搜集手法上有何不同。"我想，应该完全没有。"他毫不犹疑地对我说。如果有的话，分别应该在于欧洲与其他地方之间的不同。不论东西欧，他说，到1980年代时，搜集情报的手法已经相当"文明"，相较之下，美国中央情报局在拉丁美洲、以色列的摩萨德（Mossad）和其他国家的情报组织在中东地区，手段便显得相当拙劣。

间谍工作有何贡献？

帮助维持欧洲的和平。两边都知道自己无法在对方事前不知晓的情况下发动攻击。尤其，间谍的存在，大大地降低了核战争的可能性。冷战，他说，并不如历史学家埃里克·霍布斯鲍姆（Eric Hobsbawm）前几天才对他说的，是一场只存在于想象中的战争。他还记得在柏林危机与古巴危机时，整晚熬夜，尝试"透过我们的资料来源"搜集情报。他当时衷心地觉得，战争随时可能爆发。

沃尔夫的确如其他人所说的，英俊聪明、风趣智慧、文质彬彬、非常迷人。看到他以后，我不禁自问：为什么像这样的一个人，会心甘情愿地待在国家安全部那个窟窿中，忍受那些不入流的人？这就好像希特勒的军备部长施佩尔一样。但是马可·沃尔夫，就等于东德的施佩尔，仍然在等待着他的姬达·谢利尼*出现。谢利尼逐渐地、痛苦地让施佩尔体认到他必须为第三帝国的所有恐怖罪行，包括犹太人大屠杀，负起应该担负的责任。而沃尔夫至今还没有承认，他必须为东德的国内镇压行为所造成的恐怖负起该负的责任。当然，比起大屠杀，东德镇压的恐怖罪行规模要小得多，但是他仍然告诉

---

* 姬达·谢利尼（Gitta Sereny, 1921—2012），匈牙利出生的英国传记作家、历史学家和记者。她的写作主要集中在大屠杀和受虐待的儿童。著有《德国创伤》（*The German Trauma*）等。

第十一章　浮士德群像

自己，那"不是好事"。

他号称，他在管理属下部门时，所用的手法和其他国安部部门大不相同。其他人大致也同意这种说法。但是，他说正如有人说德国是一个"利基社会"（niche society）*一般，HVA 便是他在这个社会中的利基——好一个利基！事实上，他的工作与国内镇压体系完全密合为一体，两者在无数的个案中合作无间——从我的档案中便可充分证明这一点。他挂着"国家安全部次长"的官衔，从年头到年尾，与梅尔克合作无间。

那些以侦察自己人为业的间谍开口谈论自己工作的意愿，相较之下，比从事海外谍报工作的人要低得多。不过有少数几个参与了施勒特尔神父的讨论团体，例如前国安部最恶名昭彰的 XX 处柏林组组长库尔特·蔡泽维斯，便是该团体的基本会员，定期参加聚会。他原来的工作为监视、控制柏林的异议分子、文化圈、教会和大学，而我当时就读的柏林洪堡大学便在他的管辖范围之内。他是最典型的政治秘密警察。所以，维尔纳邀请蔡泽维斯到潘科教区与我们见面。

见面以后，我发现蔡泽维斯其实是个个子矮小、满头银发的人，小小的蓝灰色眼睛，配在红通通的脸庞上。当天他穿着棕色的跑鞋、灰色的长裤，运动上衣上面大字写着："下一代"。他生于 1937 年，早年时，父亲曾经参军。母亲虽然穷困，但是含辛茹苦——而且笃信共产主义。新政权成立后，他被送进了党办的寄宿学校。然后，

---

* Niche 一词来源于法语。法国人信奉天主教，在建造房屋时，常常在外墙上凿出一个不大的神龛，以供放圣母玛利亚。它虽然小，但边界清晰，洞里乾坤，因而后来被用来形容大市场中的缝隙市场。

在已当上党书记的母亲的建议下，他进入了国家安全部。接下来的三十年，在柏林参与国家安全工作便成了他生活的全部。

在矮小的身材下，蔡泽维斯散发出一种令人不可忽视的存在感。他说，在所谓的"红色星期"中，他到柏林洪堡大学去做政治演讲时，学生都说他比次长讲得要好。如今，他最想要强调的，便是他自有一套高尚行为与道德标准。他热爱家庭。他一直对妻子十分忠实，而她也对他很忠诚。他们一家人居住在国安部职员社区内，孩子的教养很好，除了美国人登陆月球的那一次以外，他们家从来都不看西方电视节目。

是的，他承认，国家安全部内有很多不好的事情。例如，梅尔克所喜爱的国安部"活力柏林"足球队内便充满了贪污腐败之事。但是他与那些一点关系都没有。"我很反对足球。"他认真地表态。而且，他部门里面的人一直在谈论着，如何安排一次交通意外事故之类的事，"除掉"异议教士赖纳·埃佩尔曼（Rainer Eppelmann）。但是，那类事他从不参与。还有一次，大伙儿在讨论如何去找一个女孩子，设法将性病传染给罗伯特·哈弗曼时，他也没动任何声色。

不，不，他绝对是一个值得尊敬的人。但是，有一次——只有一次——他做了一件坏事。有一次他们潜入一个人的公寓，发现里面有很多，用他的话来说，"漂亮的模型小车"。（维尔纳告诉我，所有东德人都随西方语言，称呼那种车为"火柴盒小汽车"，只有蔡泽维斯仍在自我检查机制下，不愿意使用西方式语汇。）搜索小组的其他人也都在顺手牵羊，他忍不住，便塞了两个进口袋。事后，那件事被人发现，他必须自白。"我真是感到羞耻。"他说。

他离开以后，维尔纳和我互望一眼，相对摇摇头，然后便轻轻

第十一章　浮士德群像

地笑了起来。因为，如果不如此，我们或许会哭出来。这个人，就坐在我们眼前的那一张椅子上，明明就是小官僚执行者的罪恶代表。然而，他却是一个顾家好男人，自豪于自己的刚正不阿，忠诚不贰，中规中矩——一切被认为与"纳粹主义"合作的"第二层次美德"（也是普鲁士协会想要恢复的）。他甚至到今天还无法承认，他忠诚服务的机构结构性、系统性地做错了事情，只会坐在那里懊恼曾经偷窃过一两部火柴盒小汽车。

至于专门管理我个案的主部门第二处，我从专家口中得知，在1970至1980年代，从一个大约只有200人的小型反情报组织，一直成长，到1989年时，光在总部便有1400名专职工作人员。在我的档案最后面出现的克雷奇将军，从1976年便主持主部门第二处。他不但成了梅尔克的左右手，而且非常专业，无论在自己的职位或在办公室政治上都相当无情。1987年，他成为国家安全部内所有"反情报"活动的总负责人后，更大力扩张自己部门的工作范围，以将所有与西方维持均势下所产生的新挑战都包括进去，他们不但监视西方间谍，而且也监视一般西方外交官、西方记者、西方学者、西方艺术家，西方所有可能会颠覆共产主义制度的人。

不幸的是，第二组的前工作者特别不愿意开口。"反情报组织出来的人嘴巴尤其紧。"哈特曼先生抱歉地解释道。内线委员会可以给我的帮助有限，我必须独自在这方面奋斗。起初，我只找到一些参与了我的个案的工作者的姓、他们的位阶、所属的单位，如文特少尉为主管官员，黎瑟少校为科长，考尔富斯和弗里茨为处长，克雷奇将军则为老板。然后，非常帮忙的高克机构替我找到了他们的人事资料卡，使得我所搜集到的名单不只有姓也有了名，而且我还知道了他们的出生日期，并看到一张旧式护照大小的照片。随后，我更发现了他们的人事档案，知道了他们详细的家庭背景，进入机构工作的原委，职业记录上的奖惩记录，等等。逐渐地，像侦探一般，我在心中建立起他们的图像，并开始在真实世界上追查他们。

我发现我自己从最高层着手。施勒特尔神父只打了一通电话，便找到了克雷奇将军的地址。但是克雷奇据说很不愿意谈话。他的地址在柏林外围的一个破旧小镇，正好是我原来的女朋友安德莉1980年时所居住的地方。他既没有电话，也没有其他联络方法，我决定跑一趟，一箭双雕地同时去拜访克雷奇和安德莉的旧居，看看她是否还居住在原地。

从柏林市区乘坐老式的地上有轨电车，一路摇摇晃晃，终于来到了一个尘灰飞扬、路面坑洞凹陷的小镇，沿着小路，来到一户木屋前，规模还不算小的花园，被铁栏杆包围住。我按电铃，克雷奇太太出现于铁门前。我说要找克雷奇先生，她很不情愿地让我进去。

克雷奇（退休）将军穿着园丁短裤，在花园中站了起来，手上还拿着一把耙子。我可以看得出来，他身材厚实，小腹非常突出，胡子修剪得很短，不够掩饰那相当严重的双层下巴。他的眼神中射出不安的光芒。

我自我介绍为牛津来的历史学家，他的部门曾经针对我做过一份 OPK 档案，我希望能与他讨论一下那档案的背景，包括档案本身、他的工作、冷战，等等。

他迟疑了许久，然后同意两天后与我晤谈。

我转身离去前，顺便问他如何到达安德莉过去居住的地方。噢，那地方走路的话，还有相当一段路。我开车送你过去。

现在换我迟疑了，可是他说："你知道，冷战已经结束了，所以我还可以送你一程！"并开出了他的大众小轿车，送了我一程。

安德莉搬了家，但是我还是设法在湖边一栋破旧大别墅的顶楼上，找到了她。她就像我还记得的模样，满头金发，满脸笑容，但是她的孩子，小心翼翼地在柏林墙后养育成长，现在都已快要脱离青少年阶段了。事实上，她认为对一位单亲母亲而言，东柏林比西柏林更适合养育孩子。而且，她觉得1989年的政治改变来得正是时候，对她的儿女而言，时机相当好，使得他们在一个安全、有保障的环境中度过童年后，再尝到自由的滋味。

我们小心翼翼但精神愉快地回忆遥远的过去。"你还记得？"我告诉她有关我的档案，以及第一次坐在高克机构舒尔茨女士的仿造木桌前时曾在刹那间怀疑她的事情。那天晚上在普伦茨劳贝格区，她拉开窗帘，打开电灯。

她有一点震惊。不至于怀疑她也是国安部的人吧？是的，她记得那天晚上。实际上，她并不觉得曾经拉开窗帘，不过的确开了灯。

为什么？

"因为我想要看你的脸。"

两天后的一大早,我再度搭上有轨电车,去访问克雷奇将军。他穿着一套闪闪发光的人造纤维运动服,在门口迎接我。我们掀开彩色的珠帘,走进那到处都是小装饰品的木屋中。有一面书架摆满了各种各样的烹饪书。

他想要从头叙述他的故事,我没有意见。在他十五岁时,第二次世界大战结束(显示他的年龄与"米夏拉"一样),他的父亲成为战俘,无法回家。他经过基本的学校训练,便到一家打铁铺当学徒。但是他一直渴望能够冒险。他还记得看过西德一本叫《打铁铺》(*The Ironmonger*)的杂志,是别人偷偷走私进东德、暗中流传在他们工厂内的。很偶然地,他获知一个赴南非工作的机会,他想了很久,几乎提出申请。从他的口气中,我觉得他是想对我说:"要是当时申请就好了!"然后,他又想到加入海军,不过他们——他们就是指共产党——把他送进了国家安全部。

他是在波茨坦接受的谍报人员训练。训练课程中,他们告诉他,英国的情报系统多么历史悠久,技巧多么高超,是帝国主义发展中

第十一章 浮士德群像

的重要特质，而且被列宁形容为"资本主义的最高形式"。训练结束后，他被分派到反情报组织中的"英国线"上工作。一名二十二岁、图林根出生的前打铁铺的小助手，就此踏上了追求谍报神话之路！不久，他被转至"美国线"上，然后，又被安置于负责西德的部门。在整个过程中，他一直觉得有几分不敢置信的心情：小小的他，居然可以与曾担任希特勒东部军区情报头子、而后又为美国效力、此时又在阿登纳政府中负责同样工作的格伦（Gehlen）将军分庭抗礼。

不过，他在对抗格伦，尤其在抓双重间谍上，相当成功。每次抓住情报员，他都喜欢在审讯室隔壁亲自听取侦讯的情形。他想要知道他们为什么要做情报员。

为什么？

有一部分人是为了钱，有一部分人是渴望冒险，然后还有他所谓的"意识形态"。"他们都说，为了自由而做。"

那些人下场如何？

噢，那当然是要在监狱中蹲很久了。

有被判死刑的吗？

是的，那也有，尤其在早年。不过，那些人都知道自己所冒的风险。

1976年，他成为整个主部门的领导人，得以紧密地与国家安全部合作，非常刺激的一段时间，尽管当时他遇上了一个大挫败，一名叫施蒂勒的国安部间谍先替西方刺探情报，然后又叛逃至西方。但1980年代开始，他越来越觉得事情不对劲。原来，他总喜欢离开国家安全部，到外面的莫斯科餐厅好好吃一顿午餐。由于东柏林的餐厅很少，永远拥挤，与人拼桌是经常的事，然而，他发现旁边坐着的是美国游客。他喜欢鼓励他们说话，而他们却没有察觉到……

有时候，当他离开办公室一会儿，国家安全部就会打电话来问他到哪里去了。有一次，大约在1980年代中期左右，他告诉梅尔克他去听一个资深党工的演讲，了解目前政治发展情况及党的路线等等。

"他有没有告诉你，"梅尔克对他大吼，"德意志民主共和国是一个腐败的国家？"

"没有，"克雷奇回答，"他没有说到这一点。"

"那我现在就可以告诉你这个！"

1980年代，许多西方分析家、政治家、企业家都以为东德是苏联阵营中最稳定、繁荣的国家之际，秘密警察头子却告诉他的反情报工作领导人说，国家非常腐败。显然他们的情报比较正确。

当梅尔克说"腐败"时，他指的是东德的现金债务已经到达了异常严重的地步吗？

是的，但这并非全部。政治上也出了问题。他们看到了东德总书记昂纳克其实是在幻想，而且他们看到对西方开放和保存共产主义之间的矛盾。而克雷奇便在这段时间，每当《明镜周刊》刊登出一些新的和东德相关的消息，或当有人跑进西方大使馆寻求政治庇护的时候，便会接到梅尔克愤怒的电话。而他会告诉部长：你要我怎么预防这种事？我们已经签了所有的国际协定，承诺要改进与西方的关系，改进西方记者的工作环境、行动的自由并尊重他们的人权。不失为从颠覆的一面，对冷战和缓的一个最有力礼赞。

在最后几年中，他为工作极度忧心。1990年10月，他便可达

第十一章　浮士德群像

到六十岁的退休年龄。但是，1990年10月3日，两德统一，而他们便不再需要他的服务了。

在克雷奇说完他的故事后，我问他们为什么会把我视为间谍？

嗯，其实很简单，克雷奇说。就像他前面所说的，从第一天进入间谍学校开始，他们就知道英国秘密情报组织的恐怖与厉害。然后，从1960年代中期开始，他们便再也找不到英国间谍了。II/9组的官员大为恐慌。当然，他们知道英国大使馆里面的SIS官员是谁，随时监视他们，摄影记录所有他们与异议分子之间的会晤情形。但是他们手下的情报员在哪里呢？

因此，每当他们看到一个有半点像的英国人出现时，就立刻开始侦察，他有无做间谍的可能？他们总是抱着希望，但是最后终究失望了。

是因为英国秘密情报组织太聪明了，还是根本就没有任何情报员，以至于国安部连一个都没有抓到？

应该是后者，克雷奇认为。

我告诉克雷奇，从他说话中，我几乎忘记国安部是一个平常人闻之色变的组织。他难道从来没有害怕过吗？

"害怕！"他惊叹道。两手向空中一掷，便便大腹在滑稽气氛中不由自主地抖动了起来。当然不会！一点也不怕。一般人从来不害怕，他们感到安全，感激还来不及呢！"从上到下的人都感谢我们。"而且他还刻意告诉我另外一件事：每年在他们部的周年庆祝会上第一个赶来道贺的，都是东德的傀儡基督教民主党（两德统一后并入赫尔穆特·科尔的全德意志基督教民主党）。然而，基督教民主党正是统一后第一个谴责国安部的党派！事实上，国安部一直属于执政党之下。梅尔克对于这一点非常小心翼翼。他每一件事都向党主席昂纳克请示，而且所有的重要决定都要昂纳克点头以后才办。

我问他，有没有什么事让他个人觉得很罪恶的。"不，"他说，"我做的是我分内的事。"那熟悉的自我辩护说辞：我不过是在做我分内的工作，完成我的责任，遵守我该遵守的命令。不，他不觉得有任何罪恶感，不过他对1980年代发生的事，对昂纳克的傲慢、拙于改革，也并不持批判的态度。

"但是，如果报纸有任何可信度的话，这种情形在你的国家也是一样的。你们对王室多所批评，但是却没有勇气去改变它！"

我从个人档案中得知,格哈德·考尔富斯,1933年生于苏台德地区。在他六岁时,他的父亲便去从军,一直到1947年他十四岁时,才从战俘营中被放出来。在战争期间,他居住在被德国人占领的苏台德,念的是纳粹学校。战争结束后,他逃至苏联占领的区域,原先想找一份店员的工作,但通过自由德意志青年团,进入了国家安全部。随着时间的推移,他晋升为少校,成为Ⅱ/9(第二处第九组)的负责人。

在家庭生活中,档案中记载:1971年,他的八岁女儿收到一份从西德寄来的包裹,里面有两条巧克力、糖果、奶酪、白糖、茶叶、儿童牙刷、肥皂,都是紧急配给的东西,好像是要救济一般!内部警铃大响,国家安全部展开了一项正式调查。怎么会发生这种事?原来他们一家人至保加利亚度假时,他的女儿与一名西德的小女孩交上了朋友。"虽然考尔富斯少校同志尽力阻止他们交往,但是孩子故意到其他地方去洗澡,并且相会。其间,考尔富斯少校同志的女儿将家中地址给了对方。"结论:这线索很可能会被西方情报组织利用。如果包裹继续寄达的话，应该先送至国家安全部接受检查再送回。

根据档案记录，考尔富斯的旧地址在卡尔斯霍斯特，也就是红军总部的所在地。我找到了那条陈旧、晦暗的小街，和地址上的那栋颜色为暗棕红的两层楼连栋小屋——又见铁栏杆、紧闭的花园大门和门铃。门铃下写着一个名字：考尔富斯。我按下电铃。房屋内的一片纱窗帘被掀开，显露出一张脸孔，短暂地。是否就是档案照片中的那张脸？他打开房屋门，但是站在台阶的顶端，离花园大门口还有20英尺之遥。是的，他就是考尔富斯。

"考尔富斯先生？"我提高声调。

"是的。"

"我的名字为蒂莫西·加顿艾什。我在牛津教现代史，想要和你谈谈MfS的历史。"我故意使用国家安全部的正式简称，而不是略带贬义的"斯塔西"（Stasi）。

缓缓地，他走到大门前，但是仍然没有开门。就像克雷奇一样，他穿的是一套人造纤维的运动服。他的嘴角向下，显得表情非常愁苦，而他的眼睛和照片如出一辙，充血得厉害。是因为喝酒过度吗？

他有时间和我谈谈吗？

"不，"内线委员会的人曾经接触过他，但被他拒绝了。很多人都来找过他，包括西德的秘密组织，西德的外交情报组织，连他口中一个不知所云的FBIA，都来过了。他拒绝了所有的来人。一切都已写在文件上了。

是的，我说，但是文件从来就无法记录下所有的事情。与历史的见证人谈话，是理解当代历史背景与动机中最宝贵的方法。（我的话一点也没错。不过，我说这话的另外一个目的，为继续让他开

第十一章 浮士德群像

口，不让这条线断掉，难搞的人处理起来要格外小心。）我（带一点冒险地）说，贵组有一份我的个人档案，一份 OPK。

我们展开了一点点辩论。

"啊，"他说，"进来吧，我们可以谈十五分钟。"大门"呀"的一声开了。

他领着我到花园一张摇椅前。我闻到酒精、香烟、厌烦、空虚的味道。他毫无悔悟之意。在西方情报员、恐怖分子、挑拨分子、颠覆分子等作乱下，国家的生存受到威胁。国家安全部正如其名，赋予普通人安全感。在现今时代中，人人都缺乏安全感。他们渴望地怀念着过去的好日子，那段不必担心犯罪、失业、毒品的日子。是的，有少数人因为政治理念不同而吃到苦头。但是那是正常的。同样的事也发生在西德。他们不是有一个词来着？我提示：他是否指 Berufsverbot（禁止担任公职）？对，一点没错！就是这意思！

那么，你们的系统应该比较好才是了？

"啊，哈……唉！"他笑得极为苦涩。无论如何。大部分人感谢那份安全感，而且并不介意牺牲一点点的自由，以交换那份安全感。

在最后的那段日子，他是否觉得失望？不，他有一种沉静而满足的感觉。毕竟，这个国家已有所成就：在东德历史中，每年的经济都有所成长。西德就没有这么幸运了。几乎每年国内经济都在萎缩。我温和地表达了我的惊异。他解释说，工人能分享到的成长在日益缩水。可是西德就整个国家而言却日渐富裕，难道不是吗？是的，他说，但是大部分人看到东西，却买不起。

他是否到过任何西方国家？

嗯，在统一前自然没有。统一以后，他曾经到过北海岸和西柏林。但是他一点也不觉得有什么了不起。有一次，他的孙女要求他替她买一个咕咕钟。于是他便到西柏林的卡迪威大百货公司。没有一样东西是普通人买得起的。而且，他们根本就没有卖咕咕钟。

不，他不喜欢到西柏林，尤其在终生因反对它而工作之后。不过，统一后不久，他有一次无法抗拒诱惑，偷偷地去参观了一次过去只有在照片上看过的西方秘密情报组织总部，如美国中央情报局在柏林－达勒姆区的"物件"（objects），等等。

他逐渐放松了下来。我觉得是开始谈我档案的好时机了。但是当我提到那题目，他立刻又把自己关闭起来。

不，他警告我，他不想谈他的工作。

不，他不记得有一个什么文特少尉。

不，他不记得我的个案。

曾经有许多"作战个人管制"吗？

嗯，不多，至少在他的组内不多，大概……

十五分钟展延为五十分钟。他的妻子从里面叫他。她想要用花园中的摇椅。她近来不怎么舒服，你知道的。

我们往生锈的大门走去。我问他，他的部门是否抓到过许多间谍？

当然，他说，每个都被送进监狱，一关就是很多年。不过，他不想谈那些事。他要我了解的是，今天到处是犯罪、失业、不公的乱象是不应该的。民众为此深感愤怒。

我准备离开。但是当他要转身离开大门前，他提高声调，对我说："这样下去是不行的，我告诉你，而且只要有人登高一呼，要我们上街头时，我们必定会去的。"英雄式的自我防御，但是多么地令人感伤！

花园摇椅不断传出"吱、嘎"的声音。

弗里茨上校，从考尔富斯手上接下Ⅱ/9组的工作，并于1982年在我的档案最后面签名结案的人。和考尔富斯不同的是，弗里茨至今仍过着忙碌的生活。我找到他同在卡尔斯霍斯特但洒扫得整洁宜人的灰色连栋房屋。他的妻子告诉我，他每天清晨出门，不到深夜不会回家："你知道，拉保险的人就是这样的。"

我留下一张名片。她建议我晚上10点左右再打电话来。我按时打电话，并解释说自己是历史学家，正在研究国安部档案。他说："我好像有做过你的案子，是不是？"我告诉他有关我的档案。经过一阵兴奋的对话，他终于答应在早上7点半与我见面——"如果你觉得有任何用处的话。"他说。

根据服务记录，弗里茨上校应该有六十五岁了。我期待像克雷奇或考尔富斯一样，看到另外一个全身浮肿、动作缓慢的老人。但是当他以亲切的笑容与我打招呼时，我在眼前看到的是一个五十来岁的人。没有上油的头发，黑色的牛仔裤、粉红与灰色暗花的衬衫、相配的领带，衬衫袖子整齐地挽至手肘附近，他看起来和西德任何一名保险员没有两样。这算什么，伪装？制服？还是他的最新身份？

我感谢他在繁忙中抽空与我见面。的确，他是在抽空，因为他在时间安排上从来没有这么紧凑过。

比在国家安全部时还糟糕？

"不。你知道那种工作的性质，需要晚上和情报员见面，等等……"他很期待地看着我。

"你知道那种工作的性质"……是什么意思？

从桌上拿起我的名片，他微笑地看着，说："掩护是形形色色的，对不对？就好像'现代史'也是一种。历史学家或 SIS，对我而言都是一样的。已经有好几个来过了。我是百无禁忌的。"

我向他保证，我是一名如假包换的历史学家。他似乎有一点失望。或许，他原本期待要与一名前工作劲敌比对笔记。或许他不相信我。但是无论如何，他已做好了开口的准备。

一开始的时候，是打仗。战争，和考尔富斯、克雷奇一样，对他产生了决定性的影响。他的长兄在战争中阵亡。

"你的父亲呢？"

"我从没见过我父亲。我是人家说的那种私生子。"他继续保持微笑，但是我从他刻意的声调感觉到张力，以及那份历久弥新的痛苦。

在1950年代初时，他在什未林地方政府的财政部门做事，正准备申请进入共产党。这时候国家安全部派来一名男子，他觉得维护东德的安全是一项"光荣"的职务，因为有大量的外国间谍正设法渗透进入东德，危害他们的国家安全。

"你必须要知道当时的情况。那正是'垃圾桶小子'（wastebin kid）的时代。美国中央情报局只要付一点小钱，就可以雇用一些年

第十一章 浮士德群像

轻人，到这里卡尔斯霍斯特的红军总部前，搜索我们的垃圾桶了。"他们大部分都被抓了起来。

但那也是充满了活力的年代。他觉得他做的工作很重要。在1950年代，大众都支持他们的工作。他们甚至到工厂之类的地方解释自己的工作内容，而民众听了以后都会为他们拍手。（难道到现在他都还不明白，或许民众是出于恐惧才拍手的吗？）

但是从1970年代以来，事情就越来越糟。国家安全部里越来越没有理想，大家只是为了保有一份工作而工作。

年轻的文特少尉就属于这种人吗？

他不知道。文特少尉相当沉默寡言。

那么黎瑟少校呢？

"我想他和我一样，心存诚信。"

当时海外也感觉到东德内部出了问题。私下，他和他的同僚认为主要的问题出在两个地方：汽车和旅行。汽车问题在于，东德就是无法生产像样的车子，一般民众只能买像老鼠洞一般的"拖拉笨"或瓦特堡小汽车，而且还要等上十年的时间才能排队买到。旅行问题在于大部分的民众除了到苏联阵营的一小部分国家以外，哪里都不准去旅行。

他们曾经讨论过有关自由的问题？

"不！"他略微停顿，以便思考。"不过旅行的问题和它稍有关系。"

而且，他们觉得被要求做的事中不可能做到的越来越多。我告诉他HVA的艾克纳上校曾经告诉我："我们先有一个国家。然后又有了一个党，想要让国家顺利运作。然后我们又有了一个国家安全部，想要让党和国家都顺利运作。结果，两个都无法运作！"

"大致不错。"弗里茨说。

他的人有时候甚至必须到体育场站足球赛的岗。简直荒唐。他们真正的工作是监视西方间谍，虽然后来他们更集中侦察可以"从正式职务上颠覆"的人：外交官、记者、访问学者，等等。他的部门负责范围包括所有西欧人士，每年大约有三十个人在他们的控管之下。

他们最后是否真的抓到间谍过？

是的，抓到过几个。西方人通常关上一两个月，然后便递解出境；情形比较严重的，或许会审判、定罪，但是最后还是被驱逐出境。如果抓到的是东德人，那么被判重刑是在所难免的。

在他工作期间，虽然工作重点在英国、法国，但是这方面运气可不好。有一次，他们几乎成功，盯上一名女性外交官，用"B手段"（所谓"B手段"是指用窃听器监听，相对于"A手段"切入电话线的录音窃听）发现她有婚外情。

他们自然利用这份情报，设法使她提供情报。她是已婚女子，你知道。

"你的意思是说，你们勒索她？"

"是的，所有情报组织都一样。"但是那一次没能成功，因为她的婚外情对象是名英国人，不久后便回国了。然后，带着几分轻蔑的语气，他问道："你该不会就是那家伙吧？"

"不。"（是不是都不干你的事。）我从他脸上那不正经的笑容，感觉到他很怀念工作的附属部分：窃听、理解私人生活中的细枝末节，以及他们在那外交官女性身上玩的那一套功夫。我想时至今日，他大概只能够从电视和报纸狗仔队的新闻中满足他的窥伺欲了。西方定义下的窥伺狂，被定位在一个高高在上的"国家安全"、"公众利益"目的上而正当化了。

第十一章　浮士德群像

他回到他最喜欢的主题上：他是如何的努力工作。想当年，每天7点15分左右，最迟不超过7点半，他就在办公桌前坐好，开始办公了。7点45分，他就必须向克雷奇将军报告。然后，他要读很多档案，同时讨论当下正在发生的个案，做出行动计划，和其他部门协调，做观察报告，替部分报告做出结论，寻找新的线民，检查现有线民的行为。部门主管有一个特别的餐厅，在国家安全部中央稍高的一个楼层中，可供午餐。其他同事称之为"帝王山"（Monarch's hill）。午餐后，他继续工作以及与线民开会，等等，一直到天黑为止。一天下来，大约要工作十二小时，周末时还必须加班。

他与同事间是否有社交活动？

每年的圣诞节或新年时，办公室都会举办一个宴会之类的，"到个什么地方，你知道的，"他说，例如，有一次，他们到万德利茨开了一个舞会，"桌子摆得很漂亮，有吃喝不完的食物和酒水饮料，大家都在跳舞，气氛很好。"除此之外，他们没有时间互相交际。

现在他还是一样，必须辛苦工作，因为你不能指望像以前当官时一样得到退休金，他说。他们拿到的不是全额，而只是以东德平均薪资为基准的七折薪。太不公平了，他说，违反了法律背后的公平原则。就在谈话时，一直在打扫房间的妻子突然大吼起来："现在说这些没用！"然后她摔门而出，震得门把手都掉了下来（我从个人档案中得知，弗里茨的妻子和三个女儿都曾为国安部工作）。

现在，弗里茨和过去一样从事"社会安全"（保险）工作。过去的东德，社会安全是一大优势。如今，整个东德充斥着不安全感，到处是犯罪和失业的人群。如果一个人有自由却没钱享受，那自由又有何用呢？弗里茨对客户的困难感同身受——他们无法得到国家的庇护,迫切需要一份私人保险,但常常缴不起保费。

从国安部到私人保险业,阿尔弗雷德·弗里茨仿佛东德社会转型的缩影——昨天是披着灰色制服的安全部军官,今天是身着黑色牛仔裤的保险推销员。但是,弗里茨还是过去的弗里茨。

黎瑟少校搬到德累斯顿。我从当地居民登记处拿到他的住址——在德国，你只要问一下，几乎任何人的住址你都能拿到。

我到了那儿，他不在家。我边等待边张望，看见不远处有个神殿般的建筑，上面写着几个大字："德国卫生展览馆"。馆内，"药品和救护"处设置了几个特别展区，还有一个名为"消化"的常驻展区。常驻展区内的上方挂着发光的塑料内脏模型：胃、胆管、上结肠、下结肠、直肠——每个模型发出不同颜色的光。我询问站在柜台后的一位白发女士，到"玻璃牛"该往哪里走——玻璃牛是一个跟真牛同样大小的透明模型，从外面看，骨头、内脏、牛脑、神经，一清二楚——她说："穿过'药品和救护'处，走到'消化'区，右手边就是玻璃牛。"

展览馆里最有名的展区不是"玻璃牛"，而是"玻璃人"。这是个站立着的女人模型，手臂搭在一张桌台上。台上安置着不同内脏名称的按钮：肝、心、肾，等等。每按下一个钮，相应的内脏模型就会发光。馆员告诉我，原来那个模型已经相当旧了，这是个新模型。这个新模型是在德国统一后换的。

"'她'的外貌看起来不错吧？'她'的内部与旧模型完全一样。"馆员说。

那天晚上，我通过电话联系上了黎瑟。他说可以和我谈谈，并且很愿意"客观"地描述安全部的工作。他带有浓厚的萨克森口音，语气平和友好，与一般的萨克森人没什么两样。

当时天时已晚，我问他："我们能不能现在就见个面？我希望今晚就返回柏林。"他答道，不能，现在见面办不到，他要等妻子回家，我和他可以明天早餐时会面，时间定在八点。他还问我，能否把见面地点定在我下榻酒店的休息厅里。我同意了。当晚我就在酒店订了房间，不过我很怀疑他究竟会不会遵守诺言？他的妻子会不会劝说他不来见我？

同时，我开始研究起他的人事卡和档案影印本：克劳斯·黎瑟，1938年出生于德累斯顿附近，父亲1944年在前线阵亡（又是一个童年失去父亲的人）。一份安全部内部问卷曾询问黎瑟是否去过东德以外的地方，他回答：1954年他和一位朋友在西柏林逛了一个半小时商铺。1975年，他从德累斯顿搬到柏林，供职于II/9组。1978年至1983年，出任A部门头头（该部门负责监视英国人）。爱好钓鱼。

从个人档案照片上看，黎瑟面貌丑陋，令人生厌。不过第二天，当我看见他等候在休息厅时，他却显现出坦率轻松的面容，眼睛清澈透亮。他身着白衬衫和褐色夹克，系着白领带，脚蹬便鞋，衣着整洁，开场白与过去的同事如出一辙："我想让这个世界更美好。"但没过多久他的话便偏离了那一套。制度有问题，他说，因为它违

第十一章 浮士德群像

反了人性，一个人的天性无法转换或转变，所以这个制度注定会出问题。共产主义无法容忍"内心的丑恶"，只有人人都是天使，共产主义的美好愿景才会实现。这番判断简单却不浅陋，对共产主义的基本缺陷一语中的。

当然，1945年时黎瑟还不清楚这一点。那时候他已经家破人亡——父亲在一次军事行动中丧命，哥哥被坦克活活轧死（此事引发了全村人的反坦克自卫行动），他的母亲是个农民，亲眼看到儿子脑袋被坦克履带压碎，全家人的房子被炸毁，所有财产付之一炬。那一年的4月到10月，黎瑟连双鞋子都没有。用他的话说，全家一贫如洗。但是，在母亲的养育下，他活了下来。可以说，黎瑟能长大成人，首先得益于母亲的照料，其次是东德政府的培养。念小学时，他因成绩优异获得政府颁发的全额奖学金，后来进入一所寄宿学校继续学业。政府帮助了黎瑟，但是，节衣缩食给他买书，为他添置衣物，养育他成人的，却是母亲。一想到此，黎瑟心情激动，声音哽咽。

十八岁那年，黎瑟不得不忍痛割爱——他热爱自然，爱好渔业，渴望到大学里攻读渔业学，但国安部的人却对他另有安排。他们对黎瑟说："国家帮了你那么多，你也该做点事报效国家。"后来，黎瑟加入了国安部，在当地小镇皮尔纳工作，后来辗转至德累斯顿、柏林，但工作核心仍旧是反间谍。

回首过往，黎瑟坦承自己经历过政治上的幻灭。在集体农场，一个很要好的朋友告诉他真实的世界究竟怎样。黎瑟惊讶于媒体在报道五年生产计划上的严重失实，目睹了理论、实践、当权者伪善之间的矛盾。他援引海涅的话说，这些当权者表面上劝大家喝水，背地里却肆饮着葡萄酒。突然，黎瑟想起了什么事，他停顿了一下，摇摇头，"有件事情我从来没有告诉过别人……"

那时黎瑟在德累斯顿工作。在一堂训练课上，教官朗读了一位女士写给丈夫（好像是男朋友，他也记不清了）的信。这封信写得很好，情真意切，感人肺腑。这时黎瑟哽咽起来："我永远也忘不了。"

为什么教官要给黎瑟他们念这封信呢？我心想。

"那个男的是线民。"黎瑟解释道。

很明显，那位女士好像知道了什么，但她依然爱着这个男人。这个男人上面的秘密警察很好地控制了这个线民，而后者成功地让这位女士保持了对他的信任。

教官对黎瑟和其他国安部军官说，你们应该向那个秘密警察看齐。可是黎瑟并不这样想。

黎瑟尽忠职守，疑惑却与日俱增。或者说，他现在已经对这一工作进行了彻底的反思。

对黎瑟来说，国安部的工作犹如漫漫长夜，各种稀奇古怪的限制层出不穷。比如，未经国安部批准不能结婚；如果妻子的父亲（甚至叔叔）加入过党卫军，要么放弃妻子要么放弃工作。未经允许不能买房，不能出游，甚至连胡子都不能蓄！

这时我想起了克雷奇将军，在人事卡照片上，他的胡子刮得干干净净，而现在，他蓄起了胡子。

黎瑟想过脱离国安部。"但我没有勇气。"他说。他没有换过工作，害怕遭到报复。1989年，他申请以所谓的"特派员"身份返回德累斯顿。当时，国安部会遣散部分秘密警察，让他们以不同的身份从事普通的民事工作，那时候各种身份层出不穷，"特派员"便是

第十一章　浮士德群像

其中之一。如果没有东德人所谓的大转变*，没有东德政权的垮台，说不定黎瑟今天就是这家酒店的"特派员"。

返回德累斯顿后，黎瑟在当地一家国有银行谋得一份保安工作。过了一年，西德的德意志银行（该银行如今已转行向餐馆推销通风设备）接管了这家国企，辞退了黎瑟。"那时候很多西德公司都来找我们，"他说，"他们知道我们能干、肯吃苦。"但是，这是一个残酷的新时代——金钱决定一切，"人们都踩着别人的尸体往上爬。"在东德，处处是失意的人群。"我住的这栋公寓就有不少人跳楼自杀。"在他看来，现行的西方制度并不是罪魁祸首，但他也不清楚这一切究竟缘何而起。

后来，他的名字出现在媒体刊登的秘密警察名单中，他的妻子差点丢了工作。接着，有关国安部的耸人听闻的真相在媒体上曝光，关于刑讯室的报道也见诸报端（比如，受刑人会被迫站在已经淹没了脖子的水中）。连他的好朋友也开始怀疑他。黎瑟称，国安部确实干了很多坏事，但责任在 XX 组，与他所在的组无关。

和我谈话的人都把责任推到别人身上。为政府工作的人说："责任不在我们，在政党。"为政党卖命的人说："问题不在我们，在国安部。"谈到国安部，刺探国外情报的人说："责任不在我们，在他人。"跟他们谈，他们又说："责任不在我们组，责任在 XX 组。"而跟 XX 组的蔡泽维斯谈，他却说："与我无关。"

想当初，共产分子在中欧各国掌权时，提出"萨拉米香肠策略"（salami tactics），提出要像切香肠一样将民主派一片片切掉。现在，共产主义结束了，他们又玩起了逃避的香肠策略。

---

*　指东德政权垮台给东德带来的政治、经济转变。

黎瑟的经历从侧面诠释了我自身案例的一些细节。他说,《刑法》条款只是形式,可一旦起诉,国安部律师非常谨慎,他们坚持,在法庭上呈送的证据必须站得住脚。开篇报告中的意识形态评估非常重要,即你是不是资产阶级自由派。这也意味着我介于两个极端之间:既非"先进"也不"反动"。这两个类别至关重要。

东德秘密警察如何按照行动计划向克格勃咨询呢?据黎瑟说,他们会将备忘录送到卡尔肖斯特(Karlshorst),在那里,他们的"朋友"会与他们对坐长谈。同样,那些"朋友"也会称他们为"朋友"。没错,在文件里写下"向朋友咨询",哪怕只写这几个字,也是很平常的。不过所谓的"朋友"并非真正友好。黎瑟说:"在克格勃眼里,我们无足轻重。"往好了说,克格勃当国安部是伙伴,往坏了说,国安部不过是被占领国的代表。

负责监视波兰团结工会的工作组呢?没错,黎瑟没有忘记,他甚至打算单独去波兰,尽管他根本不乐意。但是,他并不认为这个工作组很有效率。

此外,黎瑟还证实了早期观察报告(也就是我还没有搬到东柏林之前的那段时期)所描述的事情:国安部在腓特烈大街的边界横道上安排了大批秘密警察,随时逮捕、跟踪任何可疑或他们感兴趣的人。

整个 II/9 组有二十到三十个秘密警察。黎瑟所在的 A 部门负责英国情报,有五人。每年他们只进行五到十个"个人控制作业"(OPK),最多有两到三个"全面控制作业"(OV),因此监视者与被监视者的人数比例为 1∶3,有时甚至可能为 1∶2。跟踪这么少的人,这些秘密警察究竟该怎么打发一周五天,每天二十四小时

第十一章 浮士德群像

的时间呢？他们一天到晚干吗啊？

"问得好。"黎瑟说，因为他觉得这个问题很难答。当然，他们会把很多时间花在碰头会上。我也看到，文件中有关"个人控制作业"和"全面控制作业"方面的记录非常详细。对他们来说，操控和招募线民占用了大量时间。

我问他（问题和其他人一样）：你们是否抓到过间谍？黎瑟说没有，至少他那会儿没有。"阿尔弗雷德·弗里茨，"黎瑟就像念索引卡片一样，"好像曾经告诉我他们组差点说服一个女外交官叛逃。"

通过窃听器获知一位女士的私生活细节，借此威逼利诱，黎瑟不反感吗？我心想。

没错，他反感，但是"每个情报机构都会这样做"——黎瑟的说辞与弗里茨如出一辙。

随后我转移话题，提到他们这一代都是战后出生，普遍胸怀理想。我问他同侪中是否有与众不同的人，比如文特少尉？

"哦，文特啊。"黎瑟笑起来。他称赞文特勤奋、仔细、口才好，擅长文案工作，但又说文特对收纳新成员并不在行，因为文特过于谨慎，"不善与人接触"。

我说我多少也感受到了，因为文特是最不愿意见我的人。

"嗯，他就那样！可能是他妻子不愿意吧。我妻子也不愿意。昨天晚上她回家后还训了我一顿呢，说'跟他谈？疯了！别去！'"

他妻子说的对吗？我觉得不对。通过谈话我了解了黎瑟。他聪明睿智、谦逊有礼，虽然效力于东德政府，从事邪恶工作，但想想他的童年遭遇，一切都合情合理。他没有勇气脱离国安部，但他认识到了错误。谈话结束，我与他道别，希望他将来顺利，随后我返回酒店房间,整理晤谈纪要,脑子里只有一句话:黎瑟是真正的好人!他没有人格分裂,他的正派没有只体现在个人生活上,他不是纳粹集中营的看守——白天杀人如麻,晚上却能心安理得地回家欣赏巴赫的音乐,与孩子共享天伦之乐。他的人格也不是比蔡泽维斯更好而已。我是说,他的确是个善良的人,他并没有因为进入国安部而良心泯灭。

我只见过现在的黎瑟,从未见过那个穿着国安部制服、浑身散发恐怖气息的黎瑟。或许他过去的脸真的如人事卡上的照片那样丑陋。他完全有可能做过或参与过很多事情。他对恐怖的事情却闭口不言——我猜他要么有意忽略,要么忘了。假如我是国安部的受害者,甚至是直接受害者,我现在的想法或许完全不同。但是除非有其他证据,否则我的想法不会改变。

海因茨-约阿希姆·文特，1952年8月16日出生在巴德克莱嫩（Bad Kleinen）一个村庄里。尚在襁褓时，全家就迁到波罗的海港口城市维斯玛（Wismar），父母在当地一家国有渔业公司工作。早在格哈特·霍普特曼（Gerhart Hauptmann）初级学校就读时，文特就展示出他在体育方面的天赋异禀。十三岁他进入罗斯托克一所以培养体育特长生为目的的寄宿学校。当时，东德为支持奥运金牌战略建立了一个高度严密的运动员培养体系，这个体系为东德在奥运会上赢得多枚金牌立下汗马功劳，而这种寄宿学校便是这一体系的组成部分。不过，文特十五岁时就"因为一次训练时严重受伤"，而被迫转到当地一所普通的走读学校，这些在他的书面简历上都有记载。1969年他成为班上的自由德国青年团主任。

　　那年春天，他以"社会安全合作者"的身份被招进国安部。随后他按照自己的意愿，起草、签署了一份简短声明，承诺"为国安部尽心竭力"，肯定自己已经接受教导，永远不和任何人谈及自己与国安部的关系。此时他年仅十六岁。

时隔两年，文特跨过合法年龄，国安部提议改造他为线民。提议书分五页，开篇即对文特的个人背景与国安部生涯进行评估："他（文特）曾针对不同问题和人提出书面报告，准时出席各种预定碰头会。"对国安部来说，文特的优势在于年轻，可以和其他年轻人在空闲时打成一片。

至于招募面试，国安部军官打算告诉他"敌对势力运用各种政治意识形态手段影响青年人"，他们说国安部有心阻止但能力有限，而按照东德宪法，每个东德公民都有责任保卫国家，因此国安部需要他的帮助。他们认为，只要文特同意，他的代号就是："迪特尔·费舍尔"。面试时间定在1971年2月23日19点，地点设在国安部安排的地方，"主楼"（Chef）。

文件上有一份文特手写的保证书，上面写着："我不会和任何人谈及我与国安部的合作，包括我最亲的亲人。"

文特的线民文件包含一些有关他老师和同学的报告，但是一年半后这份报告就没了下文。那时他年满十九，需要履行义务在国安部服役至少十年，否则就得在一般军事机构服役。在这份四页的保证书中文特字迹工整地写道："凡与德意志民主共和国和社会主义阵营为敌的人，我都会坚定不移地与之斗争到底。"他发誓"遵守社会主义道德规范"，时刻留意"帝国主义间谍特工的犯罪手法"。他承诺自己和亲属绝不会到西柏林、西德或其他资本主义国家，绝不和这些地方的人有任何联系。

这些事发生在1971年。1973年11月的评估报告写道："他（文特）开放、诚实，过去很容易受到别人影响，经过几次讨论后他已经把性格中的这一缺点掩盖起来了。"但只是掩盖而已，就像德国卫生陈列馆的玻璃人：关闭一个按钮，相应的内脏就会停止发光，但

第十一章 浮士德群像

里面的内脏结构并没有变化。

此后，文特仕途一帆风顺。1974年，他搬到柏林，加入扩大的II/9组，在负责英国情报的A部门从事文案工作。国安部批准他结婚，尽管存在某些条件限制（国安部将这些条件认定为值得保护的利益）。1984年他代替黎瑟接管A部，1986年被提拔为II/9组副组长，当年取得国安部"大学"，即波茨坦司法高等学校学位。从毕业成绩上看，他的"马列哲学"、"科学共产主义"、"刑侦策略"、"帝国主义媒体政策"都是"优秀"，而"国际法律关系"只是"良好"。

毕业后，他的薪水和职务稳步上升——从中士一路提升至少尉、中尉，直至高级中尉、上尉。1989年3月的评估报告对他赞誉有加，尽管报告也提到，对东德的各种限制、高层领导有限的施政空间，他需要多一些理解。那时他正领导政党宣传组，闲暇时读读政治、文学读物，参与各种体育文化活动。1989年4月，国安部提议晋升他为少校，正式任期定在1989年10月7日，即东德建国四十周年日。对一个年仅三十七岁的少校来说，这件事值得庆贺。可没过几周，整个国家便土崩瓦解，这中间的落差实在太大了！

文特是最神秘的人。起初内线委员会告诉我他已经过世，随后高克机构找到一个叫文特的人，但并不是他。后来，他们查找文件，得知文特的第一个名字是海因茨–约阿希姆，于是我着手查询柏林的黄页。姓文特的人整整两页，可没有一个叫海因茨–约阿希姆·文特的，就连电话号码咨询台也找不到。按照人事卡上的地址，我驱车前往东柏林的偏僻地区霍恩斯豪森，那里曾住着很多秘密警察。我发现了一座曾被国安部作为秘密警察居所的普通公寓，现在，这座公寓用来安置到德国寻求政治庇护的人士。

内线委员会经过进一步调查认为，文特很可能迁回了他在维斯玛的家。于是，我马不停蹄地驱车前往那座港口城市（中途欣赏哥特式红砖建筑时停留了一下）。后来，我发现他的父母住在一栋新建的公寓楼里。我找到公寓楼，通过楼宇对讲机请求与文特见面，他的母亲得知我的来意后，立即显露出警惕的口气。在我爬楼的时候，他的母亲给他打了电话。走到门口，我见到一个满口粗话、脸红脖子粗的女人在门口拦住我，说文特不想与我谈话——"文特没兴趣跟你谈。"透过一扇半开半掩的门，我瞥见屋子里还有一个老人愤怒地盯着我。在我驾车返回柏林时，我体会到，儿子走向人生歧路是父母心中的伤疤，而我刚刚揭开了这层伤疤。

我写信给文特的父母，为我的唐突道歉，信中夹带了一封解释信，说明我想与文特对话的原因。文特后来回信，信封上写着他父母的住址。信中他彬彬有礼，措辞却非常小心。

文特写道："我当然记得你和你发表的文章，我那时还想，你总有一天会转到这个话题上。"但他随即表示自己爱莫能助。按照信中的说法，他不愿帮我的原因纯粹是因为他想保留隐私，而不是出于政治考虑或职业操守。他说哪怕他不和我谈话，我也能"合理客观"地评价事实。他还说："不同的阶段会带来不同的认识。至少今天我从不同的视角看到了很多事，而十五年前，或者说在1989年至1990年的大转折时期，这是根本办不到的。"文特请求我尊重他的想法，他还突然以秘密警察的惯用语气，劝我打消联系他的念头。最后，他祝我能在国安部研究上大获成功。

接着我从维斯玛和柏林的居民登记处，得到一份电脑打印稿，上面写着文特在柏林的地址。我再次写信，请他至少解释一下回信中的几句话，比如"今天我从不同的视角看到了很多事"。信中我重

第十一章　浮士德群像

复了我在上一封信里所说的话——如果他不愿和我见面，我就只能以手头文件为基础来描述他的工作，"历史学家永远不会满意，因为文件只能揭露部分真相。要想还原历史，当事人的观点不可或缺，"我写道，"同样，出于慎重，我问你，用你的名字是否会影响你、你的家庭以及你们的工作？是不是我现在还无法预见这一切？"（这些话用德语表达出来似乎少了些不合适的味道。）

我知道他和妻子在工作上的难处，考虑到了他尚在读书的孩子（如果他有孩子的话）跟朋友或朋友父母相处时的尴尬。我曾经与东德的朋友讨论是否应该在书中隐去前国安部军官的名字，但他们普遍不同意。隐去克雷奇将军的名字无疑是荒谬的，因为他是国安部的高层之一，而考尔富斯、弗里茨、黎瑟都是高级军官，他们官至上校，如今，他们不是退休就是即将退休，他们的孩子也都长大成人，他们三人跟我谈话时都没有要求隐去姓名。但文特才四十五岁，职业生涯只走了一半。如果同事或上司读到本书，他或他妻子可能会在工作上遇到麻烦——就像黎瑟的名字见诸报端，他的妻子就差点丢了工作。最重要的是，文特的孩子可能还很小，一旦曝光，孩子可能会受到旁人的耻笑。当然，具体后果我不清楚。虽然较之于20世纪90年代初，如今的东德人对国安部不再那么偏激，了解也更多，但我必须对他有所体谅。

时隔三周，我给他去信，询问他是否收到我的来信。他回信说："为了不失礼数，我在此确认，我收到了你在9月10日和26日写给我的信。"他重申："无论怎样，我都不会帮助你。你和我过去的同事谈过，你也很难碰到我这种情况，所以我希望你不要因为这件事恼火。"他希望我能接受这一最终答复，彻底打消联系他的念头。他最后说："就现在来看，我觉得我没有必要因为个人、家庭或工作的原因，担心你在书中写下我的姓名。你还是继续按你的方向研究吧。"我回复说，我十分遗憾，但尊重他的决定，并且答应本书出版后寄给他一本。

我确实觉得遗憾，不仅因为他与我的研究密切相关，更因为1981年至1982年的很多时间里，他透过线民监视我（如果黎瑟对秘密警察和被监视者的人数比例没有记错的话）。我觉得遗憾，还因为他与他的那些前辈有所不同。后者的职业生涯带有浓厚的战争色彩，战争在他们的生活中留下了浓墨重彩的一笔。而文特和我处于同一时代，只比我大三岁。和我一样，他从小就生活在一个因冷战而分裂的欧洲，不同的是，他对除东德和社会主义制度以外的事物一无所知。关于他的档案，枯燥无味，充满官僚气息，对他是如何踏上秘密警察道路的描述清晰明了，但如果他能当面和我对谈，也许他能告诉我更多的事情。或许他在读完本书后会改变想法，又或许依旧固执己见。

第十二章　冷战终结

国安部不但在1989年底前一直禁止我入境,而且还将我的详细个人资料放进了"敌人资料统一登记系统"中。这个系统一般取俄文的字头简写,而称之为SOUD,最早是前苏联总理安德罗波夫在担任KGB头目时所设计出来的。这个巨细靡遗的系统的总管理处设在莫斯科,负责交换所有苏联阵营内国家情报系统内的敌情资料。此一系统将敌人,从敌方情报人员开始,至少分成十五类,包括了"颠覆组织"、"政治思想偏离中心"、"挑拨分子"、"禁止入境及不受欢迎分子"、"敌对外交官"、"敌对记者"、"恐怖分子"、"走私分子",等等。

我被归到第五类:"为敌对情报组织、异议政治思想组织、反犹太主义、态度敌对之移民分子、宗教及其他组织,执行反社会主义国家颠覆活动之个人"。我进行颠覆活动时服务的"异议政治思想组织"为英国国家广播公司(BBC)。

根据高克机构所做的一项研究,国安部为这个登记系统中最大的资料输入来源,而在国安部中,第二处又提供了最多的名单。在

"恐怖分子"分类下，一共有132名红军派分子的名字，还有9个东德允予政治庇护的人：是敌人，但也是客人。另外还有97名维京青年分子被列入了"恐怖分子名单"中，他们便是曾在西柏林攻击我的新纳粹团体。高克机构的专家指出，SOUD的资料现在仍然在俄罗斯情报组织的掌握之中——这想法不禁令人略感沮丧。不过，专家认为，即使在当初，那个系统的效率也很有限，尤其因为苏联从来不将自己的资料与其他国家分享。

我的资料虽然被放进了SOUD系统中，但是我仍然能够自由出入苏联阵营的国家之中，例如，我曾正式以记者的身份访问过俄罗斯和匈牙利。波兰政府从1983年春以后便不再限制我入境，允许我追随教宗至波兰，访问他的出生地，并观察教宗这位伟大的行动家热诚鼓励他的国人要"保持希望"。"虽然，波兰在外表上仍保持着共产主义的体制，但是已经从内部瓦解了。"我曾经这么写过。难怪每次要进入波兰前，我都必须到波兰大使馆，使用各种非常手段，才能拿到签证。但是，我仍然尽可能地经常前往。

至于捷克，我则以游客的身份前往。在飞往布拉格前，我会非常小心地将所有要去访问的人名、地名，都用最小的字体，以铅笔轻轻地写在欧元旅行支票的背面。到了以后，我绝不打电话给异议分子朋友，而会在确定没有人跟踪后，直接到他家去按铃。我曾经为了躲避警察，匍匐爬过诗人哈维尔的乡村居所外的小树林。我发稿时，若不是以"特约记者"之名，就是捏造一个"马克·布兰登贝格"的笔名。

另外，我会为在这几个国家中陷入苦战的异议分子，携带他们在西方国家中的友人以及一个小型福利组织所托带的金钱、书本和讯息。这个我在其中相当活跃的组织，有一个相当无毒无色的名字，

第十二章　冷战终结

波兰雅盖隆信托基金会，专门支援中欧和东欧的地下出版者及地下新闻从业人员。我当然不会是唯一从事这类工作的人。虽然到1989年为止，它都属于少数分子的活动，但是政治光谱中几乎从左到右都有人参与，例如从新保守主义者罗杰·斯克鲁顿（Roger Scruton，是雅盖隆信托基金会的精神号召者），到终生不悔其志的自由派人士拉尔夫·达伦多夫（Ralf Dahrendorf，中东欧出版计划负责人），到新托洛茨基派分子的奥利弗·麦克唐纳（Oliver Macdonald，《东欧劳工焦点》杂志的主编），就像在战争时期一样，我们在一个共同的目标号召下团结为一体。

　　回顾当时的日记，我发现有一些记事我故意写成令人无法辨识的简写，如："贵族邀请 KB 和 EK？""A.M. 有 ZL？""伯林—别尔嘉耶夫（Berdyayev）"等等。翻译过来，就成了："不知能否找到一名英国贵族，邀请团结工会活跃分子康拉德·比林斯基（Konrad Bielinski）及艾瓦·库利克（Ewa Kulik）？""亚当·米奇尼克（Adam Michnik）有一本以巴黎为基地的波兰文学季刊《文学档案》（Zeszyty Literackie）吗？""以赛亚·伯林会替波兰版的《别尔嘉耶夫》写序吗？"等等。我还记得在弗洛茨瓦夫，坐在阴暗肮脏的公园长椅上，等候一名活跃的地下分子——今天已成为波兰的女性运动领袖之一——从一张香烟纸片上读一个我传给她的讯息。她读完后，将纸片往嘴巴里面一放，就这么地吞了下去。

　　或许我在暗中帮助反对势力时，有些行为过分小心，几乎到了夸张的地步，但是由于我访问的那些人需要承受的风险远比我要大，因此我宁愿夸张到偏执的地步，也不愿意危害到他们。我很高兴能牵着秘密情报人员的鼻子走，不但最后的报酬不虚努力，而且在过程中，我还享受到一场非常紧张刺激的游戏呢。

东德其实并没有坚持禁止我入境到1989年12月底，经过英国驻东德大使馆的大力干涉，他们于1984年10月7日第三十五个国庆日时，特准我进入两天，参加庆祝活动。当时，我注意到在国际记者中心，大部分的人对我特别冷淡。（现在我才知道国安部的Ⅱ/13组当时至少派遣了二十四个便衣人员，潜伏在记者中心。）"城市的中心，"当时我在传回去的报道上写着，"到处都是穿着制服或是便衣的警察。我每次回到旅馆时，都会被［国安部］便衣警察叫住……当我去访问老朋友（维尔纳·克雷奇尔和他的妻子安格丽特）时，有四个人坐在汽车里等在外面，说明显可说十分明显，但是说不明显也可说不明显。"我现在才从档案中发现，国安部下条子指示边境警察，从1984年10月8日起，我再度被禁止入境，出境应在我签证上盖上"无效"印章。"如该员询问，要求解释，可告诉他至1984年10月8日截止的签证，系错误签发。"

1985年4月，我再度溜进东德一天半。当时，我伴随英国外交大臣杰弗里·豪（Geoffrey Howe），访问东欧三国。东德可能有鉴于我那次是与其他记者一起搭乘外相的专机旅行，担心若拒绝给我签证，多少会引发一点外交风波，所以让我随着记者团进入了东德。但是他们的欢迎极为冷淡。在那以后，我虽然不时便申请一次签证，而且有四年没能进去，但是每次申请，都被记录在国安部的索引卡上。在SOUD卡上，还记录了HVA的第三组于1986年对我的一次评估。HVA第三组专门协调在外交掩护下工作的情报员，显示那次评估报告是由伦敦大使馆的人做的。

在那一段时间中，波兰和匈牙利内部开始变化，而且速度越来越快，激荡的程度越来越高。1989年6月，我到华沙去观察大选。在那次半自由开放的选举中，团结工会大获全胜，而共产党在实质

第十二章 冷战终结

上全盘失势。有一天早上8点,我居住的欧罗佩斯基旅馆房间突然电话铃声大作。当我接起来时,那头传来的是竟然是我万万没有想到的东德外交部官员。他以非常正式的口吻告诉我,今后我访问德意志民主共和国将不再有任何障碍。隔了没有几个礼拜,我果然到达东柏林,住在可以远眺到腓特烈大道火车站的大都会大饭店。

从东德,我花了相当多的时间设法在几家大欧洲报纸上刊登出我与东欧人士合写的一篇文章。其中一位合写人是匈牙利著名异议分子雅诺什·基斯(János Kis),他所领导的自由民主联盟正出现雏形。另外一位合写人是亚当·米奇尼克,他当时已成为反对党团结工会的机关报的总编辑。该报也是团结工会与波兰共产党在第一回合谈判中,共产党第一个让步、准许正式出版的报纸。在文章中,我们写道:"欧洲正经历着前所未有的机会,一个将共产主义转化为自由民主的机会。过去从来没有人成功地做到这一点。没有人知道这一次的尝试是否会成功。"然后,我们呼吁西方领袖和欧洲的意见领袖帮助这个民主过程得以继续下去。通过高效率的旅馆接线生,我们得以将这篇正面攻击东德所代表的一切的文章传送到了外面的世界中。

我还做了几次极为可笑的访问,对象都是比较低阶的官员。有一位在东德国际关系中心任职的克雷特克博士(Dr. Kleitke),紧抓住库尔特·哈格尔的国家主张高调不放的家伙,居然在访问过程中坚持不肯说"德国人"这三个字,而只肯说"德意志民主共和国的人"、"德意志联邦共和国的人"。不过,他总算很大胆地承认两者之间有很亲近的关系:"我们似乎相处得不错。"说到这里,他又匆忙加上一句话说,德意志民主共和国的人也很喜欢英国人和荷兰人。

我和一小群异议分子,在他们的中间居领导地位的格尔德·皮普（Gerd People）的公寓中，谈到深夜。他们都深感沮丧、悲观，认为东德要追随波兰和匈牙利脚步前进的机会很小。受到那次谈话影响，我也写了一篇过分悲观的文章。《旁观者》为那篇文章设定的子题是："为柏林墙裂缝而悲叹的一群"。虽然我在波兰和匈牙利看到了无限的可能性，但是，和格尔德·皮普及他的朋友一样，我无法相信同样的改变会如此快速地在东德发生，而且不到几个月，大家就已可以穿墙而过了。

事实上，就我所知，唯一预测到这件事发生的，不是异议分子，也不是政治家、外交官，甚至不是记者，而是一名叫乌苏拉·冯·克罗西克的老太太，也就是我最初到柏林时寄居家庭的主人。一天早餐时，她告诉我前一晚做了一个很奇怪的梦。在梦中，东西德的边境打开了几个钟头。但是在那几个钟头间，许多人涌了过来，使得围墙再也无法关闭——德国就此统一了。

在那次至东德的旅行中，最令我感动的是与维尔纳·克雷奇尔的儿子约阿希姆的一次对话。1980年被国安部偷偷拍摄下照片的十二岁少年约阿希姆，现在已经是一名高高大大的二十一岁愤怒青年了。我们坐在牧师公馆的阳台上，在炎热的7月天中，他告诉我，他和他的朋友如何独立监视地方选举，发现国家如何假造选举结果，而当他们抗议政府造假时，警察又如何抓着他们的长发，将他们拖过破巷。这个国家中大部分人，他说，都太笨、太悲观、太害怕，什么事也不敢、不愿意做。或许有一天东德真的会改变，但是那不知道是多少年以后的事，而到时候他一定老得满头白发。他想要生活，想要旅行。如果他能够离开一次，四天，到西柏林就好了。万一这一天真的到来的话……

第十二章　冷战终结

　　几星期后，我收到约阿希姆写给我的一封信，上面盖的是西柏林的邮戳。他到匈牙利去度假时，和许多同伴一样，从已变得很松懈的奥地利边境逃了出来。从那以后，他经过了一个难民接待营，回到西柏林，来到一个离他父亲的潘科教区不到几里的地方。但是，当然，他无法去探望他的家人，而他的家人也无法探望他——这情形很可能会持续许多年。在潘科，有一个地方，如果人站在旧水泥砖块上，可以远眺过柏林墙，看到西柏林的一个铁路车站。有一天，通过事先电话安排，他站在车站月台上，而他的弟弟、妹妹则站在那旧水泥砖块上，遥遥相望。在围墙的两边，他们相互招手、吼叫。事后，他的妹妹非常沮丧，他母亲不得不对他说：不要再这么做了。

　　当年10月，昂纳克终于在戈尔巴乔夫以及莱比锡示威的双重压力影响下，结束多年专政。莱比锡示威就好像产妇生产前的阵痛一样，在当时已经成为每星期一晚必定会发生、而且愈演愈烈的固定戏码，每每从圣尼古拉斯教堂的弥撒开始。我飞到柏林，租了一部汽车，飞车前往莱比锡，并且和以往一样，在路上因超速被渴望西方货币的警察拦下罚款。在霜冷寒雾中，我来到大教堂，使出浑身解数，说服领位员打开紧闭的大门，让我挤进座无虚席的教堂。当我侧身从旁边的甬道向前行时，几乎撞上了诗人詹姆斯·芬顿。他的头低垂，好似在祈祷一般。另外一个圆圈围了起来。

　　接下来是11月。我正从波茨坦广场通过刚打破的柏林墙，抵达西柏林，又转头回来，感觉像童话故事一般不真实。我和维尔纳一起坐在我在大都会旅馆的房间。我们从高楼上，可以眺望到腓特烈大道车站之南。通常没有人会经过那里，因为前面的路被围墙堵住，无处可去。但是现在，乌苏拉的梦想成真，人群如潮涌一般，穿梭于围墙的两边。维尔纳紧抓着他的烟斗，说："你看！你看看那边！你想象不出，那对我的意义。"

我们如被魔咒定住一般，在窗旁看着人群的往来，心中默默地肯定：事情不会再像以前一样。东欧共产主义已经结束。冷战已经结束。所有一切都成了过去式。在那个时点，我们并不知道，他除了维尔纳，还是"山毛榉"，而我则除了加顿艾什以外，还是"罗密欧"。

第十三章 档案效应

时间为1995年10月。我进入我在牛津大学教堂路的研究室，发现传真机的地板前散满了纸张。捡起来，我发现是维尔纳从潘科教区传过来的有关一名线民的资料。一名个案经办人员前后手写了30页的报告，详细叙述了他与IM弗赖尔（Freier）在秘密公寓埃莉萨中定期晤面的谈话。德文中Freier一词，同时有老派的"求爱者"和时下比较流行的"嫖客"的两种意思。我想这里比较适合后者的意思。在美式英语中，"约翰"有厕所的意思，但是线民"约翰"大概不会理解国安部对他开的一个小玩笑。看到"弗赖尔"，令我不禁联想到，英式英语对"弗赖尔"另有一种称呼：爬街者（Kerbcrawler）。就姑且让我们这么称呼这个人吧。

IM"爬街者"是教会体系内的一名工作者。他非常详细地报告了同事维尔纳的行径。在针对1979年2月7日的一次报告中，爬街者报告外面有一个模糊的传闻，提到维尔纳可能在外面与"未经查证之女子"往来。爬街者是否能从维尔纳口中骗出话来？艾克斯纳（Exner）上尉在报告中写道：

到目前为止，该线民无法从一次秘密谈话（轻松、私下晤面，一面啜饮酒精饮料）中，发掘匿名信息来源的真实性。他将继续设法抓住任何机会，主动厘清这项传闻。他相信下一个比较好的机会，将在教会避静期间……本人已嘱咐该线民，如果行动中支付了任何费用，可以报销。

前一个星期，维尔纳在柏林教区的晚餐桌上一面啜饮葡萄酒，一面将这段话念给他的妻子安格丽特和我听，我们笑得东倒西歪。有多少婚姻，我心中暗想，能够像这般轻易通过国安部档案的考验？

档案并不就此告一段落，而续有下文："借此任务，该线民再度设法提出一私人请求：希望能够有机会至德意志联邦共和国（西德）访问。本人已给予他肯定的答复。"原来，"爬街者"和"米夏拉"一样，替国安部工作的目的之一为获取出境签证，而国安部则再度利用了国家滴水不漏的国境线，以海外旅行为诱饵，迫使他人为之工作。

高克机构以书面肯定了"爬街者"的真实身份后，维尔纳曾打电话给他。然而，他从头否认到底，对所有的指控都不认账。事后，他还写了一封信给维尔纳，洗刷自己的罪名。

我不禁纳闷：不知道他是否有一台传真机？

这个情势，在日常生活中，没有适当的英文，但是有两个长长的德文字，很恰当地可以表达：Geschichtsaufarbeitung（历史加工）以及 Vergangenheitsbewältigung（解决过去），有"对待"、"通过"、

第十三章　档案效应

"妥协"甚至"克服"过去的意思。这是继希特勒之后德国第二次鞭笞自己的过去。经过了第一次的洗礼以后，再度到处都是侦察、暴露、揭发、相互揭发、再揭发之声。而且不限于德国，在这个影印、传真、光纤、卫星的时代，各种揭发文件在顷刻间便传到了全世界。昨天，你的秘密还安静地躺在一个灰尘满布的档案柜中，今天，就已经呈现于千百万人的早餐桌上了。

其实世界各个国家都有"过去"的问题。很多亚洲和欧洲曾经历过共产主义的国家，以及拉丁美洲和南非经历过独裁统治的国家，还有曾经历过佛朗哥的西班牙或后团结工会的波兰，都有过去，但都设法在现在与过去之间划上一条粗粗的线。让过去的成为过去吧！亚当·米奇尼克便公然主张如此。"让我们优先建立起相互的爱心。"他呼吁。而且，他说，秘密警察的记录反正不值得信赖："例如，谁愿意相信国安部线民所说的话？到目前为止，还没人能够说服我，那些文件值得信赖。"

但是也有人持不同的看法。有的地方举行公开审判；有的名不副实，根本算不上审判，例如对罗马尼亚独裁者齐奥塞斯库的审判就是如此；有些地方的审判则作秀的成分居多，例如保加利亚对前共产党领导人托多尔·日夫科夫（Todor Zhivkov）的审判便是如此。还有的国家以肃清政府内部人事的方式，来"洗涤"过去的罪行，如捷克便是这么做的。另外，部分国家将律师、历史学家、民选官员等组织为特别委员会，调查共产党执政的一些特定时期，如捷克的布拉格之春和波兰的宣布戒严时期，等等。智利及南非还设立了所谓的"真相与和解"委员会。

只有新德国一样也不遗漏。德国人不但举行公开审判，进行体制内肃清，组织委员会，而且还有系统地公开了秘密警察档案，让所有想知道自己如何被害或自己如何害过别人的人，都可以一观档案内容。这种做法极为特殊。暂且不谈其他政治、经济后果，光就经费而言，有哪个后共产主义的国家有财力如此做？高克机构仅1996年的年度预算便高达2亿3 400万德国马克——相当于1亿英镑。这比立陶宛一国的国防预算还要高。

德国政府在东、西两地，共雇用了3 000名全职工作人员。舒尔茨女士过去替全德中心（All German Institute）规划导览西柏林，例如带人参观柏林墙等。舒尔茨女士离职后，她的后继者邓克尔女士曾替东德的一家新闻通讯社工作。换句话说，高克机构本身就是一个统一后东德的缩体。利用等待约阿希姆·高克（Joachim Gauck）接见我的时间，我与两名秘书聊天，谈起最近国安部的一名资深官员约阿希姆·维甘德（Joachim Wiegand）在国会大审团前作证的事。这个维甘德就是那个对维尔纳说，他知道维尔纳在西柏林时曾打电话至牛津给我的那名上校。原东德的秘书非常生气地说，她听到那只猪把国安部说成救世军的支部一般，简直恐怖。而原西德的秘书则轻松地说，"没错，不过我听说很有娱乐价值哟。"两个世界，分别在两台电脑屏幕的两边，就这么展开了冲突。高克牧师本人，就像维尔纳一样，使出全力，让一个曾经生活在独裁统治的社会，与一个对娱乐价值的兴趣高于其他一切的社会，相互分享价值与经验。在这间办公室中，我看到了路德版的电视脱口秀，但是我并不确定路德就一定是赢家。

历史学家一面在做研究，一面也创造了历史，自己成了这个历史的一小部分。有一两名历史学家出身于东德，背负着痛苦的个人经验，其他的则大都为西方学者，过去仅能从西方的角度来研究东德。其中有几位慕尼黑当代史研究院出身的学者，以研究纳粹主义

第十三章　档案效应

而闻名。他们彬彬有礼、思想开放，年龄大都在三十至四十之间，他们是最仔细的病理学家，而他们最经常解剖的便为盖世太保和党卫军。他们代表的是另外一个怪异的德国故事：将前半生的时光花在研究一名独裁者上，然后再将后半生的时光花在研究另一名独裁者上，但是他们一辈子都生活在和平安乐的德国式民主之中。

每个与档案直接有关系的人，手上都掌握了一些不寻常的知识。不论这些人头脑多么清楚，多么有责任感，程序多么完整，气氛多么严肃，仍然无法抑制这些人内在的窥伺心态，使他们想要知道一些其他人生活中不为人知的细节。例如，管我档案的女士，我发现，在谈论档案中的"米夏拉"或"舒尔特"时，声调都不免会拉高一点。是的，他们说，档案资料有的时候"非常有趣"。这就是做人的乐趣，我们都知道的。

正如我在自己的个案中发现的，这些情报即使在今天仍然相当有力量。过去国安部军官手上掌握的力量，转移到了高克机构办事员的手上，通过他们再传给个别的读者、记者、学者，或想要知道员工或未来员工的档案资料的老板。一旦拿到了高克档案资料后，这些人就必须做出决策：要雇用？要解雇？要揭发？要原谅？更严重的是，当线民两字出现，就像其后面被涂黑的名字，代表的是污点。就算它背后存在着可以理解的善意，就算在法律的严格保护及公众的审慎监视下，那一抹涂黑代表的就是力量。

在维尔纳的引领下，我到诺曼街原国家安全部大楼内的阅览室，访问了专门替访客准备个别档案的特林佩尔曼（Trümpelmann）女士。聪慧而潇洒的她，与我讨论了她的同事间怪异而矛盾的心理。他们都能够感觉到手中掌握的是秘密情报，因此也是一种秘密力量，几乎有一种在为国安部工作的感觉。不过，有很多同事不太愿意告诉朋友或陌生人他们的工作单位。邓克尔女士就是其中之一。她嘱咐我不要用她的真名，因为她住家的周围有许多邻居过去都为国安部工作，她觉得工作曝光，可能会发生不愉快或更糟糕的事。她说，那些人之间至今仍然组织严密。

这些档案可以改变人生。一位最近前来向特林佩尔曼女士调阅档案的读者，曾因想逃往西方而被关了五年。从档案中，她发现当初告密的竟然是与她同居的男子。两德统一后，他们仍然住在一起。在她要去调阅资料的当天，他还在她出门前祝她一天愉快。那名妇女哭倒在特林佩尔曼女士的双臂中。

笃信宗教的特林佩尔曼女士，花很大的心思，帮助他人度过阅读档案的震惊期。她在事前会先打电话给当事人，为他们做心理准备。在引领当事人进入阅读室前，她更会仔细地解释档案的性质。在阅读期间，她随时在附近，只要有需要，她便会出现，给予当事人安慰。她的眼睛和心脏都有毛病。天天和毒药在一起工作，怎么能不受毒素感染？

但不是所有的高克机构工作人员都如此体贴。如果德国还需要重复类似作业的话，对于那些会直接接触到受害者及家属的人，我会建议加强训练。如果德国还会发生第三次鞭笞自己过去所作所为的话，或许会做得非常正确、分毫不差。然而，整个鞭笞过去的目的，就是希望再也不会有第三次独裁发生。

到1996年6月时，高克机构已经回答了170万人次的公务及民间询问。换句话说，每十名东德人中，便有一人有过"高克经验"。在此同时，超过100万的男男女女——正确的说为1 145 005人——正式提出申请，索阅他们的档案。其中将近42万人已经读过了自己的档案，而有36万以上的人——不知是令他们松了一口

第十三章　档案效应

气还是失望地——发现，他们并没有档案。至于剩下的人，还在等待当局处理申请案中。我看不出有任何科学方法可以整体评估这项出乎寻常的作业。

就像维尔纳教区中的薇拉·沃伦贝格发现她丈夫就是专门监视她的线民一样，许多人发现了令他们惊愕及震怒的事。只有他们自己有资格说，知道是否比不知道更好。有一些因为被国安部列为线民的人，消息曝光后受到媒体的审判，然而曝光者在将名单公之于世前，并没有思考动机、内容或名单的可信度，仅不负责任地公布人名，哗众取宠。事实上，做这种事必须要非常谨慎才行。有一位友人提到在1980年代时，有一个人跟他联络，并对他说："有人要我打你报告，我无路可走，告诉我，我应该说什么？"结果，他们两人想出一些可以填塞报告的故事。如果我的朋友不幸身亡，而那名线民的报告被发现的话，这世界上岂不连一名替他说话的人都没有了？此外，大家都将注意力放在精密的秘密警察个人档案，以及偏执的线民的行为，而分散了对党领袖和他们爪牙的注意力，其实那些人才是真正掌管整个系统的人物。

虽然档案是在前东德异议分子坚持下才得以开放的，但是令人感到讽刺的是，开放档案的动作反而强化了西德对东德的新殖民主义态度。西德人过去从来不需要像生活在独裁主义下的东德人一般，做出任何痛苦的选择，现在却坐在这个简单的抉择之上，轻松地用一句"警察国家"就把东德打发掉了。在这种情况下，许多东德人反而在宗教领袖曼弗雷德·斯托尔佩之类人士的带领下，团结了起来。斯托尔佩在档案记录中，曾以"秘书"之名做线民，这对他号召前东德人士，不但无害，反而有益。除我以外的另外一名"罗密欧"——盲眼DJ，卢特·贝尔特拉姆现在受雇于民主社会主义党，也就是前执政的共产党的直接继承者。最令人难以置信的是，他现在担任的职位为"媒体代表"。

显然，公开档案的作业并没有如部分人士所担忧的，摧毁了东德社会。有一位叫海因茨·勃兰特（Heinz Brandt）的教授，据说被人揭发曾为线民，而在失望与愤怒中，将他搜集的许多园艺装饰可爱小精灵塑像一次全部摧毁，其中有一座女性陶像，是世界上唯一的一座。不知怎么地，这似乎象征了东德命运的结束。有许多人因为档案而受到不公平的待遇，失去工作，被原工作单位解职，还有人在匆忙中不及申诉，就自动提前退休。但是在公务部门中，有许多人虽然被证明有高克档案在案，但仍然保住了原来的职位，还有一些被解职的，后来在法庭命令下也得到平反，或至少获得一笔补偿金。另外，档案带来了无数的冲突，造成朋友绝交、婚姻破裂、家中的玻璃被突如其来的砖块打碎、莫名其妙地遭人动粗。最糟糕的是，有好几件自杀事件，部分原因必须归咎于高克文件的曝光与媒体的报道。

当然在这些负面成果之外，还有更多、更多的人在阅读过档案以后，不但松了一口气，而且能更踏实地继续现在的生活。随后，当德国出现一股新的声浪，主张再度关闭国安部档案时，突然又有大批的索阅申请涌进了高克机构，大约每天达1 000封。已经处理过500件个案的特林佩尔曼非常同情地表示，从她经验上来看，大部分人事后都认为能够一览自己的文件是值得的。一名老先生告诉她："至少我知道怎么写遗嘱了。我原本以为我的女婿在背后打我的小报告，所以一直告诉自己：我要是把房子留给他，就罪该万死。但是现在我知道我还是该留给他了。""现在我知道了"是一个大家共同有的感觉。那也是我的感觉：在彻底洗涤以后，大家建立了一

第十三章　档案效应

个更好的基础，可以共同努力向前。而那只是一种感觉，非常个人的感觉。

其实，德国有两种截然不同的传统智慧，可以用来思考档案这一回事。一种为犹太传统下的古老智慧：救赎的秘密在于记取教训；或者，在谈到纳粹主义时经常被引用的乔治·桑塔亚那（George Santayana）说：凡是忘记过去的人必将重蹈覆辙。另一方面，历史学家欧内斯特·勒南（Ernest Renan）曾评论道：每个民族都是一个有共同回忆与共同遗忘的共同体。"遗忘，"勒南说，"或者我应该说历史错误，正是一个民族历史中最重要的部分。"而每个人都会有某一种可以和"原谅并遗忘"扯得上关系的经验。历史上主张遗忘的名人有一大箩筐。早在公元前44年，罗马的大哲学家西塞罗在恺撒大帝被谋杀的两天以后，便要求大家任过去的倾轧"永远湮灭"。两千年后，丘吉尔在苏黎世演讲，提醒大家，前首相格莱斯顿曾呼吁旧敌间学习"遗忘"。

两种智慧都值得我们学习，但是它们无法轻易地融合为一体。我所能够想到最接近的做法，便为让时间引领大家走过发掘—记录—反刍—继续前进的过程。这是我所知道的各种寻求真相但也同时妥协的方法中缺点最少的一种，适用于不同民族之间（如波兰人与德国人，英国人与爱尔兰人），适用于同一个国家的国民中（南非人与南非人，萨尔瓦多人与萨尔瓦多人），适用于男人与女人，以及你我之间。同时，它也适用于我们与他们，我们与我们，他和她，以及我与我之间。

德国人，以及德国以外的人，都需要理解为什么在20世纪的后半叶，德国人如何在德国的土地上再度建立起一个极权的军政府，没有用到如第三帝国的残忍手段，也没有进行第三帝国的种族屠杀，但是无所不在地掌控了国内社会。这个国家如何操控了纳粹所建立起的心理习惯、社会纪律和文化特质，以及与纳粹同样的致命"次要美德"——责任感、忠诚、准时、清洁、勤奋。为什么这种事情可以在这么多德国人毫不察觉的情况下，在德国社会中继续如此之久。德语这个荣耀而过于有力的工具，又一次让自己被利用来将邪恶伪装成良善。简单地说，德国为什么至今仍不能走出歌德橡树的阴影？

第十四章　英伦谍影

斯蒂芬·维津采伊（Stephen Vizinczey）在他的小说《爱上熟女》（*In Praise of Older Women*）中，描述了令人难忘的一景：那是1956年苏联入侵匈牙利时，在奥匈边境的一个小镇市场旁停放着一整排全新的银色巴士，车头各以鲜黄的大型手写字标示着它们的目的地——瑞士、美国、瑞典、英国、澳洲，等等。"你想要到哪里度过余生？一对夫妇，抱着一个新生的宝宝，决定搭上往比利时的巴士，但是到了最后一秒，却下车，冲上写着新西兰的巴士。"

大部分人的人生选择并不如此突兀，但是当我们回顾过去，都不禁看到那些时刻，人生原本可以走上完全不同的路：

> 沿着我们没有走的路
> 走向我们从没有打开的门
> 进入了玫瑰花园

每个生涯中的选择。每个或许可以成为妻子的女友。对东德反情报头子克雷奇将军而言，那扇没有开的门或许就是《打铁铺》杂志上的那一则广告。如果他成为南非某一家打铁铺的助理，人生将是多么不同！就我而言，我的人生或曾出现过好几部没有搭乘的巴士，一部是成为外交官的，一部是成为传统学院型历史学家的，一部是成为一般驻外记者的，另外还有一部，隐藏在道路角落，上面没有标示目的地，但是我知道是为政府那无名单位工作的。

我没有坐上前述所有的巴士，而选择见证并记录下中欧从苏联统治下解放的最后一段过程。在冷战结束后，我展开我的工作，使用传统历史学者的方法，研究那些我刚经历过的事件，在档案室消磨无尽的时间，阅读一直到不久以前仍被视为最高机密的政治局决议文件。这些被传统历史学家视为珍贵信息来源的文件，能够帮助我发掘事情的真相吗？就在我心思摇摆之际，我发现了国安部的档案，开始思考用另类的方法，探索刚发生不久的过去，从研究我自己开始，研究历史。然而，"我们能够知道什么？"这个大问题当前，或许我们还应该有第三种方法才是？

在整个上述的过程中，我几乎从来没有想到过我们英国的秘密情报世界。我从报纸上偶然会看到有关 MI6、MI5 的新闻，这两个主管秘密情报的单位似乎正小心地踏出阴影，适应外界的关注。在冷战结束以后，任何政府机构要保持全面性机密比以前更难了，而密情机构如果想要生存——并获得预算的话，就必须要对公众有个交代才行。报纸上陆续出现的相关新闻，如政府首度公开任命 MI6 和 MI5 长官，国会通过法案为这两个机构的存在设定了法律基础，MI5 局长第一次公开演讲，国会成立"情报及秘密委员会"，等等，都反映出秘密机构正逐渐走向公开化。我还注意到，MI6 搬到一栋新的办公大楼中。事实上，那栋大楼，四面以绿色玻璃环绕，就

第十四章　英伦谍影

在泰晤士河南岸，非常引人注目，毫无隐秘感。我当时并不知道，MI5也已搬到泰晤士河另外一岸的一栋白色后殖民式建筑物中。事实上，这栋取名为"泰晤士大楼"的建筑与国会大楼在同一条街上。我经常经过这一条街，却不知道MI5就在那里。

人生至此，我已完全淡忘了少年时代对秘密情报工作的憧憬，更不记得还曾申请过相关的工作。但是就在我开始研究我的国安部档案时，我发现有人并没有忘记我。有一天，我接到一通神秘电话。来电者说他就在那个1976年时曾与我取得联络、外交部中不存在的单位里工作。他有件事很想与我谈一谈，不知道我是否能够拨冗接待。我们同意在伦敦一家旅馆内喝茶、晤面。

他不多话，很快便言归正传。他说，牛津大学不时会来一些学生或学者，他们怀疑是在为敌对力量工作；我能否考虑关注一下他们的动向？我告诉他，我不能。虽然我可以看得出来他们有这么做的必要，但是不希望自己与朋友、同事或学生间有这一层隔膜。

当我停息下来稍事思考后，发现他们的工作模式必然向来如此。当然，他们会有人在牛津大学、其他大学、其他职场、其他人生道路上。这些人在全职或半职工作之外，还拥有这一份秘密的生活。而所有的秘密情报网都需要人脉、需要线民。如果因为线民的帮助，使得有关单位能够找到爱尔兰恐怖组织IRA所放置的炸弹，或从中东被派来谋杀萨尔曼·拉什迪*的人，那么线民的所作所为不但善良，而且勇敢。

然而，他们的做法令我感觉很不对劲。经过了这么多年以后，

---

* 萨尔曼·拉什迪（Salman Rushdie），小说《撒旦的诗篇》的作者，该小说引起极大争议，受到穆斯林世界的抗议，作者遭到暗杀威胁。

他们显然还在跟踪我。另一方面，他们显然对我的追踪工作做得并不怎么好。如果他们曾好好读过我的作品，就会知道我不会再玩他们的把戏了。或许他们仅假设大家说一套、做一套。就一般而言，这也没错。

我与不知名情报员的晤面虽然只有十五分钟，却令我感到相当不愉快。不过，由于这次晤面，我重拾过去的回忆，并开始思考：如果我曾追求那秘密世界的话，今天会如何？如果当时搭上了那部没有标示的巴士，我现在会在做什么？马可·沃尔夫与我在今天已经统一的柏林市晤面时所做的陈述中，有无任何真实成分？东德之类共产党国家的秘密情报组织，与英国之类民主国家的秘密情报组织之间，不一样在哪里？

所有英国人都喜欢阅读间谍小说，市面上这类书籍之多，大概只有色情与园艺的书刊足堪比拟。当然还有报告文学、回忆录、学术研究、电视小说、无穷无尽的小说与恐怖故事。我的国安部档案中第106页，是一项XX/4组记录："'罗密欧'替'山毛榉'安排妥当，将于1980年2月25日与驻华沙记者蒂莫西·塞巴斯蒂安（Timothy Sebastian）见面。"最近有朋友告诉我，蒂莫西·塞巴斯蒂安出了一本间谍小说《出走柏林》（*Exit Berlin*），非读不可。

书架上有许多好书，但是问题在于：你怎么知道他们所写的，哪些是事实，哪些为虚构，哪些还隐藏着不为人知的细节？因此在印刷品的大海中泅泳了一段时间后，我展开一连串的访谈，有的访谈对象曾针对英国秘密世界写过不少东西，但是现在相当满意自己能够脱离文字苦海，有的则是在冷战期间以政务官的身份管理过英国秘密工作的政治家。

第十四章 英伦谍影

这段期间，我曾经远赴康瓦尔，与作家大卫·康瓦尔（David Cornwell）——笔名约翰·勒卡雷（John le Carré）——沿着海岸高崖散步，并与俄罗斯大使共进了一次午餐，在那次难忘的午餐会上，俄国大使特别对约翰·勒卡雷这位西方最伟大的间谍小说家表示了他的敬意。我还走进许多美丽的英国乡村花园中，与许多退休的绅士促膝长谈，我感谢他们在谨慎中所表达出的坦诚。经过这个过程，我感觉到自己进入了这个保存了浓厚的古老英国绅士气息的小圈子：格子衬衫、小马甲、整齐折叠的雨伞、完美无瑕的礼仪和青绿的草坪。相较之下，装潢粗俗的小木屋、啤酒肚、人造纤维的运动服，那些令我联想到国安部情报人员的特质，就美学意识上，好像属于1 000万光年以外的事情了。秘密国家已不存在，宛如进入了一个秘密花园一般。我也与1979年时请我到泰晤士河边"河之南"餐厅吃过一次饭的英国官员又见了一次面，发现他文质彬彬，聪慧风趣，极具个人风采。但是当我进一步探索，走出那秘密花园，而来到那闪耀着光芒的泰晤士大楼白色大厅时，首先映入眼帘的是一个大型标志，上面画着一头勇猛的狮子和美人鱼的尾巴，下面则写着"保卫国土"的骄傲字眼。然后，我通过了几扇令人不知不觉会联想到《星际大战》电影里有高度安全设施的自动门。为顺利走过最后的几道门，我不情不愿地同意，所有的谈话记录都将"不列入记录"——也就是说，我不能明白指出谁曾对我说过话。

谈话结果令人深感挫折。一个已经死亡的秘密情报机构，最大的好处就是它所掌握的秘密不再是秘密。国安部的事，我们可以尽量发掘。但是一个还活得好好的密情机构，问题就在于它还保有许多机密。"河之南"那一餐的东道主形容他对苏联的间谍工作经验："好像在深夜中，用一把小手电筒，设法检验一头大象。"其实那正是我面对他所属机构的感觉。有很多人愿意接见我,与我一谈,但是从谈话中我便可以看出,他们挣扎于保密与公开的两极之间。因此,瞎子摸象,最后只能发现大象这里有一只扇子耳朵,那里是一根大鼻子,但是整体依然不存在。

是的,东德是个"很难敲破的坚果",一名MI6的绅士告诉我。不过,他们在苏联阵营的其他东欧国家中表现都不错。波兰,他们几乎搞得一清二楚。不过,他们并不比其他任何人先知道东欧会发生如此重大的政治变化。作为一名现场报道的记者,我或许消息还比他们灵通一点。不过,他们还是得到了一些对方正式的重要秘密资料,尤其是军事情报,对决策的影响虽然不大,但是相当重要。(三名前外交部长都小心地同意这种说法。)

英国情报员因各种你我可以想得到的理由而加入组织:神秘感、好奇心、想探险、爱旅行,像他们的父亲一样,希望"为国家做点事"。但是真正在密情机构中做事,却可能相当无聊、沉闷。到一个又一个的城市中,踏过一条又一条的后街,寻找安全的会面地点,寻找没有标志的纸盒,有时候他们不禁会自问:"我为什么要如此浪费自己的生命?"然后,还有办公室的内斗与政治。当然有很多工作还是很有意思的。"有意思"这个相当孩子气的字眼,经常出现在我与这些人的对话之中。一名退休的秘密组织资深工作者回忆道:"我不敢相信,做这种事,还有钱拿呢。"

他们会比另外一边更小心、严谨吗?嗯,他们说,我们不会暗杀或绑架,几乎从来不勒索恐吓。一名已退休的官员对我表示,那对士气(morale)非常不好,而士气是很重要的。因此我们的方法都是合乎"正气"(moral)的。"正气",在这个灰色地带,是个何其伟大的概念。我记得国安部的艾克纳上校曾对我说英国秘密情报人

第十四章　英伦谍影

员"很绅士"——不过,他是在比较美国的中央情报局(CIA)和西德的BND之后,做此评论的。如果我们将美国CIA在拉丁美洲的记录一并思考的话,那么西方情报组织与东方之间的差异,就更难辨识了。

一只金龟子和另外一只之间的差别不可能太大。一名退休的密情机构官员告诉我,当门口有警察把风时,潜入一名嫌犯家搜查证据,是很"有意思"的工作。他的话让我联想到瓦姆比尔博士不久前才告诉我,一名国安部秘密工作人员偷偷溜进他在莱比锡的家的情况。两边的退休官员告诉我,他们的最佳情报员,永远是志愿工作者,也就是那些基于个人的理由——有些是私人的、有些是政治的——而从事这份工作的人。他们不会被收买,也不曾被恐吓。这已成为间谍行业中的普通常识了。而且两边的人都用同样的话,告诉我情报员和个案专员之间的微妙私人关系。"那是一种非常美妙的关系",一位从MI6退休的资深官员表示,"你可以谈任何事情、工作、个人问题、妻子,并确定他会替你保守秘密。"我看到了间谍工作中最吊诡的现象:背叛的关键是信任。任何一名自国安部退休的官员最值得骄傲的一件事,便是他从来没有背叛过他手下的情报员。

这么说来,不同的目的是否能够合理化相同的手段呢?两边都是做同样的事,但是一方是为自由国家而做,因此目的是崇高的,另一边是为独裁而做,因此目的是卑鄙的。我们是对的,他们是错的。这么说起来,他们并不觉得到外国去做间谍工作是那么错误的事,至少在某种程度上并不如此。对他们而言,从专业观点来看,另外一边只是"对手"而非"敌人"。超出这一点以后,是的,就要看你是替谁工作了。

这里有一条非常滑溜的坡道。20世纪中有许多罪恶，最后你可以说"因为目的崇高，因此可以使手段合理化"。但是我们仍然无法忽略这论点的存在。举一个极端的例子，就拿暗杀希特勒来说吧。1944年，施陶芬贝格企图暗杀希特勒之举被视为非常高贵的行为。但是如果暗杀的对象是丘吉尔的话，那么同样的行径就变得肮脏龌龊了——虽然暗杀者在行动时可能表现出同样的勇气与胆识，甚至也同样热烈相信他的所作所为是充满正义的。同样的行动却得到不同的道德评价。

但是，不仅目的要崇高，手段也必须要能够配得上目标。什么样的行为才能够烘托什么样的目的，我们没有简单的规则可循。每个个案中都有一条隐形的道德规范线，因此也都有它们特殊的情况。英国间谍曾经跨越出那条线吗？当然，答案是肯定的。但是他们多么频繁地跨出？跨出多远？在没有看到档案以前，我们外人将永远无法确定。不过就算那些已经退休或仍在里面工作的人，在记忆的万花筒不断旋转中也会忘记或重新记起。

我可以想出几个理由相信，英国人可能在冷战中跨越那条线的频率与距离比我们今天相信的要远。就算在我的世代中，仍然有许多人受到战争的影响甚深，有些人仍然活在战争的集体及家庭记忆之中，有些人崇拜文艺作品中各种战争英雄形象。虽然在冷战期间，我们在口头上并不多谈战争，但是许多人仍然相信我们处于战争状态——和以前没有两样。有些事情在和平的时候不能做，但是在战争的时候就能做了。但是如果是在战争与和平之间，这种事是能做还是不能做？而且，在我们的心底，我们多少有一种意识，认为"只要是为了我的国家，不论对错"，都是该做的。但是如果我们国家做得不对，该怎么办？如果我们的国家在原则上是对的，但是在个案上是错的时候，又该怎么办？

太多道德思绪需要深入思考。然而，打架打到一半时，你无法停下来先办个哲学研讨会。既然如此，我们就只能接受那结果了。

如何评估我们海外间谍——或其他国家的海外间谍——比评估国内安全系统的必要性还要困难。在这里，目的和手段几乎已不可分。国家侦测公民的行动，直接侵犯了她原来应该要挺身保护的自由。这中间的冲突是明显的、无可避免的。尤其如果侵犯过了头的话，就会开始摧毁她原先想要保存的东西。然而，谁来决定到什么程度算是"过了头"呢？

万一读者心中有任何怀疑的话，我必须澄清：我窥探到的英国密情单位的规模，和国安部天差地远。在人数上，MI5 的规模大约 2 000 人，另外还有一个 2 000 人的特别部门，而如果我们以一名官员可以管理四个外部人员，而非国安部的一比二来计算的话，该局应该拥有 16 000 名的外围情报员和线民。在这样的规模下，每 4 000 名英国成人，才分到一名在背后监视他的情报人员。相较之下，东德每 50 人中便有一名情报人员。在目标范围上，英国也无法和东德相较（东德国安部不必处理北爱共和军的问题，他们对恐怖分子，几乎采取全面支持的态度）。另外，东德方面不必施加压力，便可获得民众的合作；就我的个案而言，大部分线民的动机只是为了要获得出国机会而已。同样的情形在英国根本不可想象。难道英国某情报官员会对他的线民说："伊文斯先生，就在你出国到布拉瓦海岸度假以前，能否先去替我们问琼斯先生两件事……？"绝对不可能。英国也无法由恐惧激起人民替情报单位工作之心（英国人会经常怀疑坐在酒店旁边一桌的人在窃听他说话吗？英国本土上有任何人——除了恐怖分子和外国间谍以外——真的害怕MI5吗？当我的线民"史密斯"尝试对我解释他觉得国安部有多么渺小且相对无害时，他就用"就像MI5"为比喻）。

情报单位侦测结果对民众的影响，英国和东德之间的差异极大（在东德，国安部可以制造极严重的后果：如"青年布莱希特"一般无法进入大学就读，如艾伯哈德·豪夫一般失去工作，如维尔纳一般在你的孩子身上复仇，如瓦姆比尔博士一般把你关进监狱，没有审判就先判下你的刑期，等等）。情报单位所服务的政治体制也不同（国安部被正式称为"党的矛与盾"，而它的首要任务便是让单一独大的共产党永远执政。至于MI5，虽然大部分的工作人员在政治上都偏右，有的还极右，但是仍然无法阻止政党轮替，有时为保守党，有时为工党），情报单位在社会中所占的位置更是不同（国安部不仅是无所不在的秘密警察，到最后，它成为设法推动整个系统继续运转的力量）。

国安部，一言以蔽之：令人背脊发凉，性感，又好卖。但是，这么说就错得离谱了。我回想到1980年代时与左派分子的一次争执。我的"左派友人"——"米夏拉"就是这么记录他们的——称呼英国要求政治改革的政治压力团体为《八八宪章》（Charter 88），以呼应捷克人权运动的《七七宪章》（Charter 77）。这个比拟，在我看来，十分不恰当，对愿为信仰出生入死的《七七宪章》创立者的荣誉是一种侮辱。这就好像在自己的胸前挂起一个勋章，上面写着"英雄"一样。而且，《七七宪章》的哈维尔再度入狱，团结工会的神父耶日·波比耶乌什科（Jerzy Popiełuszko）则被波兰秘密警察谋杀而惨死。或许再怎么神圣的词语，最后都不免受到玷污。我有一次看见英国报纸上形容执政党在下议院的党鞭，"犹如东德斯塔西

第十四章　英伦谍影　　　　　　　　　　　　　　　　221

的爪牙"。

但是，从另外一个角度来看，用别人的坏来衬托出自己的好，基本上是虚伪的、谬误的。例如，孩子对母亲说"这碗汤太难喝，我简直想吐"时，母亲对孩子说："可是，宝贝，想想看，非洲孩子什么都没得吃呢。"我注意到MI5局长里明顿夫人自己也不吝使用国安部的例子，来对照她的工作绩效。如果你想要让灰色看起来像白色，最好的方法就是将它放在黑色旁边。与国安部相较，任何事物都可以看起来很不错。然而真正应该放在一起比较的，应该是其他西方国家。

在这个标准之下，我发现事态就有一点严重了。根据英国秘密情报系统在后冷战气氛下最新出版的正式简介，MI5 1995年至1996年的预算中，只有3%是用在反颠覆活动中。但是从退休及现役的工作人员中，我得到的印象是至少30%。MI5对颠覆的定义为"准备以政治、经济或暴力手法推翻或毁损国会民主制度的行动"。但是除非到处打探，否则要如何知道别人会有此意图？

他们把网撒得很大，不仅包括了英国共产党的每个成员——想必也包括了我的IM"史密斯"，而且还将所有从英国六八世代中成长出来的极左分子，都列入管理行列，这些人包括社会主义工人党（Socialist Workers' Party）、社会主义者国际（International Socialists）、IMG、战斗派（Militant Tendency）等团体的人。另外，所有CND（核裁军运动）的领导人、国家民权自由委员会（National Council for Civil Liberties）的主要参与者等，也都被建立起了档案。

对了，他们说，大部分被列管的人都不会有什么不良后果发生。就算MI5曾提出明白的证据，指控一名国会议员以前曾经收受捷克情报组织的钱并为它做过事，但英国法庭仍以无罪开释了那名议员。这的确是事实，而且是重要的事实，但不是全部的事实。情报单位有一种负面或他们自称的"正常背景调查"的东西。也就是说，当民众去申请某一些特定工作时，在他们并不知晓的情况下，情报单位会将他们的名字与内部档案相互比对。如果MI5说，雇用这个人必须要承受安全上的风险，那么他非常有可能不会被录用，而且他们也不会告诉这个人，他不被录用的真正原因。一般西方国家将这种正常背景调查，运用于一些与安全相关的敏感职务的雇用程序，例如处理国家机密的政府工作，或处理国防合约的私人企业工作。但是，有一些组织，如英国广播公司（BBC）似乎定期将他们收到的工作申请书，送进MI5做秘密检查。

这让我想起来，在1970年代间，一名记者朋友伊莎贝尔·希尔顿，曾想进英国广播公司的苏格兰分公司当记者，但是一直进不去。后来《旁观者》发现，她没有通过秘密的"正常检查"。我打电话给伊莎贝尔，她让我再度想起事情的细节：英国广播公司内部，有一个叫龙尼·斯托纳姆准将的人，坐在广播大楼105号房，每天的工作便是将个案送至MI5。对伊莎贝尔最不利的证据，显然，便是她曾经担任过一个无毒无害的机构苏格兰—中国协会（Scotland-China Association）的秘书。我相信去过那个协会的人，数目绝对比不上我参加过的"英中了解协会"。但是"正常检查"的负面效果完全无损于伊莎贝尔的职业生涯。不能进入英国广播公司，她反而有机会去从事更有趣的事情。但是有段时间，她无法确知她为什么得不到那个工作，也没有机会反驳别人对她的判断。

不过，一位不愿透露姓名的绅士表示，别忘了，MI5只负责给予建议，最后的决定权在于雇主。这句话不公平。英国广播公司

第十四章 英伦谍影

的人固然听从了秘密情报程序，并且没有给伊莎贝尔一个申诉的机会，但是秘密情报组织本身需要检讨的地方也一样多。为什么它要这么做？因为那仅是"大家都这么做"，因此被认定为后大英帝国体制的正确做事方式？还是因为大英帝国虽已崩溃，但保密防谍仍然是政府内部的不成文规定与合作通则？不过，是否也有可能，在心底，大家还认定"战争尚未结束"？无论如何，在第二次世界大战后，几乎没有经过任何喘息时间，我们就进入了冷战。有系统的情报调查是在1940年代末引进英国社会中的。在那时候，连乔治·奥威尔，都几乎要非正式地向任职于外交部下一个半秘密组织的好友，举发共党的同路人。

就算MI5的官员，并不如前MI5官员彼得·赖特（Peter Wright）在《捕谍者》（*Spycatcher*）一书中所指控的，想要"谋反"，推翻威尔逊首相的工党政府，但每个人都知道在1970年代甚至在1980年代，很多MI5里的人右倾甚至有浓厚的殖民主义气息。当时很多人以"叫嚣"来形容他们的态度。有什么机制可以制止他们，让他们不至于冲过了头？前面提到不愿透露姓名的男士们，这时候便满口仁义道德，说什么"我们整个服务于MI5的道德基础就是……""我们的态度是……""我们这种人……"。也许他们从来没有从小学校长的阴影下走出来。另外，他们提到，他们受到内政部的严格控制：在窃听电话前必须先申请许可，拦截他人邮件、侵入他人住处搜索，也必须先得到内政部的公文。任何人都知道，内政部绝非予取予求的。

这话虽然不错，连彼得·赖特都在书中举了好几个例子，证明内政部的家规甚严。但是，难道一切就指望在这些家规上了？MI5的一群家伙凭什么觉得自己的行为"合理"、"适当"？就凭着内政部或首相府的另一群家伙不时地查看一下他们的作为？噢，对了，我们不能忘记还有党里面的政客。但是就算从最理想的英国情况来设想，这一层的牵制作用仍非常薄弱。

习惯、态度当然非常重要。法律和国会控制更是必要的保证。然而，为什么英国两者都不存在？

自从1989年，世界改变了，英国也改变了。国会通过了限制情报检查使用于个人的法案，设置了大陪审团、委任官、国会特别委员会等，如果民众有抱怨的话，更少有地方可去了。而情报单位也在谨慎中适当地开放自己。根据新规定，个人在受到这些单位的"正常背景调查"时，应该先被告知。从个人接触中，我也感觉到这些单位在管理上有进步，比以前更专业化了。我相信MI5大部分的工作都集中于应付IRA（爱尔兰共和军）炸弹、外国间谍和现在越来越多的有组织犯罪等严重威胁社会安全的情事上。但是我们也应该要尽量避免假道学，谴责在背后侦测我们的情报人员，却享受他们所帮忙提供的安全感。吉卜林有一句名言，提到"嘲笑、愚弄那些当你睡觉时护卫你的安全、穿制服的人"，唯一不同的是，情报人员并没有制服穿。

然而，经过国安部的经验后，我变得非常、或许过分敏感，对秘密人员的职权忧心忡忡。我与一名现职的资深官员谈到了在新法律和国会架构下的控管方式。"你使用'控管'一词，"这官员对我说，"我觉得'合法确认'更为适合。"MI5决定对国家安全最大的威胁是什么，其他人只是通过法律程序确认他们所设定的优先顺序而已。这种做法是对的吗？

从MI5走出来的男人，散发着一种沉稳的力量：一种从过去、

第十四章　英伦谍影

到现在、直至未来都一样，从因拥有秘密情报而产生的力量。这种力量，因为新科技的发明，必然变得更强了。就在我与资深官员谈话之际，我——如间谍一般——窥伺到办公室的一角放置了一部非常大的电脑，屏幕上挂着成排的图标，数量之多，比我家中儿子电脑上的还要惊人。我们家的每个图标，都代表着一个电脑游戏："碟片世界"（Discworld）、"虚拟都市"（SimCicy2000）、"旅鼠"（Lemmings），等等。不知道他们的游戏是什么？

我想，用不了多久以后，所有的信息都会电脑化。如此一来，那些曾经被待在MI5登记处的少女兴奋汇集起来、供我们阅读的纸质档案，将何去何从？无论如何，我都想要知道更多有关档案的事。它们同时也是历史学家和秘密警察的宝藏。

首先，我想要知道他们到底有多少档案？

答案："低于六位数。"

就一个自由国家而言，这数目着实庞大（这还不包括特别部门手上掌握的200万份个人资料）。

为什么会有这么多？

这么说吧。在冷战期间，他们想要追踪每个英国境内的共产党员和俄国人的行踪。而这本身就代表了一大堆人。然后，爱尔兰和其他恐怖分子也在追踪范围之内。是的，有五分之一的档案对象为"非颠覆者"，包括了各种各样的友善联络对象。

而且，档案中有一小部分，是经常打开而且在作业中的。组织对于什么时候可以打开档案、应该打开多久，有非常严格的规定。事实上，内部有一个交通灯号管制系统：绿色代表积极调查，橘红代表不必积极地调查，但是随时有新东西时，要记得加上去，红色代表关闭档案。

原来如此。不过，档案被标示为红色以后，并不会被销毁，对不对？

是的，不会被销毁。

那么，在正常检查作业中，他们是否会被用到？

嗯，的确。不过许多年以前发生的一些政治小瑕疵，时至今日，是不会被评估为"安全威胁"的。

外部组织是否仍能申请接受"正常背景检查"？

是的，但是只限于在政府批准的"客户"名单。

英国广播公司是否在名单上？

资深官员突然变得语焉不详，不置可否。

正如我前面所说的，我仅能如夜晚以手电筒观察大象一般，非常、非常片段地一窥英国情报单位。我事前便知道，除非英国这个国家如东德一般崩溃——我当然不愿意看见这种事发生，我是无法真正知道他们的作业的。不过，我倒为自己得到了一个小小的发现。由于在国安部存有我的档案，我想要知道MI5是否也保留了一份有关我的资料。我其实并不一定要知道答案，但是既然人已在其中，便不妨一问。

"你们有我的档案吗？"

稍事犹疑。深呼吸。他在保密与开放之间摇摆了片刻。然后："是的，既然你问了，我就告诉你，我们有。你有一份我们所谓的'白卡档案'在这里。"所谓白卡就是非颠覆者的意思。

他们保留了我的资料，因为根据记录，我"曾经协助秘密情报单位SIS"。

第十四章　英伦谍影

哇！我不禁惊叹，我从来没有协助过秘密情报单位。在年轻时，我几乎加入了组织，但是后来又决定不这么做。和秘密情报单位的瓜葛就到此为止了。

我提到了最近有人接触我的小事件。会是 MI5 的人吗？"不，应该是那边的人。"他一面说，一面向泰晤士河点点头，眼光落在对岸那一栋绿色玻璃的 MI6（SIS）总部建筑上。不过有关那事件的记录也会保留在这里的档案中，还有一些我到这里以前，与干员之间的对话。

不过，他说，这是他第一次告诉一个人他们有他的档案。我可以看得出来，在告诉我以后，他就开始担心：这种新的开放态度是否做过头了？

很偶然的，在与他谈完话以后，我立刻就将我们的对话做成笔记——就像在与"米夏拉"、克雷奇将军和其他人谈过话后一样。不过，这一次，我期待与我谈话的人也会非常精准地记录下我们的对话内容，虽然在那一尘不染的咖啡桌下，我看不见有任何录音机的迹象。

假设他们握有一份我的"颠覆"档案。毕竟，如果伊莎贝尔·希尔顿能够因为做过苏格兰—中国协会的秘书，就被打上负面记号，我曾经加入英中了解协会，情况应该不会好到哪里去。在这种情况下，他们还会告诉我吗？

"通常，我们不会告诉任何人……"他苦笑，"除了刚刚才知道的你以外。"

但是如果我是美国人，我可以在《信息自由法》之名下，申请阅读我自己的联邦调查局档案。为什么英国不行？

是的，首先，MI5 必须要有双倍于现在的经费，才能够做到对外公开。美国人公开信息以后，才发现所需要的做的事情繁多（过滤、影印、涂黑——让我想到高克机构内3 000多名员工所做的事）。

但是美国人有钱。（他的口气中不无怨尤。）

而且，这里的情况不同。IRA、国外恐怖分子和其他敌人，可能因此获得非常宝贵的线索，而且从别人的档案中，发现MI5的工作模式等。（我想：是的，这可能是真的。）

那么，老档案呢？是否对历史学家开放呢。

嗯，连这个都有困难。只要有了一个先例，就会让别人知道我们的作业方式。不过，他们想要帮忙。他们希望能够从第一次世界大战时的档案开始开放。

随后，我们讨论一些更一般性的问题时，我直截了当地问：我可以阅读自己的档案吗？

不。

为什么不？

因为那是属于"皇家"的财产。

在大部分国家，你都不能够看到秘密情报单位中有关你的档案，但是哪几个国家会告诉你，那是因为档案属于"皇家"资产？

他们另外还举出了几个理由。这会设立一个先例。这可能会泄露资料来源。但是，谁会将我的相关信息泄漏给这些人？当然不会是我的朋友或同僚。当然不会。会是那些友善的各地大使馆英国"外交官"，在平日的报告之上又把我的事情加上了去吗？或者，是否可能在1979年我决定不加入他们，与1994年他们再度接触我之间，档案中其实什么都没有？

无论如何，另外一个人好心地加上一句说，打开一份友善联络

第十四章　英伦谍影

人的档案有时仅为一种单纯的礼貌与致意。但是，当一个人打电话给你，而你根本记不得他是谁时，有何礼貌与致意可言？

"我们今天打开了你的档案，老朋友——只为了对你致意！"这句话听在耳里，将是何等刺耳的语言。

在回牛津的路上，我不断拷问自己。我感觉如何？首先，我感觉非常满足，因为那是一次事前没有预料到的成功访问。如果那个人值得信赖的话，我或许是全英国第一个发现自己有一份档案在情报单位的人。而我只不过顺口问了一句话，就得到这个答案。其次，我感到愤怒。愤怒于他们竟然在背后侦察我。虽然仅非常轻微，但仍然是一种监视。另外，我感觉到淡淡的气恼。如果他们对我做了一份"颠覆档案"的话会有多"酷"。这样我就可以说：你看，国安部和MI5同时跟踪我。我必定是一个多么勇猛无畏的异议分子！（有很多人因发现自己秘密档案，而大吹其牛。）但是生活并非如此，至少大部分时候并不如此单纯。它比我们想象的要复杂得多。过去从来不完全成为过去。多年以后，当你已经几乎要遗忘一件事时，它又再度浮现于你的周围。或许，在某一个角落中，你发现了自己的孩子在另外一个父亲的羽翼下成长，或一个档案在你不知道的角落中逐渐加厚、变大。这些事情你都不会知道。

如果有一天英国档案被打开时，有多少人会面临这类的惊奇？制造秘密档案的人会从他们自己的角度堆积资料。我的有生之年，从未在有意识下"协助"MI6，但是现在我被告知，他们就是这样归类我的。而我开始想象，有一些东德人，当他们打开自己的档案时，发现被归类为"友善联络对象"或"线民"时，有的会假装他们并不知情，或故意压抑了记忆，但是有的是真的不知情。他们是无辜的。

有那么一刹那，我幻想"米夏拉"回过头来对我说："嗯，你知道，你们的秘密情报单位也把你列为英国线民！"这当然是一派胡言。她所做的是定期地、详细地、有深度地报告了所有同事、朋友、家庭的秘密，而她非常知道她报告的对象是秘密情报组织的官员。而我则从来没有从事过这类的事情——而且，就算曾协助过MI6，我们两人的事也无法相提并论。帮助像英国这般的民主国家的海外情报单位抵抗东德那般独裁主义国家，与帮独裁国家的国内情报单位搜集资料，是两码子事。然而，如果我想要对自己诚实的话，就应该不畏惧于在两者间做比较。

当我搭上5点20分从帕丁顿出发的火车时，内心仍继续拷问着自己：你难道真的希望自己有一份"颠覆"档案存在吗？你真的希望看到那种会将你列为颠覆者的政治存在，而不愿意有你过去和现在所拥有的自由政治气氛吗？你难道不想要国安部档案中非常正确描述的"资产阶级自由"政治气氛吗？毕竟，你是支持这种政治体制的，对不对？虽然议会式民主有诸多缺点，但是你一样支持。是的，我毫不犹疑地回答自己：我用我自己的方式支持这个体制。

有人说，每个间谍的内心，都存在着一位作家。很显然，每位作家的内心，都存在着一个间谍。自由国度中的国内情报人员生活在这种职业的吊诡之中：他们必须要侵犯自由，以捍卫自由。但是，我们同时生活在另外一个吊诡之中：我们以质疑来支持这个体制。而这正是我的立场。

第十五章　档案封存

1996年12月,我回到了自己的房间。旅程结束。舒尔茨女士桌上的那份旧式档案已经成为微软Word文档,存放在我面前的电脑中。我的右手边,鼠标旁边,放着一杯咖啡。冬天的太阳斜斜地穿过百叶窗,照进房间。我转动椅子,陷入思考。

为了调查国安部有关我的档案内容,我历经艰辛,回到了我自己、其他人、其他国家的过去。连续好几年,我闯荡于中欧似乎无尽的记忆之中,测试个人及国家遗忘的能力。一次又一次,我眼看着如奥地利前总统库尔特·瓦尔德海姆*这般的人,在公众面前表示失落了整段对过去的回忆,但在各种文件、证言一点又一点、非常痛苦地"提醒"下,恢复了对以往的记忆。

我在痛苦中测试自己对于过去的生活到底还记得多少。即使今

---

* 库尔特·瓦尔德海姆(Kurt Waldheim,1918—2007),著名外交家,曾任联合国第四任秘书长,奥地利外长,奥地利总统。在被选为奥地利总统后,其在"二战"期间与纳粹之关系的个人历史问题被媒体和公众质疑,成为舆论热点。受奥地利政府委托,由多国历史学家组成了国际历史学家调查委员会,专门调查此事,调查结果显示,没有查到瓦尔德海姆参加纳粹党的证据。

天，在将所有档案、日记、信件等详细记录备齐在我面前之际，我仍然需要仰赖想象力，为我重建起过去的生活。就像勒南所论的民族一样，我们每个人都在记忆与遗忘的不断组合过程中成长。但是，如果我连自己十五年前的模样都无法重建起来的话，还有什么资格写别人的历史？

那个穿着双牛津大皮鞋、每天在柏林游荡的青年"罗密欧"，到底是谁？每个人都像舒尔茨女士一样，看到人物的代号，就忍不住咯咯笑起来。以前，西德记者喜欢称呼那些马可·沃尔夫派到波恩色诱在政府里工作的女秘书的国安部情报员为"罗密欧"。但是那至多只能说是罗密欧被丑化的形象。真正的罗密欧，莎士比亚的罗密欧绝非唐璜或风流才子卡萨诺瓦，更不是什么东德版詹姆斯·邦德之类的无聊人物。真正的罗密欧并非愤世嫉俗，或镇日只懂得和女人周旋，而是一名浪漫的年轻人：满腔热血、充满好意、立意极高但内心混乱。

从这个角度去看的话，我的代号——我怀疑其实是因为我开了一部阿尔法罗密欧汽车而来——凑巧很是恰当。我的确很浪漫，而且不仅对爱，对很多事情都很浪漫。浪漫主义，正如劳伦茨·丹普挖苦地指出，有它危险的一面。浪漫的人很想要帮助他人，但是在过程中，他自己可能会受伤，就好像在莎士比亚的故事中，罗密欧为了阻止他的朋友茂丘西奥与提伯尔特决斗而受伤一样。另外，罗密欧也很可能因为冒险而受伤，或为了一个不值得的理由而全心投入。

虽然，东德的检察官或许很容易就根据他们非常宽松的刑法第九十七条，认定我有替"外国组织"搜集情报之嫌，但是我可能从来就不受该法条"五年以上有期徒刑"或在"非常严重情况下可判处死刑"的威胁。到1980年代时,对像我这样罪名不太深重的敌人,最可能得到的,也就是我最后接受的惩罚便是驱逐出境。然而,那些对曾经与我见面、联络过的人,我却可能造成极大的伤害。例如,维尔纳·克雷奇尔,便在刑法第一百条下受到侦察。刑法一百条适用对象是替犯了刑法第九十七条罪行者——也就是我——进行掩护、协助犯罪者,该法条建议刑罚为一年以上、十年以下的有期徒刑。

至于我对中欧的团结工会及异议分子的支持,20世纪的历史中,到处都洒着不惜为遥远国度的政治理想而牺牲的年轻人的鲜血——有为切·格瓦拉的游击队、有为越共、有为西班牙内战中的佛朗哥与反对佛朗哥、也有为欧洲反法西斯势力的共产主义的青年。看看年轻的金姆·菲尔比,在丽丝的引领下成为共产党间谍,还有R太太,最后竟然成为国安部的线民。年轻的理想主义最后就可能出现这样的下场。

我实在算是极为幸运的。很幸运能生在这个国家。幸运能有一个优渥的成长背景,有我的父母提供给我这般的教育。我很幸运拥有如詹姆斯和维尔纳一般真心的朋友。我很幸运找到我的朱丽叶。我很幸运选择了我喜欢的职业。同时,很幸运找到了奋斗的理想——为中欧自由而奋斗是一个很好的理想。如果我早生几年,我很可能会支持红色高棉,反对美国。如果我生长在东德的巴德克莱嫩贫民区,我可能成为另一名文特少尉。

1939年,托马斯·曼写了一篇非常好的文章,题目为《希特勒兄弟》。在文章里,曼说,自称为"艺术家"的他,经过内省以后,发现自己与希特勒之间有许多艺术气质相同。从这个角度来看,他说,他虽然不情愿,但也必须承认希特勒为他的"兄弟"。我无法让我自己承认那个替国安部打报告的IM"罗密欧"兄弟，现在成了后共产主义的媒体代表，但是我可以理解我档案中每个线民，以及每名军官，甚至克雷奇的行为。当他们对我陈述他们的故事时，我可以非常清楚地看出他们怎么会做出他们所做的事情：不同的时间，不同的地点，一个不同的世界。

　　从档案中，你会发现，我们每个人的行为受到环境的影响有多深。人的心中所能容纳的，可为律法与君王所随意予夺的那部分能有多大？你所看到的其实并非那么多恶意，而毋宁是人类的脆弱和人性中无尽的弱点。当你和那些与档案相关的参与者谈话时，你发现的也不是那么多蓄意的欺骗，而毋宁是我们无尽的自我欺骗的能力。

　　在这次寻觅中，我没有看到一个明显天性邪恶的人。但是，每个人都很软弱，任由环境塑造他们。人性，他们都太人性了。然而，他们的行为的总和却是一大邪恶。有人说得好：那些从来不必面对选择的人，永远不会知道当自己居于哪个位置，或当另一个独裁政权再起的时候，会如何表现。这么说来，我们能谴责谁？同样，我们又该原谅谁？"千万别原谅，"波兰诗人兹比格涅夫·赫伯特写道：

　　　　别原谅，因为你实在没有这种权力
　　　　以那些一开始便被出卖的人之名，原谅他们。

　　国安部的官员和线民也有其牺牲。唯有他们的牺牲，有被原谅的权利。

　　档案是一份礼物。当我结束档案，我心中多了一份"就好像"

第十五章　档案封存

原则，一份从东欧异议分子身上学来的"就好像"原则：尝试活在这个独裁专制政府中，就好像活在一个自由国度一般！就好像国安部不存在一般。不过，我的新"就好像"原则的理论正好相反：尝试活在一个自由的国家，就好像国安部一直在监视着你一般！想象你的妻子或你最要好的朋友，上星期六还将国安部记录上所提到有关你对他们的批评，或你上星期在阿姆斯特丹所做的事，念给他们听。你能够毫不感到羞赧地活下去吗？我的意思是非常严重的羞赧。有一点羞赧是无可避免的，而这正是人性扭曲的一面。

为什么有人会变成施陶芬贝格，而有人则变成和希特勒的军备部长施佩尔一样的人？经过二十年的时间，我似乎更接近答案一点了。一个清楚的价值系统或信仰？理智与经验？内在的力量或软弱？根深蒂固的家庭、社群、民族观念？我找不出简单的规则，也没有简单的解释。然而，当那些曾经为秘密警察工作的人，告诉我他们的生活时，我一次又一次地感觉到，关键在于他们的童年。例如，我认为黎瑟因为母亲的爱，而得到了救赎。不过，作为一名父亲，最震撼我的，却是父亲所扮演的角色。

战后的德国，非常明显的一个现象，便是父亲的缺席：出门打仗去了，在沙场中为国捐躯了，或被关在战俘营了。有些人的父亲是纳粹，有的则是纳粹的受害者。纳粹主义对下一代的心理，产生了非常大的冲击，并让他们成为下一回合独裁专制的目标。就在这样的情况下，当他们经过童年与成年之间的脆弱年代，在年轻的罗密欧年代中，他们便被独裁制度网住了。

有时候，国安部成为那些人的替代父亲。这种事经常发生。你被叫进校长室，校长介绍你认识一名上了年纪、很有尊严、极具启发力的退役军人。他引发你的爱国心、年轻的野心和对冒险的饥渴。

他成为你的个案指导员、你从未结识的父亲。但是邪恶并不仅限于一种面貌。就像是舒伯特为歌德的诗谱写的《魔王》，邪恶在许多不同的伪装下，制造出多样化的诱惑来吸引你：甜美的音乐、鲜丽的花朵、闪亮的华服和有趣的游戏。

我自己也成了父亲。不过几年，我的儿子也将进入从童年至成年的危险之旅，各自到他们的柏林。运气好的话，他们将永远不需要面对太多欧洲人在破烂的 20 世纪中曾面临的极端抉择：要成为施佩尔还是施陶芬贝格。但是他们仍然需要面对许多不那么极端的抉择，而魔王将随时在一边，在路旁、在树影下等候着。

如何为他们做好旅程的准备？和国安部所集合的迷失儿童不一样的地方在于，当他们出发时，行囊中将有好几袋爱，一袋是父亲的，一袋是母亲的。但是，光这样就够了吗？他们还会接受教育，具备了其他时代、其他国家、其他信仰下的知识。我所知道的国安部军官，生长于穷困、被占领的土地，接受狭隘的教育，终身都被关在围墙之后，只知道接受上面交代的世界观，却不知道如何去质疑。

当然，一个人即使有丰富的知识，仍然可能因别人有不同的思想或行为而迫害他们。这就是我从哲学家伯林身上学习到的。他告诉我们，只有在发现人类文化之多元，看见不同的人所追求的目的是分歧，而且是无法妥协的以后，我们才会看见自己的信仰与做事的方法的相关性。从这里开始，我们知道了容忍。在那篇著名论文的结论中，以赛亚·伯林引用了另外一位作家的话："文明人与野蛮人之间的分野就在于，文明人知道自己的中心信仰的相对性，但是毫不退缩地捍卫它。"

第十五章　档案封存

但是，还有一个更困难的问题需要解决。我们要如何建立起一个对与错的思想体系，而这个体系必须坚定到，当我们生长环境中所认定的对与错体系与这个体系不同时，能够挑战旧的体系，面对那个深植于权力体系中的价值？当我们知道我们心目中的信仰只是"相对性"正确时，我们要从哪里得到那样的勇气，"毫不退缩"、甚至不怕面对死亡？而且，我们应该如何将价值，同时也将那份勇气，一起传给我们的下一代？

我在电脑的光碟机内，放进一张唱片，并用鼠标在屏幕上点了一下"播放"键。从我刚正在打字的文件后面，传出了菲舍尔-迪斯考在1958年冷战高潮期间所唱的那首舒伯特有关魔王的黑色歌曲。有哪个父亲能够听了而不觉感动吗？

父亲在黑暗中御风而行，他的孩子在他的怀中。他紧紧地抱着孩子，保持孩子身体温暖。他的声音强壮而稳重。然后，精灵王在黑暗中现身，用最美丽的词句引诱着孩子，告诉他那些鲜丽的花朵、闪亮的华服和有趣的游戏，还有他的女儿会如何拥抱你，与你共舞，为你吟唱，一直到你睡着为止。而如果你不愿意的话——他的声音突然变得严厉——那么他就必须使用武力。在威胁性十足的音乐背景下，孩子呼喊着："噢，父亲，父亲，他正要抓我。"父亲不顾生命，全力前行。他终于回到了家中。他的声音转弱，到几乎难以辨识的细微："在他的怀中……孩子……死了。"

我将档案以"罗密欧"之名存在电脑中，关上门，去找我的儿子。

修订后记

本书距离第一次出版已有十二年，这期间"斯塔西"（Stasi，即国安部）被全球公认为"秘密警察恐怖"的代名词。一位德国批评家戏称，希特勒是最能代表德国形象的输出品，现在看来，"斯塔西"也不遑多让。如今，人们提到纳粹（Nazi）就不得不提到"斯塔西"。两词在英语中韵脚音近，仿佛孪生兄弟一般。

德国因为"斯塔西"被贴上了另一个邪恶标签。但这恰恰是民主的德国敞开心胸，披露其20世纪第二次独裁统治，并将一切摊在阳光下供世人检视的结果。这不啻为一种讽刺。或许，德国这一举动，是人类有史以来对独裁罪行最果断彻底的揭露。然而，这一过程中，"斯塔西"在人们内心中的形象，也渐渐从历史事实转化为某种近乎神秘的事物。

我遇到的很多人都看过《窃听风暴》（The Lives of Others），这部电影在人们对"斯塔西"的印象转变中占有举足轻重的地位，而我也多次在其他地方提到这部电影（这里不再赘述）*。的确，这是一部才华横溢、引人入胜且富有教益的影视作品，却赋予了东德好莱坞式的色彩。正如本书所述，现实远比电影无趣。我们对汉娜·阿伦特（Hannah Arendt）笔下的"平庸之恶"（the banality of evil）[†]已经耳熟能详，但我们仍要明白：一般而言，邪恶降临时并不会脚蹬皮靴，手持皮鞭。

无论如何，结果变成了这样：针对世人将东德与"斯塔西"画等号的看法，我们有必要去纠正，东德不等于"斯塔西"。人们对"斯塔西"的普遍误解，迫使我常常提出反对的意见。比如，1979年很多西方观察家忽视"斯塔西"，而我却一再坚持：东德仍然没有摆脱秘密警察的控制，我们不该忽略"斯塔西"！而到2009年，我却说：没错，东德过去的确有秘密警察，但秘密警察并非东德独有。

本书内容穿插于德国与英国之间。德国部分，我几乎没有添加新内容。一方面我渴望加入新内容，希望与海因茨-约阿希姆·文特谈谈。他是与我的档案形成最直接相关的"斯塔西"官员，也是唯一不和我见面的"斯塔西"官员。今年年初，柏林墙倒塌二十周年之际，我再次通过老友维尔纳·克雷奇尔（也就是"山毛榉"）联系他——用"斯塔西"的话说，这叫 Kontaktversuch（尝试接触）。文特在电邮中礼貌且坚定地回绝了请求。他说自己是德国北方人，

---

* 参见拙作《我们头脑中的斯塔西》，载拙著《事实即颠覆》（*Facts Are Subversive : Political Writing from a Decade without a Name*）。《事实即颠覆》简体中文版，已纳入"理想国译丛"出版。

[†] 取自汉娜·阿伦特1963年的作品《耶路撒冷的艾希曼：平庸之恶的报告》（*Eichmann in Jerusalem: A Report on the Banality of Evil*），记述前纳粹德国高官阿道夫·艾希曼在耶路撒冷被审讯的过程。阿伦特在书中严肃指出，历史上的罪恶大多由普通人犯下，而他们往往并不认为自己当初的罪行是作恶。

脾气倔强，此外，时过境迁，自己已经记不清很多事情。或许，到2029年，他会拗不过我这个北欧人，与我对坐长谈。到那时，我们两个糟老头会啜着苦咖啡，发现自己忘掉了所有事情，又或者，我和他都只能像小说家那样，靠虚构的回忆填补历史空白。

不过，文特通过电邮向我透露了一个意外信息。他回忆说，国家安全部部长埃里希·梅尔克看到我对东德的描述后大为光火（那时我第一本关于东德的书正在西德《明镜》杂志连载），并表示"无法容忍我继续留在民主德国"。于是，由文特少尉签署，并于1982年1月6日下达的一纸命令，使我无法再进入民主德国，同时这位安全部长下令，禁止我通过连接西德与西柏林之间的通道。我原以为这只是民主德国的官方禁令，如今才知道这是梅尔克的私自决定。对此，我深感欣慰。我希望我在《明镜》连载的内容好好恶心一下这位安全部长，让他无法安逸地享受早餐。不过，现在梅尔克已经过世，一切都沦为了陈年旧事。

至于英国部分，我原本不打算增添新内容。无奈的是，我还是做了增添。因为"斯塔西"已经成为今日英国的流行词，因为这个曾经是全球最自由国家之一的英国，如今它的公民自由隐私正遭到侵犯。2009年年初，一场主题为"现代社会自由"的集会上，公民权利和自由活动团体领导人沙米·查克拉巴提（Shami Chakrabarti）指出，英国人骄傲自满、放松警惕，"欧陆人则因为对纳粹和斯塔西的记忆而居安思危"。此外，一位前安全部门首脑在《金融时报》撰写文章，警告英国正处在滑向警察国家的边缘。那篇文章的标题即"斯塔西国家"，无需解释，每个人都知其所指。

不过，我们每个人（假如不是太蠢，没有患上妄想症）对标题的真实含义都心知肚明：英国并非真正的警察国家。1997年，本书首次面世，工党也开始上台执政，从那以后，有两股势力的发展为民众自由敲响警钟。一股源于技术，一股来自政治。技术对自由的侵犯源自电脑数据库、监控摄像机、个人邮件、网络搜索记录、移动电话记录追踪、电子医疗卡和信用卡记录、政府基因库、生物指标、Facebook和MySpace等社交网站的个人信息、精确卫星图片、微型和超敏感定向传声器，等等。假如国家和公司将这些技术设备加以利用，进行所谓的数据或真相挖掘，那么对私人生活的监控侵犯也就易如反掌，这也是埃里希·梅尔克做梦都无法企及的（不妨假设一下，如果"斯塔西"掌握了这些技术，那将是怎样一番情景）。由此可见，技术约束自由的可能性，已呈指数级增长。

另一方面，在恐怖分子袭击纽约、伦敦、马德里后，英国政府以提升国家安全级别和保护公众生命为由，强化了技术应用，限制个体自由，包括未经审讯羁留、约束自由言论、入侵隐私合法化，等等。这种将安全置于自由之上的趋势也体现在其他领域。比如，以健康和安全的名义制定一系列荒谬琐碎的规定，把成年人当孩子，把孩子当婴儿。其他自由民主国家也多少走过类似道路，但很少有政府会像1997年后的英国那样走得如此之快、如此之远。我在本书第十四章提到，我和英国MI5的前局长谈到本书。我问他MI5掌握的个人资料有多少，他答道："不下六位数。"我想，现在MI5手上的个人资料恐怕更多了吧。

英国反恐策略的设计师大卫·欧蒙德（David Omond）爵士认为，打击现代恐怖主义和组织犯罪，需要侵入性的监控和调查方法，不但监控那些实施或准备实施犯罪的嫌疑人，对没有任何嫌疑的人也要严加监视，而这一切都交由一个以管理混乱、遗失资料闻名的英国官僚机构完成。

三十年前，我前往东德居住。我确信自己正从一个自由国度来到一个毫无自由的国家。那时候，我希望我的东德朋友能享受到比我们更多的权利。事实上，到了今天，东德人对个人隐私的保护比我们英国人更好，而这恰恰是因为德国议员和法官亲身体验过在纳粹和"斯塔西"监视下生活的滋味，因此他们比我们英国人更加珍惜这些权利。这也证明只有生过病的人才会感受到健康的可贵。

我再次重申：英国不是一个秘密警察国家。这点毋庸置疑。我们有民选代表、独立法官、自由媒体。我们可以通过他们抵御政府对个人自由的干涉。但是，如果我们将"斯塔西"作为一个警示，促使我们警惕对个人自由的侵犯，那么，"斯塔西"势必会带给我们一些福音。

蒂莫西·加顿艾什，2009年3月于牛津

出版说明

本书译文由台湾时报文化出版企业股份有限公司授权使用,经编者与本书英文最新版核对,台版译文漏掉第十一章最后一万余字,本次出版简体字版,这段文字由秦宏伟先生补充译出;本书"修订后记"亦由秦宏伟译出。